Erwin Schüller

Mord am Schiller-Gymnasium

Kriminalroman

Erwin Schüller

Mord am Schiller-Gymnasium

Kriminalroman

Bibliografische Information der Deutschen Nationalbibliothek:
Die Deutsche Nationalbibliothek verzeichnet diese Publikation in
der Deutschen Nationalbibliografie; detaillierte bibliografische
Daten sind im Internet über http://dnb.dnb.de abrufbar.

© 2021   Erwin Schüller

Webseite: www.erwin-schueller.com

Lektorat: Daniela Schüller / Gertrud Höhne

Cover: Julia Schüller / Erwin Schüller

Printed in Germany

Herstellung und Verlag: BoD – Books on Demand, Norderstedt

ISBN: 978-3-7534-4609-7

1 Nachtschicht

Ein schwüler Hochsommerabend senkte sich mit drückender Hitze auf die Innenstadt von Lundenburg. Trotz einbrechender Dämmerung fühlte man sich noch immer wie in einer riesigen Sauna. Rund um die Schule waren alle Tische in den Straßenlokalen voll besetzt, die Menschen genossen den Feierabend und suchten Abkühlung bei Getränken und Eisbechern. Von überall hörte man lautes Lachen und Stimmengewirr, vor allem von Schülern, die sich in ausgelassener Stimmung auf die bevorstehenden Sommerferien freuten. Ein reger Autoverkehr schob sich langsam und unaufhörlich an der Lehranstalt vorbei. Immer wieder stockte die Autoschlange an dem Zebrastreifen vor dem Schulhaus. Man hätte meinen können, dass ausgerechnet heute bei dieser Rekordhitze ganz Lundenburg ins Stadtzentrum wollte.

Das alte riesige Schulgebäude mit seinem kleinen Glockenturm, der ihm einen Hauch von kirchlicher Würde verlieh, lag etwas verwaist mitten in dieser quirligen Innenstadt. Der Hausmeister des Schiller-Gymnasiums, Herr Maier, stand in seinem blauen Arbeitskittel lässig vor dem Gebäude, rauchte eine Zigarette und ließ den Blick prüfend über die Fassade gleiten. Im ersten Stock sah man an zwei Fenstern noch Licht.

Der Chef macht mal wieder Überstunden, dachte er, und das kurz vor neun Uhr abends! „Na, wenn's ihm Spaß macht, warum nicht", murmelte er vor sich hin und ging weiter.

Er drehte eine gemütliche Runde um das Schulhaus herum. An der Leine führte er seinen Pitbull-Terrier, den er erst vor einigen Monaten angeschafft hatte. Angeblich fühlte er sich bei nächtlichen Kontrollen auf dem Schulgelände mit dem Hund sicherer. Er war zuvor einmal von drei zwielichtigen Typen bedroht worden, die er bei der Abwicklung eines Drogengeschäfts auf dem Schulparkplatz überrascht hatte. Die ganze Gegend galt abends als unsicher. Der Bahnhof war zu Fuß nur fünf Minuten entfernt, und nachts waren hier oft Drogendealer und Kleinkriminelle unterwegs. Die waren allerdings auch im Visier der Polizei, die regelmäßig abends ab zehn Uhr Streife fuhr.

Der Hausmeister prüfte die Haupteingangstür, sie war verschlossen, er ging zufrieden weiter. Dann steckte er sich wieder eine Zigarette an und spazierte gemütlich über das weitläufige Schulgelände mit seinen Sportanlagen und großen Pausenhöfen. Es war allmählich dämmerig geworden.

Im ersten Stock saß Direktor Lochberger am Schreibtisch. Er starrte in sein Notebook, tippte hin und wieder hastig in die Tastatur und betrachtete kritisch die Excel-Diagramme auf dem Bildschirm. Gelegentlich richtete sich seine schlanke und sportliche Figur auf, wenn er zum Büroschrank ging, um einen Ordner herauszuholen. Mit dem dunklen Anzug, einer hellblauen Krawatte und dem gepflegten grauen Haar hätte man sich den Sechzigjährigen auch als Abteilungsleiter einer Versicherungsgesellschaft vorstellen können.

Das Rektorat bestand aus zwei Räumen, einem großen Vorraum mit Arbeitsplätzen für die Sekretärinnen und dem eigentlichen Dienstzimmer des Rektors, mit einer Sitzgruppe für Besprechungen. Durch eine Verbindungstür kam man direkt in den angrenzenden Kopierraum, der auch von den Lehrkräften zur Unterrichtsvorbereitung genutzt wurde. Diese Tür war aber von dort nicht zu öffnen, man wollte schließlich im Rektorat nicht gestört werden.

Außer dem Rektor war niemand mehr in den hell erleuchteten Räumen. Aus dem Kopierraum nebenan hörte man noch das Brummen und Rumoren des Kopierers. Lochberger nahm es als Hintergrundgeräusch wahr, achtete aber nicht weiter darauf. Es kam öfters vor, dass Lehrkräfte sich noch bis spät abends dort aufhielten und Unterrichtsmaterial produzierten.

Die Wanduhr zeigte schon fünf Minuten vor neun. Eigentlich hatte er seiner Frau vorhin telefonisch versprochen, gegen halb zehn zuhause zu sein. Er würde sie wohl nochmal anrufen müssen und ihr sagen, dass es etwas später werden könnte. Nächste Woche war Gesamtlehrerkonferenz, und er hatte noch eine Menge Unterlagen vorzubereiten.

Ein dringendes Bedürfnis zwang ihn zu einer kurzen Unterbrechung. Er verließ das Sekretariat und marschierte durch den langen Korridor des altertümlichen Gebäudes, wo sich hundert Meter weiter in einem zweiten Treppenhaus die Lehrertoiletten befanden.

Als er nach wenigen Minuten wieder schnellen Schrittes zurückmarschierte, öffnete sich gerade die Tür des Kopierraumes und Herr Strasser, einer der Spanischlehrer, kam mit einem Stapel Kopien heraus. Hinter ihm erschien sein Kollege Baum, Deutschlehrer, und vor der Tür stand ein Dritter, Pobler, der Dienstälteste im Hause, ebenfalls Philologe.

Der Direktor war etwas verstimmt, diese Lehrer so spät noch im Schulhaus anzutreffen, denn alle drei gehörten zu den Leuten, die er am liebsten nur von Weitem sah. Sie hatten immer wieder sehr offen gegen ihn, den Schulleiter, Opposition betrieben, statt sich seinen sachkundigen und wohlüberlegten Meinungen anzuschließen.

„Na, was ist denn heute hier los, was tun Sie denn noch so spät im Haus?", fragte er die Männer in barschem Ton.

„Wir kopieren für das Projekt nächste Woche!", antwortete Strasser kurz, und Baum sagte mit ironischem Unterton:

„Wir arbeiten hart und scheuen auch vor einer Nachtschicht nicht zurück, Herr Lochberger. Und Sie sind auch noch so spät im Dienst?"

„Ja, unser Direktor arbeitet Tag und Nacht, das ist noch die alte preußische Tugend und Disziplin, liebe Kollegen", posaunte jetzt Pobler mit beißender Ironie in die Runde.

Lochberger war stehengeblieben und betrachtete die Gruppe skeptisch mit distanziertem Blick.

„Nächste Woche ist unsere Konferenz, da gibt es für mich noch einiges zu tun. Aber Sie könnten Ihre Kopien ja auch früher erledigen. Um diese Zeit sollte eigentlich niemand mehr im Haus sein, das haben wir doch auf der letzten Konferenz beschlossen. Falls Sie das nicht mehr wissen, dann lesen Sie mal gelegentlich die Protokolle. Ich wünsche Ihnen noch einen schönen Abend!"

Der Schulleiter verschwand mit verärgertem Gesichtsausdruck in seinen Diensträumen.

„Ihnen dasselbe", rief Pobler dem Direktor laut nach, „und arbeiten Sie nicht mehr so lange, das ist ungesund!" Er lachte dröhnend. „Der Lochi kann sich mal wieder nicht trennen von seinen Excel-Tabellen. Irgendwann kriegt der mal einen Herzinfarkt wegen Überarbeitung. Was ist mit euch, geht ihr noch mit auf ein Bier?"

Strasser verzog bedauernd das Gesicht. „Sorry, ich hab jetzt gleich noch ein Rendezvous."

„O la la, der Kollege stürzt sich jetzt ins Nachtleben", frotzelte Pobler. „Du könntest sie uns ja mal vorstellen, wir wollen auch mal wieder eine schöne Frau sehen, oder was meinst du, Franz?"

„Ja, auf jeden Fall, es ist deine kollegiale Pflicht uns gegenüber, deine Eroberungen nicht immer geheim zu halten."

„Ok, Leute, das nächste Mal, versprochen, aber heute geht's leider nicht, ich bitte um Verständnis. Ich muss los, wir sehen uns morgen!"

Strasser rannte die Treppe hinunter, die beiden anderen Kollegen folgten ihm in gemütlichem Tempo, und ihr Gespräch hallte noch eine Zeitlang durchs Treppenhaus.

Lochberger war in seinem Büro ans Fenster getreten und schaute prüfend auf den Schulvorplatz. Vor dem Haus spielten noch einige Schüler Fußball, und Maier, der Hausmeister, stand rauchend neben der abgerissenen Gestalt eines offenbar Betrunkenen, der mit einer Weinflasche in der einen Hand und einer Zigarette in der anderen auf ihn einredete.

Mein Gott, dachte Lochberger, überall Gesindel und unfähige Leute. Strasser, Baum und Pobler! Wenn es nach ihm gegangen wäre, dann hätte man die alle schon längst entlassen, genauso wie den faulen und schlampigen Hausmeister. Aber leider war er nicht Chef eines privaten Unternehmens, sondern Direktor einer staatlichen Schule, und diesen Beamten und Angestellten konnte man ja nicht kündigen. Man konnte sie allenfalls vergrämen, so dass sich dann der Betreffende aus eigenem Antrieb an einer anderen Schule bewarb und irgendwann wegging. Dies war ihm, dem erfolgreichsten Schulleiter von Lundenburg, schon einige Male geglückt. Doch diese drei Lehrer, die ein permanentes Widerstandsnest gegen ihn bildeten, waren leider hiergeblieben. Zum Glück würden aber Baum und Strasser bald in den Ruhestand verabschiedet, und damit erledigte sich das Problem weitestgehend von selbst.

Aber was tun diese Leute um diese Zeit noch hier im Haus? Sie haben doch den ganzen Tag Zeit, um ihre Kopien zu machen!

Er ging eilig zurück an seinen Schreibtisch, um weiterzuarbeiten. Sein Monitor verlangte das Passwort, und er tippte es ein. Zu seiner Bestürzung erschien ein blauer Bildschirm mit der Meldung: „Ein Virus wurde gefunden, das System wird neu gestartet und auf Viren geprüft."

Das ist doch unmöglich, dachte er, woher sollte denn jetzt ein Virus kommen? Sie hatten an seiner Schule doch die besten Virenscanner, die es auf dem Markt gab! Lochberger war alarmiert, er stand unter Zeitdruck und wollte heute Abend noch einige Präsentationsfolien erstellen. Ungeduldig wartete er darauf, weiterarbeiten zu können. Der Rechner hatte seinen Neustart jetzt abgeschlossen, aber statt des gewohnten Startbildschirms kam wieder eine Warnmeldung des Virenscanners.

„Virus gefunden auf Laufwerk E:", meldete das Programm und gab auch gleich den Namen des Schädlings aus: Tequila.

„Um Gottes willen", murmelte Lochberger vor sich hin. Das hatte ihm jetzt noch gefehlt, so einen Zwischenfall hatte er schon seit Jahren nicht mehr erlebt. Der Direktor war Mathematiker und Informatiker, deswegen schien ihm das Ganze kein unlösbares Problem. Der Virenscanner hatte den Schädling identifiziert und würde ihn jetzt vernichten oder blockieren, und dann könnte er weiterarbeiten. Als er mit dem Dateiexplorer den Inhalt seiner SD-Karte anzeigen ließ, bekam er allerdings einen gehörigen Schreck. Sämtliche Dateinamen waren nicht wiederzuerkennen, es gab nur noch ein Chaos von wirren Zeichen, alles war praktisch unlesbar.

Er öffnete probehalber einige Dateien. Auch da ergab sich dasselbe Bild. Alle Inhalte waren unentzifferbar, er sah nur ein wildes Durcheinander von Zeichen aller Art. Seine Dateien waren offenbar infiziert.

Dem Direktor wurde schlagartig klar, dass er heute Abend auf keinen grünen Zweig kommen würde. Dieser plötzliche Virenbefall war ihm völlig rätselhaft. Aber für solche Fälle hatte die Schule ja vorgesorgt, es gab einen Wartungsvertrag mit dem privaten EDV-Dienstleister Alumno. Der müsste eben mal eine Nachtschicht einlegen, um sein System wiederherzustellen.

Als er zum Telefonhörer griff, klingelte schon sein Apparat. Seine Ehefrau fragte, wann er denn heimzukommen gedenke.

„Ich werde gleich losfahren, Monika, aber ich brauche noch ein paar Minuten, es gibt ein kleines Problem, das ich noch lösen muss, aber ich komme gleich." Dann wählte er die Nummer des Spezialisten, und es meldete sich Herr Becker, ein Mitarbeiter von Alumno Datentechnik.

„Guten Abend, hier Lochberger, ich weiß, es ist schon nach neun Uhr. Es tut mir leid, dass ich Sie um diese Uhrzeit stören muss, aber es ist ein dringender Notfall. Kann ich Herrn Alumno sprechen?"

Der Gesprächspartner am anderen Ende der Leitung erklärte, dass sein Chef momentan nicht da sei, er selbst aber vermutlich auch helfen könne und erkundigte sich nach der Art des Problems. Lochberger schilderte rasch die Situation. Er könne seine Arbeit nicht fortsetzen, nach einer kurzen Pause habe der Rechner plötzlich einen Virenalarm ausgelöst. Seine Daten auf der SD-Karte seien alle zerstört.

Becker beruhigte ihn und versicherte ihm, das Problem sei lösbar. Sein Chef werde nachher die Lage per Fernwartung analysieren. Die Virensuche würde dann gründlich mit mehreren Scannern durchgeführt, da bliebe garantiert kein Schädling übrig. Allerdings gäbe es einen Wermutstropfen: Die Arbeitsschritte seit der letzten automatischen Datensicherung um zwanzig Uhr seien vermutlich verloren.

„Die Arbeit der letzten Stunde kann ich zur Not verschmerzen, aber schön wäre es natürlich, wenn alles andere wiederhergestellt werden könnte", sagte Lochberger.

Beckers Stimme klang zuversichtlich und er meinte, die Sache werde schnell erledigt, notfalls würde Alumno auch die ganze Nacht durcharbeiten. Er selber werde nur noch solange im Büro sein, bis sein Boss wieder zurück sei, er erwarte ihn jeden Augenblick.

„Sie sind mein Retter, Herr Becker", meinte der Rektor, „ich habe ein paar dringende Sachen zu erledigen, nächste Woche ist die Lehrerkonferenz und ich muss unbedingt noch einige Unterlagen fertigstellen."

Herr Becker antwortete, der Direktor solle jetzt lieber an den Feierabend denken, statt sich Sorgen zu machen.

„Da haben Sie recht. Meine Frau wartet schon, sie hat mich vorhin schon angerufen. Gut, ich bin dann morgen gegen acht wieder in der Schule erreichbar, falls Sie noch irgendwelche Informationen für mich hätten. Herzlichen Dank für Ihre schnelle Hilfe, ich hoffe, es klappt alles bei der Virensuche."

Lochberger legte auf und atmete tief durch. Gott sei Dank gab es diesen Wartungsvertrag, er hatte ihn schon ein paarmal gebraucht für schwierige Fälle. Obwohl er sich gut mit Computern auskannte und ein routinierter Programmierer war, gab es doch immer wieder Situationen, wo er auf fremde Hilfe nicht verzichten konnte.

Jedenfalls war dieser heutige Vorfall äußerst rätselhaft. Noch nie hatte er Daten auf einer SD-Karte verloren, er kaufte immer Karten hoher Qualität und tauschte sie sicherheitshalber regelmäßig aus. Er prüfte jetzt den Inhalt seiner Festplatte mit dem Scanner, konnte aber nichts Auffälliges feststellen. Der Virus hatte also nur seine Datenkarte attackiert? Das widersprach allen seinen Erfahrungen. Er dachte scharf nach. Hier auf seinem Schulsystem war alles hervorragend abgesichert. Der Virus konnte also nur von außen kommen, zum Beispiel von einem fremden Rechner, der nicht im Netz eingebunden war. Aber er hatte seine Karte doch auf keinem anderen Rechner benutzt! Alles war doch gerade noch in bester Ordnung, bevor er zur Toilette gegangen war. Moment mal, die Kollegen Strasser, Baum und Pobler waren eben noch hier und haben nebenan kopiert. Hatten die etwa ihre Finger im Spiel?

Ein Verdacht stieg in ihm auf. Er schritt eilig zu der Verbindungstür zum Kopierraum und drückte prüfend dagegen. Die Tür ließ sich mühelos aufdrücken! Also hatte jemand den Türschließer manipuliert und für einen freien Zugang zum Rektorat gesorgt. Jetzt wurde ihm klar, dass dieser Virenbefall kein Zufall war. Diese Kollegen hatten das verursacht! Aus purer Bosheit und Schadenfreude, denn einen anderen Nutzen konnte daraus ja kaum jemand ziehen. Die SD-Karte enthielt seine geschäftlichen Briefe und Dokumente, Diagramme und Auswertungen, außerdem den Quellcode seiner neuesten Programmmodule.

Die Zerstörung seiner Daten war ein bloßer Akt von Bosheit! Ein Anschlag auf seinen beruflichen Erfolg und auf seinen Triumph bei der nächsten Gesamtlehrerkonferenz! Ein Angriff auf sein geliebtes Projekt „*Schiller FIX: fantastisch, innovativ, exzellent.*" Nur jemand, der ihn hasste und ihm schaden wollte, könnte so etwas tun. Die Einzigen, die an dieser Schule seines Erachtens dafür in Frage kamen, waren Strasser, Baum und Pobler. Mit diesen drei Kollegen hatte er wegen verschiedener Vorkommnisse der letzten Jahre schon mehrfach ärgerliche Zusammenstöße gehabt. Seine Empörung und Wut steigerten sich zunehmend. Schließlich schnaubte er: „Diese Idioten. Aber wartet, ihr werdet eure Quittung noch kriegen!"

Lochberger setzte sich an den PC der Sekretärin und schrieb eine E-Mail an seinen Stellvertreter Manfred Degen.

Hallo Manfred, kurze Info. Ich wurde heute Abend Opfer eines Anschlags. Mein Notebook ist durch Viren verseucht worden. Als ich von der Toilette zurückkam, standen Strasser, Baum und Pobler vor dem Kopierraum. Angeblich hatten sie noch kopiert. Ich wollte dann weiterarbeiten, aber mein PC meldete einen Virenfund. Meine Daten waren alle weg, die SD-Karte ist ein einziger Datensalat. Ich bin sicher, dass diese Leute dahinter stecken. Sie haben den Türschließer manipuliert. So war das Rektorat die ganze Zeit von außen zugänglich. Während ich weg war, konnten sie sich einschleichen. Die Firma Alumno wird sich heute Nacht per Fernwartung um meinen PC kümmern und die Viren beseitigen. Wenn du die genannten Kollegen siehst, nimm sie dir vor!
Gruß Reinhard

Um 21 Uhr 25 packte Lochberger seine Aktentasche, um endlich heimzufahren. Seine Frau würde schon auf ihn warten.

Das Notebook ließ er eingeschaltet auf dem Schreibtisch stehen, da würden ja die Techniker heute Nacht daran arbeiten. Nachdem er das Licht gelöscht hatte, verließ er das Sekretariat und schloss die Tür hinter sich zu.

Im Treppenhaus brannte noch Licht. Er wunderte sich jetzt, dass der Hausmeister noch nicht aufgetaucht war. Normalerweise sollte die Beleuchtung spätestens um 21 Uhr ausgeschaltet werden. Ich muss mit dem Mann wieder mal ein ernstes Wort sprechen, dachte er missmutig. Der Bursche gehört entlassen, er befolgt keine Anweisungen und fehlt ständig. Außerdem scheint er zu trinken.

Schlecht gelaunt ging er die Treppe hinunter, der Abend war anders verlaufen als geplant. Es blieb nur zu hoffen, dass am nächsten Tag alles wieder funktionieren würde.

Er schloss die hintere Haustüre auf und öffnete sie vorsichtig einen Spalt. Draußen direkt vor der Tür war sein silbergrauer Audi geparkt. Niemand sonst war auf dem Parkplatz, der durch die Straßenlaternen nur spärlich ausgeleuchtet war. Man tat gut daran, hier in der Gegend nachts vorsichtig zu sein, denn es waren immer mal wieder Drogenhändler und ihre Kunden unterwegs.

Er drückte auf den Lichtschalter, das Licht im Treppenhaus ging aus. Gerade war er im Begriff, durch die Tür hinauszugehen, als er hinter sich ein Geräusch wahrnahm. Im selben Moment spürte er einen harten Schlag auf den Kopf.

Dann war alles schwarz und still.

2 Alarm am Morgen

Alex war in der vergangenen Nacht erst gegen elf Uhr in sein vorübergehendes Zuhause gekommen. Seit einigen Tagen wohnte er bei Ulla, nachdem er seine eigene Wohnung in Lundenburg wegen seines Umzugs ins Allgäu aufgelöst hatte. Er war ja ab nächsten Monat im Ruhestand und wollte seinen Lebensabend in dem alten Bauernhaus verbringen, das er sich in dem kleinen Ort Dörflingen gekauft hatte. Ulla war anfangs skeptisch gewesen und hatte die Idee, in einem Dorf auf dem Land zu leben, als „unsinnig" bezeichnet. Nachdem sie das Haus mit eigenen Augen gesehen hatte, gab sie ihren Widerstand allerdings bald auf und meinte, sie könne sich jetzt auch vorstellen, im nächsten Jahr bei Renteneintritt zu ihm zu ziehen.

Seine Partnerin hatte gestern Abend schon geschlafen, als er ins Bett ging. Er war sehr aufgeregt gewesen und hatte sich über die gelungene Aktion gegen Lochberger und über sein Honorar gefreut. Diese Nacht schlief er unruhig und wachte gegen halb sechs ziemlich gerädert auf. Er versuchte, wieder einzuschlafen, wusste aber, dass Ulla gegen sechs Uhr aufstehen würde. Das hielt ihn wach.

Kurz vor sechs klingelte der Wecker, und seine Partnerin schlurfte ins Bad. Er stellte sich schlafend, denn das Letzte, was er jetzt bräuchte, war ein Gespräch über sein spätes Heimkommen heute Nacht. Es gelang ihm, wieder in einen Halbschlaf zu verfallen, als plötzlich im Flur das Telefon schrill klingelte.

Er hörte, wie Ulla zum Apparat ging und abhob.

„Ja, Moment bitte, ich hole ihn", hörte er sie sagen und bekam einen Schreck. Wer wollte ihn denn in aller Herrgottsfrühe sprechen?

Ulla stand schon im Schlafzimmer und sagte nur sehr kurz angebunden „Telefon für dich."

„Wer ist es denn?"

„Keine Ahnung, eine Frau, sie sagte ihren Namen nicht."

Alexander ging zum Apparat.

„Strasser", meldete er sich.

Am anderen Ende der Leitung hörte er die Stimme von Monika Lochberger.

Ein Schreck durchzuckte ihn. Geistesgegenwärtig sagte er laut den Namen einer Arbeitskollegin.

„Guten Morgen, Frau Zander. Was ist denn los, dass Sie mich morgens um sechs Uhr anrufen?"

Monika erkannte sofort seinen kleinen Trick, mit dem er ihre Identität gegenüber seiner Partnerin zu verbergen suchte. Sie sprach leise, fast im Flüsterton.

„Ich muss dich ganz dringend sprechen, und zwar noch vor Schulbeginn. Stell jetzt keine Fragen, du kannst deiner Freundin ja sagen, dass du Frühaufsicht hast, weil ein Kollege krank geworden ist."

„Gut, dass Sie mir das sagen, das stand aber gestern nicht auf dem Plan. Ach so, der Plan wurde gestern noch geändert. Ja, da war ich schon weg. Aber vielen Dank für den Hinweis."

„Das machst du sehr gut", sagte Monika, „bitte komm um Punkt sieben Uhr zum Hallenbad, ich stehe dann auf dem Parkplatz hinter dem Bad und du steigst kurz in meinen blauen VW Golf. Dort besprechen wir alles Weitere."

„Okay, alles klar, Frau Zander, danke für die Info. Dann muss ich mich ja jetzt schnell fertig machen, ich hätte ja erst zur zweiten Stunde Unterricht gehabt. Also bis nachher. Tschüss, Frau Zander."

Alex legte auf und ging ins Schlafzimmer, um sich schnell anzukleiden. Seine Freundin kam hinter ihm her und stand in der offenen Tür, die rechte Hand in die Hüfte gestützt.

„Wieso ruft dich diese Kollegin morgens um sechs Uhr an?"

„Das hast du doch gehört, es gab eine Änderung im Vertretungsplan. Ich habe Frühaufsicht und muss um sieben in der Schule sein. Gut, dass sie mich angerufen hat, sonst hätte ich wieder Ärger mit dem Chef gekriegt."

„War diese Frau Zander gestern auch bei eurem feuchtfröhlichen Treffen dabei?"

„Nein, natürlich nicht. Ich war mit den drei Engländern, die bei uns an der Schule zu Besuch sind, noch was trinken. Sei doch nicht so misstrauisch, das ist ja furchtbar."

„Wenn du immer die Wahrheit sagen würdest, dann bräuchte ich nicht misstrauisch zu sein. Aber ich habe jetzt keine Zeit für lange Diskussionen, ich muss ins Büro. Sehe ich dich heute Abend?"

„Natürlich, ich bin sicher ab sechs Uhr da. Wir könnten eigentlich heute Abend mal in den Biergarten gehen, es soll heute heiß werden und auch trocken bleiben."

„Mal sehen. Das können wir ja heute Abend noch entscheiden."

Ulla verließ um sechs Uhr fünfundvierzig die Wohnung und machte sich auf den Weg zur Arbeit. Fünf Minuten später schloss Alex die Wohnungstür hinter sich zu und fuhr die drei Kilometer bis zum Hallenbad. Hinter dem Bad sah er auch schon den blauen Golf mit den Endziffern 33 im Kennzeichen. Der Parkplatz war um diese Zeit nur schwach besucht, und das Risiko, gesehen zu werden, war gering. Er parkte neben Monikas Fahrzeug ein, gleichzeitig öffnete sie die Beifahrertür und er stieg ein. Er umarmte sie und sie küssten sich stürmisch.

„Liebling, du hast mir da ja heute Morgen einen schönen Schreck eingejagt. Jetzt bin ich aber gespannt, was du für Neuigkeiten hast. Hat etwa dein Mann etwas von dem Diebstahl bemerkt?"

Sie fixierte ihn durchdringend, und versuchte, jede Regung seiner Mimik zu registrieren.

„Ich würde jetzt gerne erst einmal von dir wissen, was sich gestern Abend denn genau abgespielt hat."

Alexander sah sie erstaunt an.

„Also gut, das kann ich dir schnell erzählen. Ich war ab acht Uhr im Kopierraum und hatte die Verbindungstür zum Rektorat präpariert, so dass sie nicht wirklich geschlossen war. Ich konnte also unbemerkt vom Kopierraum ins Rektorat kommen. Dann habe ich darauf gewartet, dass dein Mann irgendwann sein Büro verlassen würde. Ich dachte, er wird ja hoffentlich mal zur Toilette gehen. Das war dann endlich gegen neun Uhr der Fall. Ich ging mit der vorbereiteten SD-Karte schnell an seinen Arbeitsplatz, tauschte die Datenkarten aus und verschwand wieder in den Kopierraum. Das hat keine dreißig Sekunden gedauert."

„Super, das hast du ja toll hingekriegt", schmeichelte ihm Monika, lächelte ihn zärtlich an und gab ihm einen leidenschaftlichen Kuss.

Alex fuhr fort. „Dann kam plötzlich mein Kollege Baum in den Kopierraum, da bin ich schon etwas erschrocken. Er hat aber nichts gemerkt, er wollte nur ein paar Kopien machen. Wir sind dann zusammen rausgegangen, da stand der Kollege Pobler vor der Tür. In diesem Augenblick kam dein Mann auch schon von der Toilette zurück und im Vorbeigehen fragte er uns, was wir so spät noch im Haus zu tun hätten. Es gab einen kurzen Wortwechsel und dann war er auch schon wieder im Rektorat verschwunden."

„Und dann?", fragte Monika gespannt.

„Die beiden Kollegen wollten mich noch auf ein Bier einladen, aber ich habe abgelehnt mit Hinweis auf ein Rendezvous. Ich verließ schnell das Schulhaus, die beiden Kollegen kamen langsam nach. Ich stieg in meinen Wagen, fuhr dreihundert Meter weiter zur Kreuzung Matterstrasse und parkte. Dann habe ich dich angerufen und habe auf Daniel gewartet, der kam aber erst ziemlich spät. Es war kurz nach zehn, als er bei mir ankam."

Monika hatte ihm aufmerksam zugehört und ihn genau beobachtet.

„Na, das lief dann ja alles ganz wunderbar. Aber etwas anderes: Du hast wohl heute noch keine Zeitung gelesen oder Nachrichten gehört?"

„Nein, die Zeitung lese ich normalerweise beim Frühstück, und das ist heute ausgefallen, weil ich nämlich ein konspiratives Treffen mit Frau Zander habe." Er grinste. „Hat denn dein Mann irgendeinen Verdacht gegen mich geäußert?"

Monika sah ihn mit entspanntem Gesichtsausdruck an.

„Mein Mann hat nichts gesagt, und er wird auch nichts sagen."

Alex verstand offenbar nicht und setzte eine fragende Miene auf. „Was willst du damit sagen?"

„Mein Mann ist tot." Monika fixierte ihn scharf.

Alexander schien auch jetzt noch nicht zu verstehen.

„Was heißt tot? Du meinst ökonomisch, wegen der Firma?"

Monika lächelte jetzt kalt und konnte eine gewisse Befriedigung nicht verbergen.

„Er ist tot in jeder Beziehung, aber du scheinst davon nichts zu wissen. Dann bin ich ja froh, dass ich mich nicht in einen Mörder verliebt habe."

Während er das Liebesgeständnis Monikas genoss, schien Alex gleichzeitig schockiert.

„Erzähl mir doch bitte am frühen Morgen nicht so gespenstische Geschichten. Ich weiß immer noch nicht, was du eigentlich sagen willst."

„Mein Mann wurde gestern Abend getötet."

Jetzt schaute er sie ungläubig und erschreckt an. „Was, das ist doch nicht möglich!"

„Es ist so, wie ich es sage. Aber vielleicht ist es besser so."

Sie machte eine Pause, legte ihre rechte Hand auf seine Linke und sah ihn zärtlich an.

Auf seinem Gesicht drückte sich jetzt blankes Entsetzen aus.

„Das ist ja furchtbar! Wie ist denn das passiert?"

„Ich weiß es nicht, aber als mein Mann lange nicht heimkam, machte ich mir Sorgen und fuhr gegen elf zur Schule, um ihn zu holen. Da fand ich ihn dann am Boden in einer Blutlache. Jemand hat ihn erschlagen."

„Entsetzlich! Ich weiß nicht, was ich sagen soll. Wer kann denn so etwas getan haben?"

„Ich weiß es auch nicht, ich bin völlig ratlos. Aber ich bin froh, dass du damit nichts zu tun hast."

„Aber ich bitte dich, hättest du mir das denn zugetraut?"

„Nein, natürlich nicht. Ich weiß doch, dass du ein lieber Kerl bist."

Es entstand eine Pause, sie umarmten sich innig.

„Mein herzliches Beileid", sagte Alex nach einer Weile.

„Danke, ich werde es überstehen. Unsere Ehe besteht ohnehin seit Jahren nur noch auf dem Papier, du weißt es ja."

Nach einer Pause fuhr Monika in einem anderen Ton fort, aus dem eine Spur Angst herauszuhören war.

„Es gibt aber jetzt ein Problem. Du gehörst wahrscheinlich zu den Letzten, die mit meinem Mann zusammen in der Schule waren, und das bis spät abends. Du bist im Prinzip verdächtig. Man wird dich polizeilich verhören. Du brauchst unbedingt ein Alibi."

Sie sah besorgt und gleichzeitig distanziert aus.

„Wir können natürlich nicht sagen, dass du den Abend mit Daniel verbracht hast, denn das würde Fragen aufwerfen. Er ist bekanntermaßen ein Mitarbeiter von Messerschmidt. So ein Zusammenhang darf auf keinen Fall hergestellt werden. Kannst du dir denn irgendwo ein Alibi verschaffen, Alex?"

Er dachte kurz nach. „Ich hoffe, dass Ulla mitspielt. Allerdings haben wir zur Zeit gewisse Spannungen. Sie misstraut mir und befürchtet, dass ich fremdgehe."

„Versuche, mit ihr zu sprechen und Frieden zu schließen. Ein wasserdichtes Alibi ist für dich überlebenswichtig. Es könnte sonst ernsthafte Schwierigkeiten geben. Bei Mordverdacht fackelt die Polizei nicht lange."

Alex sah sie bestürzt an, und es wurde ihm in diesem Augenblick klar, dass er da ein richtiges Problem hatte und dies allein lösen musste.

„Meinst du, es wird klappen mit dem Alibi?"

„Ich hoffe doch. Wie kann ich dich am besten erreichen, falls es notwendig sein sollte?"

„Auf keinen Fall telefonisch. Möglicherweise wird man meine Verbindungen und Gespräche überwachen, denn für die Polizei bin ich verdächtig, ich erbe ja schließlich alles. Du kannst mir notfalls einen Brief schicken, aber keinesfalls eine E-Mail."

„Okay. Ich hoffe, es geht alles gut."

„Das hoffe ich auch. Die Kripo wird mich sicher bald verhören, immerhin profitiere ich vom Tod meines Mannes."

Sie beugte sich zu Alex hinüber, zog seinen Kopf zu sich und küsste ihn lange und voller Leidenschaft.

„Wenn erst mal Gras über die Sache gewachsen ist, dann steht unserer Zukunft nichts mehr im Weg."

Sie verabschiedeten sich zärtlich und unter wiederholten Liebesschwüren und gingen dann auseinander. Alex war wie benommen, als er ihr nachschaute, wie sie vom Parkplatz fuhr.

3 Polizeibesuch

Gerade stieg ich aus der Dusche, als es an meiner Tür klingelte. Ich erwartete niemanden. Es war kurz vor acht Uhr morgens, vielleicht war es einer der Nachbarn?

Ich ging aus dem Bad und nahm den Telefonhörer der Haussprechanlage ab.

„Hallo. Wer ist da?"

Eine tiefe Männerstimme meldete sich.

„Polizeiwachtmeister Schmidt. Sind Sie Herr Alumno?"

Ich zuckte zusammen. „Ja, was gibt es?"

„Könnten wir Sie einen Moment sprechen?"

Es fiel mir schwer, den Ärger in meiner Stimme zu unterdrücken.

„Ich komme gerade aus der Dusche und bin im Bademantel, es ist wirklich ein ganz unpassender Augenblick. Um was geht es denn überhaupt? Hätten Sie sich denn nicht erst mal telefonisch melden können?"

„Wir haben Sie vorhin angerufen, aber Sie haben nicht abgehoben."

Bei mir war tatsächlich über Nacht der Anrufbeantworter aktiviert und ich hatte heute Morgen vergessen, auf Normalbetrieb umzuschalten.

„Wir hätten da ein paar Fragen an Sie. Es ist ziemlich dringend, aber wenn es Ihnen jetzt im Moment nicht passt, dann können Sie gerne nachher aufs Polizeipräsidium kommen."

Ich überlegte einen Augenblick. Am Spätvormittag wollte ich den Termin beim Schiller-Gymnasium wahrnehmen, aber vorher könnte ich es wohl einrichten.

„Gut, in etwa einer Stunde könnte ich kommen. An wen soll ich mich da wenden und wo genau?"

„Sie wissen, wo unsere Zentrale ist? Friedrich-Engels-Straße zweiundzwanzig?"

„Ja, ja, kenne ich."

„Gut, dann melden Sie sich dort bei Kommissar Sauer, Zimmer zweihundertzwölf."

„Okay", sagte ich, „aber sagen Sie, geht es vielleicht um die rote Ampel, die ich vor kurzem überfahren habe?"

„Nein", sagte die Stimme am Hörer, „es geht um ein Verbrechen und sie sollen nur als Zeuge vernommen werden."

„Und in welcher Angelegenheit?"

„Das kann ich Ihnen jetzt zwischen Tür und Angel nicht erklären, ich bitte um Verständnis."

„Na gut, dann bis nachher."

Ich hängte auf und ging ins Badezimmer zurück. Polizeibesuch um acht Uhr morgens! Kann man denn nicht mal in Ruhe duschen? Was wollen die von mir? Eine Zeugenaussage? Ein Verbrechen? Ich habe nichts gesehen, ich habe nichts gehört! Lasst mich doch in Frieden mit solchen Geschichten!

Peinlich war es obendrein, dass die Polizei hier vor dem Haus stand. Sicherlich würden die anderen Hausbewohner alles mitbekommen. Und dann würde wieder getratscht und gefeixt. Ich öffnete das Badezimmerfenster einen Spalt weit und tatsächlich stand da unten ein Streifenwagen. Der Polizist war in Uniform und stieg gerade ein. Das würde im Haus wieder ein Geschwätz geben.

Mein guter Ruf ist mir extrem wichtig. Ich bin Freiberuflicher, meine Reputation ist die Grundlage für meinen Lebensunterhalt und ich kann es nicht leiden, wenn durch so einen albernen Vorfall auch nur der Schatten eines Verdachtes auf mich fällt. Ein Verbrechen? Wahrscheinlich ein Missverständnis oder eine Verwechslung, ich weiß von keinem Verbrechen.

Verärgert beendete ich meine Morgentoilette und zog mich an. Den Polizeibesuch wollte ich möglichst schnell hinter mich bringen und dann Herrn Lochberger an seiner Schule besuchen.

Gestern Abend hatte ich nach dem Telefonat von Lochberger mit Becker die Fernwartung seiner Rechner durchgeführt und dabei auf seiner SD-Karte einen Virus gefunden, allerdings einen uralten Virus, der vor etwa zwanzig Jahren aufgetaucht war und Dateien aller Art zerstört hatte. Wie der Direktor sich diesen Schädling eingefangen hatte, war mir schleierhaft. Eigentlich war die Infektion nur dadurch möglich, dass er die Datenkarte in einem anderen infizierten Rechner verwendet hatte. Überhaupt waren ausschließlich Daten auf der SD-Datenkarte des Rektors betroffen. Weder auf seiner Festplatte noch in sonstigen Bereichen des gesamten Schulnetzes wurden irgendwelche Schädlinge gefunden. Dies sprach dafür, dass meine Hypothese korrekt war. Lochberger hatte wahrscheinlich seine Karte zuhause oder sonst wo in einen anderen Rechner gesteckt und sich dort den Virus eingefangen. Seine Daten konnte ich teilweise wiederherstellen und auf die Datenkarte zurückspielen. Das Notebook des Direktors war also wieder in Ordnung.

Ich zog mich an, machte mir einen Kaffee, und versuchte, meine schlechte Laune loszuwerden. Polizeibesuch vor dem Frühstück! Es blieb einem doch nichts erspart!

Ich habe nichts gegen die Polizei, vor allem nicht gegen die deutsche. Man weiß, dass es in diesem Land Gesetze gibt, die einen vor willkürlichen Aktionen schützen. Ich als ehemaliger Ausländer weiß das besonders zu schätzen. In meinem Geburtsland Argentinien gab es vor wenigen Jahrzehnten üble Zustände unter der Militärdiktatur, ähnlich wie damals im Dritten Reich in Deutschland. Da kamen Polizisten nachts um vier an die Haustür und holten einen ab zu einem Verhör, einer „Zeugenaussage", und oft tauchten diese Menschen nie wieder auf, sie verschwanden spurlos, wurden ermordet.

Meine Mutter ist Gott sei Dank mit mir rechtzeitig aus Argentinien weggegangen. Wir kamen 1955 in Berlin an, da war ich gerade drei Jahre alt. Meinen Vater habe ich nie kennengelernt, meine Mutter war alleinerziehend. Als sie in Buenos Aires Helmut kennenlernte, einen Berliner Unternehmer, der sie unbedingt heiraten wollte, nahm sie das Angebot an und wir zogen zu ihm nach Berlin. Das mit der Heirat klappte aber nicht so schnell wie geplant. Der Mann hatte damals noch ein Scheidungsverfahren laufen. Die Sache zog sich hin, denn seine damalige Ehefrau versuchte, die Scheidung zu verhindern.

Zwei Jahre lang lebten wir mit Helmut zusammen in seiner geräumigen Villa und meine Mutter wartete auf das Scheidungsurteil, das sich immer wieder verzögerte. Mir war das damals egal, ich konnte das alles ohnehin noch nicht so richtig verstehen. Für mich waren die neuen Umstände angenehm und aufregend, wir hatten einen großen Garten, es gab einen Schäferhund, mit dem ich gerne spielte und unser Dienstmädchen Carina verwöhnte mich sehr.

Helmut war wohlhabend und in seinem Mercedes fuhren wir oft zusammen an den Wochenenden an den Wannsee oder zu Wanderungen in die Umgebung. Es war eine schöne Zeit und ich lernte schnell Deutsch, denn bis zu meinem dritten Lebensjahr hatte ich nur Spanisch gehört und gesprochen. Als wir bei Helmut einzogen, stellte er die Bedingung, dass zuhause nur Deutsch gesprochen würde.

„Der Junge muss richtig Deutsch lernen, sonst wird er es hier nicht weit bringen. Spanisch kannst du ihm später immer noch beibringen", sagte damals Helmut zu meiner Mutter. Das war in der Tat sehr weitblickend von ihm und eine weise Entscheidung, obwohl ich dadurch die paar Brocken meiner Muttersprache schnell vergaß. Meine Mutter hielt sich eisern an seine Vorgabe, nur Deutsch mit mir zu reden. Leider hat sie später nicht mehr daran gedacht, mir das Spanische nahezubringen. Erst im Studium fing ich selber an, mir diese Sprache zu erarbeiten.

Meine Mutter beherrschte bei ihrer Übersiedlung nach Berlin nur wenige Brocken Deutsch und musste es mühsam erlernen. Sie lernte es praktisch gleichzeitig mit mir.

Eigentlich war das Ganze ein Treppenwitz der Familiengeschichte. Die Mutter meiner Mutter war deutsche Jüdin und im Jahr 1931 mit ihrem spanischen Freund und späteren Ehemann Joaquin nach Argentinien ausgewandert, aus Angst vor den Nazis, die sie schon sehr frühzeitig als Gefahr erkannte. Meine Großmutter hatte daher damals im Erwachsenenalter Spanisch lernen müssen. Als dann ihre Tochter, also meine Mutter, im Jahr 1932 geboren wurde, war die Sprache zuhause ausschließlich Spanisch, denn mein Großvater war Spanier und außerdem lebte man ja in Argentinien.

Meine Mutter wuchs infolgedessen spanischsprachig auf. Die paar Brocken Deutsch, die sie als Baby von ihrer Mutter gehört hatte, waren schnell vergessen. In zwei aufeinanderfolgenden Generationen hat also in unserer Familie ein Kind nicht die Sprache seiner Mutter gelernt, das ist schon eine merkwürdige Konstellation.

Noch heute, nach über fünfzig Jahren in Deutschland, spricht meine Mutter nicht fehlerfrei Deutsch. Das Einzige, was ich ihr in diesem Zusammenhang vorwerfen kann, ist ihre Bequemlichkeit. Sie hat sich nie wirklich mit der Grammatik beschäftigt. Bis heute kann sie Dativ und Akkusativ nicht auseinanderhalten und macht ständig Fehler, die man einer Anfängerin nachsehen würde, aber die bei jemandem, der schon so lang im Lande lebt, etwas peinlich sind. Aber sie ist immer eine liebevolle und gute Mutter gewesen, und ich verdanke ihr sehr viel. Was bedeuten da schon ein paar missglückte Akkusative? Gerade damals in Berlin, wo der Satz „Ich liebe dir" schon immer als korrektes Deutsch galt, fiel das ohnehin niemandem auf.

Leider kam es dann nicht mehr zur Hochzeit, weil Helmut im Jahr 1958 bei einem tragischen Verkehrsunfall ums Leben kam. Das war für uns beide ein großer Schock und ein harter Schicksalsschlag. So behielt meine Mutter ihren Mädchennamen Alumno, und das ist der Grund, warum ich heute als Deutscher immer noch diesen Namen trage.

Als Freiberufler in Deutschland habe ich dann oft festgestellt, dass mein Name gewisse Barrieren aufbaut. Leichteren Zugang zu Kunden hätte ich als Emil Schulze oder Hans Schmidt gehabt. Bei Winfried Alumno zucken viele zurück und fragen dann erst mal: „Woher kommen Sie eigentlich?" Mein Name löst ein gewisses Misstrauen aus, und erst wenn ich diese anfängliche Hürde überwunden habe, dann merken die Leute, dass auch ich ein Mensch bin wie jeder andere. Deutscher Staatsbürger bin ich ja schon lange, seitdem meine Mutter uns 1970 einbürgern ließ.

Meine 1931 ausgewanderte Großmutter hieß Katharina Birnbaum, und der Name Birnbaum wäre mir lieber gewesen und hätte mir in meiner Existenz in Deutschland sicherlich manche Türen leichter geöffnet als der etwas exotische Familienname Alumno. Aber ich habe mich damit abgefunden und in meinem Alter habe ich keine Ambitionen mehr, an meinen Lebensumständen noch allzu viel zu verändern.

Meine kleine Firma für Computernetzwerke ist seit Jahren erfolgreich, ich habe keinen Grund zur Klage. Es geht mir gut hier, und oft sehe ich mit Bedauern und einem gewissen Schmerz Fernsehberichte über Argentinien. Dass dieses einstmals so reiche Land dermaßen heruntergewirtschaftet wurde und dass die Menschen dort zunehmend in Armut und Elend leben, ist wirklich traurig. Meiner Mutter, sie starb leider letztes Jahr, kann ich nicht genug dankbar sein dafür, dass sie uns damals nach Deutschland gebracht hat.

Ein Blick auf die Uhr unterbrach meinen Gedankengang. Es war Zeit, mich für den Besuch auf dem Polizeipräsidium vorzubereiten. Langsam trank ich den Kaffee aus und machte mich fertig zum Weggehen.

4 Vernehmung

„Bitte stellen Sie in den nächsten sechzig Minuten keine Telefonate durch", sagte Kriminalkommissar Sauer zu seiner Sekretärin, die soeben sein Büro verließ. Ihm gegenüber saß Herr Degen, der stellvertretende Direktor des Schiller-Gymnasiums, ein Mann Mitte fünfzig, mit freundlichem Gesicht, breitschultrig und von kräftiger Gestalt.

„Schön, dass Sie so schnell kommen konnten", begann Sauer das Gespräch. „Es ist ja unfassbar, was da passiert ist."

„Ja, wir sind alle schockiert! Furchtbar!", gab Degen zurück.

„Haben Sie denn irgendeinen Anfangsverdacht? Gab es irgendeinen Kollegen, der Konflikte mit Ihrem Direktor hatte?" Der Kommissar runzelte fragend die Stirn.

„Nein, wir können uns da überhaupt keinen Reim darauf machen. Natürlich gab es immer mal kleine Reibereien mit dem oder jenem Kollegen, aber das alles hielt sich im Rahmen des Normalen. Im Berufsleben gibt's eben hin und wieder Konflikte, das wird hier bei Ihnen auch nicht anders sein, nehme ich an."

„Ja, völlig klar, und dass man sich deswegen umbringt, kommt eher selten vor." Der Kommissar grinste etwas maliziös über seinen eigenen Scherz.

„Also dass irgendjemand aus dem Kollegenkreis so ein brutales Verbrechen begehen könnte, kann ich mir nicht vorstellen", verteidigte Degen die Ehre seines Berufsstandes.

„Ach wissen Sie, vorstellen kann man sich so manches, wenn man wie ich seit dreißig Jahren Polizist ist. Einen Mord muss man im Übrigen nicht unbedingt persönlich ausführen."

„Sie denken an einen Auftragsmord? Das klingt mir aber doch etwas zu phantastisch."

„Na ja, im Moment kann ich nur mit Sokrates sagen: Ich weiß, dass ich nichts weiß." Sauer grinste und zuckte mit den Schultern. „Wir müssen planmäßig vorgehen, wenn wir hier weiterkommen wollen. Fangen wir mal bei gestern Abend an. Wie lange waren Sie gestern am Arbeitsplatz?"

„Ich ging gegen siebzehn Uhr."

„Und wo waren Sie so zwischen halb zehn und halb elf Uhr?"

„Na, Sie kommen ja gleich zur Sache ...."

„Jeder Lehrer bekommt diese Fragen gestellt, da kann ich bei Ihnen keine Ausnahme machen."

„Ist doch klar, Herr Sauer. Also ich war ab zwanzig Uhr zuhause, mit meiner Frau, und wir hatten Besuch von Bekannten."

Der Kommissar machte sich Notizen auf einem Papierblock.

„Können Sie mir die Namen Ihrer Besucher sagen? Wir müssen alle Angaben überprüfen, das ist reine Routinesache."

„Ja, das verstehe ich vollkommen. Bei uns waren Herr und Frau Kiesberger, sie wohnen in Lundenburg in der Herzogstraße."

„Danke, das hab ich notiert. Ihr Chef war ja noch sehr spät abends im Schulhaus? Kam das denn oft vor?"

„Ja, das gab es schon relativ häufig, allerdings nicht so spät wie gestern, er ging meist so zwischen sieben und acht Uhr."

„Waren denn gestern Abend noch andere Kollegen im Haus? Und wenn ja, wie lange?"

„Die Frage kann ich nicht genau beantworten, wir wissen nie, wer im Haus ist. Es gibt ja bei uns keine Stechuhren, die Kollegen kommen und gehen, wann es ihnen passt, ich meine außerhalb der Unterrichtszeiten."

„Sie wissen also nicht, ob Herr Lochberger gestern Abend allein im Schulhaus war, sagen wir ab zwanzig Uhr?"

„Ich weiß nur, dass anscheinend drei Kollegen bis circa neun Uhr direkt neben dem Rektorat waren. Sie haben wohl noch kopiert."

„Aha, und woher wissen Sie das?"

„Herr Lochberger hat mir abends gegen Viertel nach neun eine E-Mail geschrieben, in der er behauptete, er sei Opfer eines Anschlags geworden. Sein Notebook sei dabei durch Viren verseucht worden."

Der Kommissar runzelte die Stirn und sah Degen fragend an.

„Warten Sie einen Moment, ich will Ihnen das erklären. Der Chef war gegen neun Uhr kurz auf der Toilette. Als er zurückkam, kamen die Kollegen Strasser, Baum und Pobler wohl gerade aus dem Kopierraum heraus und waren offenbar dabei, zu gehen. Alle verabschiedeten sich vom Chef. Als Lochberger dann weiterarbeiten wollte, gab sein PC eine Alarmmeldung aus wegen Virenbefall. Die Daten auf seiner SD-Karte waren zerstört. Er glaubt, dass die drei Kollegen während seiner Abwesenheit sein Notebook infiziert hatten."

Der Kommissar hatte gespannt zugehört und schaute skeptisch.

„Das ist eine abenteuerliche Geschichte. Für mich hört sich das etwas unrealistisch an. Halten Sie denn das überhaupt für möglich?"

Degen wiegte den Kopf hin und her, er war sich unschlüssig.

„Das Ganze klingt ja wie ein Lausbubenstreich, aber möglich wäre es schon. Allerdings sehe ich nicht, wie dieser Vorfall mit dem Mord zusammenhängen sollte."

„Das kann ich momentan auch nicht sehen. Was können Sie mir denn über diese betreffenden Kollegen sagen? Hatten die irgendwelche Konflikte mit Ihrem Chef? Erzählen Sie einfach mal, was Ihnen dazu so einfällt."

„Na ja, mit denen gab es schon hin und wieder mal ein bisschen Ärger, das ist wahr. Aber die drei Leute stufe ich nun wirklich nicht als potentielle Mörder ein."

„Das sollen Sie auch gar nicht, lieber Herr Degen, Sie sollen gar nix einstufen, sondern uns helfen, dieses Puzzle zusammenzusetzen. Wie waren denn diese Kollegen im Umgang mit Ihrem Chef?"

„Nun ja, mit Strasser gab es gewisse Anlaufschwierigkeiten, er kam relativ spät in die Schule, spät heißt, dass er damals schon fast fünfzig Jahre alt war und keine schulische Erfahrung hatte."

„Wie kann denn so was sein?"

„Herr Strasser hatte nach seinem Staatsexamen, das war wohl Anfang der Achtzigerjahre, keine Lehrerstelle bekommen und war dann erst mal in der Erwachsenenbildung tätig."

„Und warum wurde er plötzlich doch noch in den Schuldienst aufgenommen?", fragte der Kriminalkommissar.

„Nach dem Jahrtausendwechsel gab es einen erheblichen Mangel an Spanischlehrkräften, Spanisch war plötzlich bei den Schülern in Mode gekommen und es entstand eine unvorhersehbare Nachfrage. Strasser hatte Spanisch studiert, er wurde also aus diesem akuten Lehrermangel heraus eingestellt."

„Und hat er sich dann gut in die Schule integriert?"

„Eigentlich schon, anfangs lief nicht immer alles ganz rund, aber das waren geringfügige Dinge, ohne große Bedeutung. Herr Strasser war ein eher zurückhaltender Typ, doch mit den Schülern kam er gut zurecht."

„Und wie sieht es mit Baum und Pobler aus?"

„Na ja, der Baum machte oft einen etwas eigensinnigen Eindruck und hatte ein paarmal Streitereien mit dem Chef, aber Genaues weiß ich nicht. Und Pobler hat sich als dienstältester Kollege manche Freiheiten herausgenommen, auch gewisse Unverschämtheiten. Aber der hat sein Gift verbal versprüht, ich glaube nicht, dass bei dem noch Aggressionspotential übrig geblieben ist für Gewalttaten."

Der Kommissar grinste. „Klingt ja alles furchtbar harmonisch. Also gab es aus Ihrer Sicht nichts Gravierendes, was auf eine besondere Feindschaft zwischen diesen Kollegen und Ihrem Chef hindeuten würde?"

„Nein, Feindschaft würde ich nicht sagen, allerdings erinnere ich mich, dass der Chef schon gelegentlich mal manche Kollegen etwas rüde zusammengestaucht hat, aus unterschiedlichen Gründen. Mal war eine Klassenarbeit angeblich falsch bewertet, mal haben sich Schüler über eine ungerechte Behandlung beschwert und so weiter."

„Aha", murmelte der Kommissar und setzte eine nachdenkliche

Miene auf. „Hat denn ein Schulleiter die Zeit, um Klassenarbeiten von Schülern zu kontrollieren?"

„Normalerweise nicht, aber wenn ein Schüler sich beim Rektor beschwert, dann muss er der Sache nachgehen. Wie gesagt, es waren kleinere Dinge und es gibt immer Kollegen, bei denen mal dies oder jenes nicht so ganz rund läuft. Da hat dann ein Chef die Aufgabe, mit den betreffenden Lehrern zu sprechen."

„Hatten Sie denn manches Mal den Eindruck, dass er da vielleicht nicht immer das richtige Fingerspitzengefühl zeigte?"

Degen lächelte verlegen und meinte dann, freilich habe jeder seinen eigenen Stil im Umgang mit den Mitmenschen. Manchmal habe es schon so ausgesehen, als ob der Chef zu autoritär aufgetreten sei und manche Kollegen auch eingeschüchtert habe. Aber das sei letzten Endes eine Geschmacksfrage, und dazu wolle er sich nicht weiter äußern.

„Mit so einem Verhalten schafft man sich ja nicht unbedingt immer nur Freunde. Haben in letzter Zeit irgendwelche Kollegen vorzeitig die Schule verlassen, also gab es Frühpensionierungen oder Versetzungen an andere Orte?"

Degen überlegte einen Moment und meinte dann, es gäbe eine Reihe von Kollegen, die sich hatten versetzen lassen, meistens aus familiären oder privaten Gründen. Es habe auch in den letzten Jahren Fälle von vorzeitigem Ruhestand gegeben, weil manche Kollegen nicht bis zum Erreichen der gesetzlichen Altersgrenze arbeiten wollten.

Der Kommissar grinste. „Das verstehe, wer will. Da haben diese Leute so einen Traumjob und wollen vorzeitig aufhören!"

Auch Degen grinste jetzt. „Sie können ja mal einen Monat bei uns probehalber als Praktikant einsteigen, mal sehen, ob Sie dann immer noch von Traumjob reden."

„War ein kleiner Scherz am Rande", entschuldigte sich Sauer. „Ich weiß schon, dass Lehrer heutzutage ein Knochenjob ist."

Degen zog zustimmend die Schultern hoch.

Jetzt klopfte es an der Tür. Sauer rief „Moment bitte", stand auf und öffnete die Tür einen Spalt weit. Er wechselte ein paar Worte mit einem Mann und kam dann zurück an seinen Schreibtisch.

„Da draußen sitzt schon mein nächster Gesprächspartner, dieser Mord verschafft uns hier einen Berg zusätzlicher Arbeit", stöhnte Sauer. „Aber lassen Sie mich nochmal zurückkommen auf diese drei von Ihnen genannten Kollegen Strasser, Baum und Pobler. Gibt es da noch irgendwelche Punkte, die für uns wichtig sein könnten?"

„Ich weiß nicht. Der Herr Strasser scheidet übrigens jetzt zum Schuljahresende vorzeitig aus, ein Jahr vor Erreichen der Altersgrenze."

„Ach so?" Der Kommissar dachte nach. „Glauben Sie, dass dieser verfrühte Abschied von der Schule etwas mit seiner Einstellung zu seinem Chef zu tun hat?"

Degen überlegte und zog dabei die Schultern hoch, als wolle er ausdrücken, das sei schwer zu sagen.

„Da fällt mir ein, es gab da mal einen Brief, den Strasser an den Chef geschrieben hat, das war vor ungefähr einem Jahr. Da hat er sich sehr negativ gegenüber ihm geäußert, das war schon fast beleidigend."

Der Kommissar sah Degen skeptisch an. „Interessant. Könnten Sie mir eine Kopie von diesem Brief zukommen lassen?"

„Ja, sicher, ich schicke Ihnen eine Kopie per E-Mail zu."

„Danke, das wäre nett. Gut, wir werden mit allen Kollegen persönlich reden, da wird sich dann schon ein gewisses Bild ergeben. Eine andere Frage: Wie ist der Zugang zum Schulgebäude geregelt? Kann jeder Kollege mit seinem Schlüssel jederzeit das Schulgebäude betreten?"

„Ja, das ist so. Das Gebäude wird abends gegen achtzehn Uhr vom Hausmeister abgeschlossen, aber die Lehrer haben alle einen Schlüssel und können im Prinzip jederzeit die Schulgebäude betreten."

„Das ist freilich ein Sicherheitsrisiko. Sie haben wohl keinerlei Eingangskontrollen?"

„Das ist korrekt, das ist traditionell immer so gewesen."

„Dann könnte auch jeder x-Beliebige gestern Abend ins Schulgebäude gelangt sein, beispielsweise irgendein Landstreicher. Wäre nicht eine elektronische Eingangskontrolle sinnvoll?"

„Ja sicherlich, aber wie so oft geben hier die Finanzen den Ausschlag. Wir haben dafür kein Geld, und das Land will dafür keine Mittel bereitstellen. So ein elektronisches System beläuft sich schnell mal auf einige zigtausend Euro."

„Verstehe. Das ist dann natürlich schwer umzusetzen."

Degen stimmte zu. „Das mit der Sicherheit ist freilich ein heißes Eisen. Wir hatten in den letzten Monaten mehrere Fälle von zwielichtigen Gestalten, die versucht hatten, die Schülertoiletten zu benutzen. Ich bin nicht sicher, ob dieses Konzept der offenen Schulgebäude auf Dauer haltbar sein wird."

Sauer zog mit kritischem Blick die Augenbrauen hoch.

„Ihr Chef wäre möglicherweise noch am Leben, wenn es Eingangskontrollen gäbe."

Degen schwieg betreten und machte eine Geste der Hilflosigkeit.

„Gut", sagte der Kommissar und hob die linke Hand mit einer Gebärde, die ausdrückte, dass er sich im Moment noch überhaupt keinen Reim auf die ganze Angelegenheit machen konnte.

„Ich werde in den nächsten Tagen versuchen, alle Ihre Kollegen zu interviewen. Die Schulferien beginnen ja in fünf Tagen. Halten Sie es für möglich, dass ich alle Lehrer noch vor Beginn der Ferien sprechen kann?"

„Das weiß ich nicht, es gibt vermutlich einige, die gleich am ersten Ferientag verreisen werden."

„Könnten Sie vielleicht durch ein Umlaufschreiben herausfinden, wer sofort wegfährt? Diese Leute sollen gleich am Montag vernommen werden, bitte sagen Sie das Ihren Kollegen."

„Ja, das kann ich machen, ich schicke Ihnen dann per E-Mail die Namensliste zu."

„Prima, so werden wir das machen. Herr Degen, vielen Dank für Ihren Besuch. Wir bleiben in Kontakt. Falls Sie irgendwelche neuen Anhaltspunkte finden, die für uns von Interesse sein könnten, dann rufen Sie mich bitte sofort an oder schreiben Sie mir, hier ist meine Karte."

„Danke, werde ich tun, und im Übrigen bin ich noch die nächsten zwei Wochen hier. Wir haben unseren Urlaub erst Mitte August geplant, Sie können mich also jederzeit zuhause erreichen."

„Gut, dann versuchen wir mal jetzt etwas Licht in das Dunkel zu bekommen und ich verspreche mir von den weiteren Gesprächen mit Ihren Kollegen etwas mehr Klarheit in der Sache. Irgend ein Feind oder ein Motiv muss da ja vorhanden gewesen sein. Ein Mord kommt selten aus heiterem Himmel. Wir müssen das Motiv finden und das wird unser erstes und vorrangiges Ziel sein. Nochmals vielen Dank für Ihre Mithilfe, Herr Degen."

„Gern geschehen. Einen schönen Nachmittag, Herr Sauer."

„Schöner Nachmittag ist leicht gesagt, ich habe nachher um sechzehn Uhr noch die Pressekonferenz. Die Presse ist ungeheuer neugierig, aber allzu viel werde ich denen heute nicht sagen können. Also bis dann, machen Sie's gut."

5 Viele Fragen

Meine Wohnung war nicht weit vom Polizeipräsidium entfernt, deshalb ging ich zu Fuß. Ganz wohl war mir bei der Sache nicht, und ich hatte nicht die geringste Idee, was die Polizei von mir wollte. Beim Grübeln über diese Frage war mir nur die rote Ampel eingefallen, aber der Beamte hatte ja von „Verbrechen" geredet.

Da lag schon der Glaspalast der Polizei vor mir und ich fragte am Empfang nach Kommissar Sauer.

„Zweiter Stock Zimmer zweihundertzwölf" sagte der Beamte kurz angebunden, ohne eine Miene zu verziehen.

Ich nahm den Aufzug und fuhr hoch in den zweiten Stock. Diese öffentlichen Gebäude wirken auf mich meist abstoßend. Lange Korridore in hässlichen Grautönen, viele verschlossene Türen, hinter denen über Schicksale entschieden wird. Ich stand jetzt vor Zimmer 212, las „Kriminalkommissar Sauer" auf dem Namensschild, zögerte einige Sekunden lang und klopfte dann zweimal.

„Moment bitte!", hörte ich von drinnen eine kräftige Männerstimme und gleich darauf öffnete sich die Tür einen Spaltbreit, ein grauhaariger Männerkopf schob sich durch die Türöffnung und sah mich fragend an.

„Guten Tag, Alumno ist mein Name, ich habe einen Termin bei Ihnen."

„Tag Herr Alumno", antwortete der Beamte freundlich, ohne hinter der Tür hervorzukommen, „Sie sind richtig bei mir, aber bitte nehmen Sie doch einen Augenblick Platz. Ich habe momentan noch eine Besprechung, es wird nicht mehr lange dauern, ich rufe Sie dann herein."

Ich nickte zustimmend, die Tür ging wieder zu und ich setzte mich auf einen der drei Holzstühle. Der kleine Tisch neben mir war leer, Zeitschriften gab es keine. Am linken Ende des endlos wirkenden Flurs saßen vor einem anderen Dienstzimmer zwei ältere Frauen, ansonsten war alles wie ausgestorben. Hier in diesem neuen Gebäude war ich noch nie gewesen, mit der Polizei hatte ich ja zum Glück auch selten Kontakt.

Vor ein paar Jahren gab es einmal einen Vorfall, bei dem die Polizei meine Nerven sehr strapazierte. Da kamen wochenlang immer wieder Polizisten zu mir und verlangten wiederholt Zeugenaussagen zu einem Raubüberfall, der damals in unserem Wohngebiet passiert war.

Eines Nachts hatte ich nämlich gegen ein Uhr von draußen Schreie gehört, eine Frau hatte laut um Hilfe geschrien. Ich war noch wach und öffnete das Fenster, konnte aber nichts sehen. Es waren deutlich die Hilfeschreie einer Frau zu vernehmen, irgendwo in der Nähe, draußen in der Dunkelheit. Niemand außer mir schien das zu hören, kein anderes Fenster öffnete sich, anscheinend schliefen alle tief und fest. Als das Geschrei der Frau nicht aufhörte, wählte ich den Notruf 110. Der Beamte am Telefon sagte, er würde gleich einen Streifenwagen losschicken, verlangte aber vorher meine Personalien.

Danach war ich ins Bett gegangen, die Schreie waren sofort nach meinem Anruf verstummt. Ich schlief dann bald ein, aber etwa eine Stunde später schrillte meine Türklingel. Schlaftrunken torkelte ich zur Sprechanlage. Zwei Polizisten wollten mich wegen meines Notrufs sprechen.

Ich war wirklich erbost darüber, mitten in der Nacht aus dem Bett geholt zu werden, drückte aber den Knopf für die Haustür. Zwei junge Beamte stürmten nach oben. Ich ließ sie hereinkommen, sie hätten sonst durch lautes Reden im Treppenhaus die anderen Bewohner des Hauses aufgeweckt.

„Ich habe nicht bei der Polizei den Notruf gewählt, damit Sie mich nachts aus dem Bett holen", polterte ich los.

„Es tut uns leid", sagte einer beiden Uniformierten, „wir sind auf der Suche nach dieser Frau, die Sie schreien hörten, aber wir haben hier in der Umgebung nichts gefunden. Können Sie uns etwas mehr sagen? Wo genau kam das Schreien her?"

„Wenn ich mehr gewusst hätte, dann hätte ich das schon am Telefon gesagt", brummte ich schläfrig und missgelaunt. „Nein, ich habe keine Ahnung, wo die Schreie herkamen. Ich habe nur gehört, dass es draußen irgendwo in der Nähe war. Mehr kann ich Ihnen nicht sagen, und ich habe auch nichts gesehen. Und das nächste Mal werde ich mir gut überlegen, ob ich so einen Notruf nochmal mache, wenn ich dann zum Dank nachts um zwei aus dem Schlaf gerissen werde."

Der Beamte entschuldigte sich für die Störung, er habe gehofft, von mir Details zu erfahren. Immerhin sei ja möglicherweise ein Verbrechen passiert. Die beiden verabschiedeten sich und trampelten die zwei Stockwerke die Treppe hinunter, alles war wieder still, aber ich konnte stundenlang nicht mehr einschlafen. Es waren damals auch andere Hausbewohner wach geworden und am nächsten Tag fragte mich ein neugieriger Nachbar aus der Wohnung neben mir, was denn heute Nacht los war und warum die Polizei zu mir gekommen sei?

Da durfte ich die ganze Geschichte mehrmals der ganzen Hausgemeinschaft erzählen, und als dann in der Zeitung stand, dass man eine junge Frau in der Nähe überfallen und beraubt hatte, da war die Aufregung groß und die Polizei rückte wieder an, um meine Aussage zu protokollieren. Die Polizisten kamen aber nicht nur einmal, sondern mehrmals. Allerdings kamen jedes Mal andere. Sie stellten immer wieder dieselben Fragen, was mich damals fast an den Rand des Wahnsinns trieb. Das ist jetzt fünf Jahre her. Damals habe ich mir geschworen, nachts keine Schreie von Frauen mehr zu hören. Und jetzt wollen diese Nervensägen schon wieder eine Zeugenaussage von mir, ich möchte nur wissen, zu welcher Sache? Ein Verbrechen? Das Ganze muss ein Missverständnis sein.

Die Tür zu Zimmer 212 ging plötzlich auf und heraus kam ein breit gebauter, circa fünfzigjähriger Mann, der mir bekannt vorkam. Er grüßte mich zwar kurz durch Kopfnicken, eilte aber schnellen Schrittes davon. Er war schon im Treppenhaus verschwunden, als mir klar wurde, dass soeben der stellvertretende Direktor des Schiller-Gymnasiums an mir vorbeigestürmt war.

„Kommen Sie rein", rief von innen eine resolute Stimme und ich trat in das Dienstzimmer ein. Der Kommissar erhob sich, kam auf mich zu und gab mir die Hand.

„Sauer, freut mich. Schön, dass Sie kommen konnten, es ist ja relativ dringend. Tut mir leid, dass Sie warten mussten. Heute ist viel los bei uns. Nehmen Sie Platz."

„Ich bin wirklich gespannt, was denn so dringend ist. Heute Morgen hat mir schon ein Polizist an der Haussprechanlage eine Andeutung gemacht, es ginge um ein Verbrechen. Ich weiß aber nicht, was ich mit irgendeinem Verbrechen zu tun haben soll."

„Um so besser", sagte Kommissar mit einem leichten Anflug von Lächeln. „Ich habe hier ein paar Fragen vorbereitet und würde Sie bitten, spontan zu antworten."

Ich nickte und schaute den Kommissar erwartungsvoll an.

„Erste Frage: Kennen Sie einen Herrn Lochberger?"

„Natürlich kenne ich Herrn Lochberger", sagte ich, „er ist einer meiner Geschäftspartner."

„Könnten Sie kurz die Art Ihrer Beziehung beschreiben?"

„Sehr gerne. Herr Lochberger ist Direktor am Schiller-Gymnasium hier in Lundenburg und wir haben uns vor zwei Jahren kennengelernt, als das Computernetzwerk der Schule erweitert wurde. Da sind die Mitarbeiter dort auf gewisse technische Schwierigkeiten gestoßen und man hat mich beauftragt, beim Netzausbau zu helfen. Netzwerke sind mein Spezialgebiet, ich bin Freiberufler. So kam der Kontakt zustande und seitdem bin ich schon des Öfteren an der Schule gewesen, um bei Schwierigkeiten auszuhelfen, außerdem habe ich einen Wartungsvertrag für die gesamte EDV-Anlage."

„Und wie wirkte er persönlich auf Sie, was würden Sie da sagen, war er sympathisch oder eher schwierig im Umgang?"

Ich wurde stutzig. „Warum verwenden Sie die Vergangenheitsform, wenn Sie von ihm reden? Er hat gestern Abend noch bei mir in der Firma angerufen und ich will ihn nachher an seiner Schule besuchen."

Der Kommissar war etwas peinlich berührt und entschuldigte sich.

„Sie haben recht, man muss mit der Sprache sorgfältig umgehen, also ich korrigiere mich: Wie wirkt er persönlich auf Sie, gibt es irgendwelche Probleme im Umgang mit ihm?"

„Nein, überhaupt nicht, es gibt und gab keinerlei Schwierigkeiten, im Gegenteil, es war bisher immer eine sehr konstruktive Zusammenarbeit. Er ist ein sympathischer Typ und hat ja auch Ahnung von der Materie, also vom Computerwesen. Das macht die Zusammenarbeit natürlich leichter, als wenn man Auftraggeber hat, die von der Sache wenig oder nichts verstehen."

„Sie sagten gerade, Sie hätten gestern Abend noch mit ihm telefoniert. Um was ging es denn da und wann war das Telefonat?"

„Ich persönlich habe nicht mit ihm gesprochen. Mein Mitarbeiter, Herr Becker, hatte gestern Abend Bereitschaftsdienst, er hat das Gespräch geführt und mir dann davon berichtet. Herr Lochberger hatte Probleme mit einem Virenbefall auf seinem Rechner, und da hat er uns angerufen, das war so gegen Viertel nach neun. Er hat Herrn Becker gebeten, per Fernwartung seinen Rechner wieder in Ordnung zu bringen. Ich kam ungefähr fünf Minuten nach diesem Anruf nach Hause und habe mich dann gleich um die Sache gekümmert. Aber jetzt bin ich doch neugierig, warum Sie so intensiv nach meiner Beziehung zu Herrn Lochberger und seiner Schule fragen."

„Sie haben heute wohl noch keine Lokalnachrichten gelesen oder gehört?" Seine Frage beunruhigte mich.

„Das ist wahr, ich bin nicht dazu gekommen. Vor allem deshalb, weil Ihre Leute schon kurz vor acht bei mir geklingelt haben und mich hierher zitierten. Was hätte ich denn in der Zeitung lesen können?"

Der Kommissar zog die Augenbrauen hoch und hatte offenbar eine unangenehme Nachricht zu verkünden.

„Es gab in der Schule ein Attentat auf den Direktor."

„Was? Das gibt's doch nicht", sagte ich bestürzt.

„Leider doch. Und wir versuchen jetzt, herauszufinden, wer dahinter stecken könnte."

„Verstehe. Und wie geht es dem Herrn Lochberger jetzt?"

Der Kommissar kniff die Lippen zusammen. „Er wurde tödlich verletzt."

„Um Gottes willen!" Ich war entsetzt über diese Nachricht.

„Tja, so haben wohl alle reagiert, die den Ermordeten gekannt haben. Die Frage ist jetzt für mich, wer ein Interesse daran haben konnte, dem Direktor nach dem Leben zu trachten. Haben Sie dazu vielleicht irgendeine Idee? Apropos, wo waren Sie in der Zeit zwischen einundzwanzig Uhr dreißig und zweiundzwanzig Uhr?"

„Von halb neun bis zwanzig nach neun machte ich einen Spaziergang und war danach ohne Unterbrechung zuhause. Wie ich Ihnen schon sagte, kam ich ungefähr fünf Minuten nach dem Anruf von Lochberger heim. Mein Mitarbeiter Becker war dann noch bis kurz vor zehn bei mir im Büro und ich war bis gegen elf mit der Fernwartung des Rechners von Herrn Lochberger beschäftigt. Das lässt sich im Übrigen aus den Wartungsprotokollen ablesen."

Der Kommissar machte sich Notizen zu den Aussagen und fuhr fort mit der Befragung.

„Kennen Sie eigentlich irgend jemanden aus dem Kollegium?"

„Ja", antwortete ich, noch ganz benommen von der Hiobsbotschaft, „ich kenne natürlich den Konrektor, Herrn Degen, der ist auch oft bei der Netzverwaltung dabei. Außerdem habe ich an der Schule einen alten Freund aus gemeinsamer Schulzeit, der dort unterrichtet, nämlich einen Herrn Strasser."

Der Kommissar verzog keine Miene und fragte weiter.

„Ja, den Namen Strasser habe ich schon mal gehört. Wie würden Sie denn den Herrn Strasser beschreiben, wenn Sie an seine Einstellung zur Schule und insbesondere zur Schulleitung denken?"

Ich überlegte einen Moment, Alexander hatte mir ja so manche Interna des Schullebens erzählt, wenn wir uns gelegentlich mal auf ein Bier trafen. Dabei hatte er in der Tat manchmal auf die Schulleitung geschimpft und insbesondere seinen Ärger über den Direktor recht unverhohlen ausgedrückt. Aber jetzt war wohl nicht der Zeitpunkt, um solche Einzelheiten zum Besten zu geben.

„Ich weiß relativ wenig über Herrn Strassers Einstellung zur Schulleitung, ich kann mich nicht erinnern, dass er darüber mit mir gesprochen hat."

„Na, das wundert mich doch etwas, denn Sie sind doch wohl eng befreundet, oder?"

„Ja, schon, wir kennen uns ja seit vielen Jahren und treffen uns gelegentlich zum Gedankenaustausch."

„Wie oft sehen Sie sich denn so im Schnitt?"

„Na ich würde sagen, so ein oder zweimal pro Monat, je nachdem. Da gehen wir dann zusammen abends essen und unterhalten uns über Gott und die Welt."

„Da vermute ich aber doch, dass Herr Strasser hin und wieder ein bisschen aus der Schule plaudert, oder?"

„Freilich erzählen wir uns auch gegenseitig was aus dem Beruf. Wir arbeiten ja in vollkommen unterschiedlichen Welten, ich in der Datenverarbeitung und er als Sprachenlehrer. Da gibt es nicht allzu viele Schnittmengen, und gerade deshalb ist es spannend, mal in ein anderes Berufsfeld hineinzuschnuppern."

„Wann haben Sie denn Herrn Strasser das letzte Mal gesehen?"

Ich dachte kurz nach. „Das war vorletztes Wochenende, am Sonntagabend."

„Und da sprach er nicht über irgendwelche Konflikte mit dem Direktor oder schulische Probleme?"

„Nein, im Gegenteil, er freute sich über seinen bevorstehenden Ruhestand, und wir haben über die Zukunft gesprochen und was wir alles unternehmen könnten in den verbleibenden Lebensjahren."

„Na gut." Der Kommissar räusperte sich und setzte jetzt ein ernstes Gesicht auf.

„Herr Alumno, wir haben Sie heute am frühen Morgen kontaktiert, weil wir aus der Telefonanlage der Schule entnehmen konnten, dass Sie der letzte Kontakt des Herrn Lochberger waren. Vielleicht ist Ihrem Mitarbeiter ja in diesem Telefonat irgendetwas aufgefallen, was uns bei der Aufklärung helfen könnte. Fragen Sie ihn bitte danach, ob er womöglich eine weitere Person im Hintergrund gehört hat, oder ob ihm sonst irgendetwas verdächtig vorkam."

„Das werde ich ihn gerne fragen. Er hat mir gesagt, dass der Direktor verständlicherweise nervös war, weil er plötzlich diesen Virenbefall auf dem Rechner hatte. Aber Herr Becker konnte ihn wieder beruhigen. Wir haben mit solchen Sachen ja Erfahrung. Eine Sache war allerdings seltsam. Der Virus auf der Datenkarte des Direktors ist nämlich schon rund zwanzig Jahre alt. Er tauchte erstmals Ende der neunziger Jahre auf."

„Also das ist mir etwas zu hoch, erklären Sie mir das mal bitte. Wie kommt denn so ein uralter Virus auf den Rechner des Schuldirektors, wenn doch überall so moderne Virenscanner installiert sind?"

„Das habe ich mich allerdings auch gefragt", meinte ich nachdenklich. „Es gibt meiner Meinung nach eigentlich nur eine mögliche Erklärung. Der Direktor muss die Datenkarte in einem anderen infizierten Rechner verwendet haben, und dort hat er sich dann den Schädling eingefangen. Alle Angriffe über das Schulnetz wären nämlich vom System abgeblockt worden."

Der Kommissar machte sich Notizen.

„Wäre es theoretisch auch möglich, dass jemand die Datenkarte aus dem Rechner des Direktors entnommen hat und sie in einen anderen infizierten Rechner gesteckt hat?"

Ich überlegte einen Moment.

„Prinzipiell wäre das möglich. Aber es stellt sich hier freilich die Frage nach dem Sinn und Zweck dieser Operation. Wozu sollte jemand so etwas tun? Ein Lausbubenstreich eines Schülers wäre denkbar. Aber warum sollte ein Mörder so einen Zirkus veranstalten, das scheint mir abwegig."

„Nun ja, ein direkter Zusammenhang mit dem Mord ist da erst mal nicht erkennbar", gab der Kommissar zu. „Aber es könnte sein, dass der Täter das Opfer möglichst lange am Arbeitsplatz festhalten wollte. Er hat wohl angenommen, dass Herr Lochberger versuchen würde, das Problem noch am selben Abend zu lösen, und dass er dann bis spät nachts im Schulhaus wäre."

„Schon möglich. Aber das scheint mir ziemlich spekulativ."

„Gut, dann werde ich Ihnen jetzt etwas sagen. Als Sie vorhin an meine Tür klopften, saß Herr Degen vom Schiller-Gymnasium hier bei mir. Er hat mir erzählt, dass ihm Herr Lochberger gestern gegen Viertel nach neun eine E-Mail schrieb, in der er behauptete, dass seine Kollegen Strasser, Baum und Pobler ihm diesen Virus auf den Rechner gezaubert haben, als er kurz auf der Toilette war. Lochberger hatte sofort die genannten Herren in Verdacht, denn sie kamen aus dem Kopierraum, und die Verbindungstür zum Rektorat war nicht verschlossen, weil der Türschließer manipuliert worden war. Herr Strasser ist zusätzlich verdächtig, weil er offenbar vor rund einem Jahr einen Brief an seinen Chef geschrieben hat, der von Herrn Degen als feindselig eingeschätzt wird."

Ich war bestürzt über diese Eröffnung und etwas ratlos.

„Davon weiß ich nichts. Und jetzt sagen Sie bloß nicht, dass Sie den Herrn Strasser des Mordes verdächtigen!"

„Im Moment ist jeder gleichermaßen verdächtig, jeder Lehrer, jeder Schüler, der Hausmeister, sogar die Putzleute", versuchte der Kommissar mich zu beruhigen.

„Aber ich will so bald wie möglich mit allen Lehrern reden, um diese rätselhaften Vorgänge zu klären."

„Tja, das wird sicher das Beste sein. Wirklich eine seltsame Geschichte. Eine Virenattacke wäre schon ein dicker Hund, aber ein Mord, unmöglich! Ich kenne Herrn Strasser schon sehr lange, der begeht keinen Mord!"

„Wie dem auch sei, wir brauchen dringend ein Gespräch mit ihm. Am Montag wollen wir mit möglichst allen Lehrern reden, ich hoffe, dass ich ihn dann auch sehen werde."

„Davon gehe ich mal aus."

„Von meiner Seite wäre das erst mal alles, Herr Alumno. Ihre Erklärungen zum Virusbefall und so weiter waren für mich sehr hilfreich. Das ist ja für einen Laien wie mich nicht immer so leicht verständlich, ich danke Ihnen jedenfalls. Sind Sie denn in den nächsten Tagen erreichbar, falls noch Fragen auftauchen würden?"

Ich nickte. „Ja, ich bin bis Ende August auf jeden Fall in Lundenburg, meinen Urlaub mache ich erst im Herbst."

„Prima, dann bleiben wir in Kontakt, und falls Ihnen noch etwas einfallen sollte, rufen Sie mich an, ja?" Der Kommissar erhob sich, und auch ich stand auf. Wir verabschiedeten uns mit Händedruck und ich machte mich auf den Heimweg.

Der Kopf schwirrte mir von all dem, was ich jetzt gerade erfahren hatte. War es denn möglich, dass Alexander in ein Verbrechen verwickelt war, ja sogar einen Mord begangen hatte? Ich hielt das für absolut unmöglich, aber ich wunderte mich natürlich sehr über diese Virengeschichte. Sicher gab es da eine ganz andere Erklärung. Es war grotesk, dass man meinem Freund so etwas in die Schuhe schieben wollte. Vielleicht steckten ja die anderen Kollegen dahinter, die der Kommissar genannt hatte. Ich beschloss, der Sache nachzugehen und bald mit Alex zu reden. Er musste schnellstens alle Verdächtigungen des Kommissars durch ein offenes und ehrliches Gespräch entkräften.

6 Dienstbesprechung

Der Konrektor stand im Foyer des Neubaus und wartete darauf, dass das chaotische Stimmengewirr der anwesenden Lehrer nachlassen würde. Das Hauptgebäude war polizeilich für die Spurensicherung gesperrt worden, und im Nebengebäude hatte man im Foyer achtzig Stühle aufgestellt, um an diesem behelfsmäßigen Versammlungsort die Dienstbesprechung abzuhalten. Durch das gläserne Dach des modernen Gebäudes drang das Tageslicht ungehindert ein, und damit auch die Sonnenstrahlung, die schon jetzt am Vormittag die Temperaturen im Obergeschoss auf über dreißig Grad ansteigen ließ. Seit Errichtung des Neubaus vor mehr als zehn Jahren schwitzten im Sommer Schüler und Lehrer im Unterricht. Eine Klimatisierung war aus Kostengründen nicht eingeplant worden, und die Fenster waren nur zum Schulgarten hin zu öffnen, auf der Vorderseite war der Straßenlärm zu laut. Alle schimpften in der warmen Jahreszeit über dieses überhitzte Gebäude, das die Lokalpresse bei der Einweihung als „Perle moderner Architektur" gepriesen hatte. Der Architekt, der bekannte Dr. Karl-Balthasar Neumann, hatte für seine Idee eines Betonklotzes mit Glasdach und Holzverkleidung sogar den ersten Preis erhalten.

Allmählich ebbte der Lärm ab, die Kollegen bemerkten, dass Herr Degen jetzt reden wollte.

„Liebe Kolleginnen und Kollegen", begann er seine Ansprache. Seine Stimme klang gequält und düster. „Unser Chef, Herr Lochberger, wurde gestern Nacht Opfer eines Mordanschlags. Wir sind im Moment alle miteinander fassungslos und können es noch nicht so recht glauben, dass so etwas an unserer Schule passiert ist."

Er schaute im Kreis über die Runde. Überall sah man ernste Gesichter, hier und da auch Tränen.

„Diese dramatischen und traurigen Ereignisse" fuhr der Konrektor fort, „erfordern eine Änderung unseres Programms für die letzten Tage des Schuljahres. Heute Morgen hatte ich eine Besprechung mit der Kriminalpolizei. Man hat mich dort beauftragt, allen Kollegen die Vorladung zu einem Gespräch bei der Polizei bekannt zu geben. Angesichts der Kürze der Zeit bis zu Ferienbeginn werden keine schriftlichen Einladungen verschickt, durch diese meine heutige Mitteilung an Sie gelten diese als vollzogen. Ich werde diese Information auch per E-Mail an das Kollegium versenden. Bitte beachten Sie die umlaufende Anwesenheitsliste und tragen Sie sich ein, damit wir wissen, wer heute fehlt und deshalb gesondert informiert werden muss."

Er machte eine kurze Pause und suchte mit den Blicken die Umlauf-Liste, die bereits weitergewandert war.

„Wir alle und auch die Polizei stehen nach dem Mord vor einem Rätsel. Momentan hat niemand einen Anhaltspunkt. Die Kriminalpolizei erhofft sich Hinweise aus dem Kollegenkreis. Deshalb ist es so wichtig, dass Sie alle vor Antritt der Ferien diese Gesprächstermine wahrnehmen. Um keine Missverständnisse aufkommen zu lassen, wir sollen als Zeugen vernommen werden, nicht als Beschuldigte. Der leitende Kommissar, Herr Sauer, hat mir allerdings heute gesagt, im Moment sei prinzipiell jeder verdächtig, der Zugang zum Schulgebäude hatte."

Degen räusperte sich, griff nach dem Wasserglas und trank einen Schluck.

„Ich bin insbesondere damit beauftragt worden, Sie zu befragen, wer von Ihnen sofort bei Ferienbeginn verreisen möchte. Diese Kollegen werden dann als erste zum Gespräch eingeladen. Ich bitte Sie daher, Ihren geplanten Urlaubstermin in die Liste einzutragen. Wer schon bald in die Ferien fährt, soll gleich am Montag nächster Woche zur Vernehmung erscheinen.

Der Unterricht am Montag, das heißt, unsere geplanten Projekte, kann nur hier im Neubau stattfinden, der Altbau ist wegen polizeilicher Ermittlungen vorläufig komplett gesperrt. Alle Kollegen, die mit ihren Gruppen ins Freie ausweichen können, mögen dies bitte tun, sonst kommen wir mit den Räumlichkeiten hier nicht aus.

Am Mittwoch nächster Woche ist unser letzter Schultag mit Zeugnisausgabe. Diese werden wir planmäßig durchführen, aber das Nachmittags-Programm wird ausfallen, da hatten wir ja ein kleines Schulfest geplant. Mit Rücksicht auf die aktuellen Ereignisse wird das Fest gestrichen.

Ich fasse nochmal zusammen: Wir sind alle aufgefordert zu den Vernehmungen bei der Polizei zu erscheinen, und ich warne davor, dass es irgendjemand auf die leichte Schulter nimmt. Wie gesagt, im Prinzip ist jeder von uns verdächtig. Also gehen Sie bitte zu den Gesprächen. Ab Montag früh hängt draußen vor dem Rektorat eine Liste mit den Namen und den Sprechzeiten für die Kollegen, die bereits an diesem Tag vorgeladen sind."

Es trat jetzt eine spürbare Unruhe bei den Lehrern ein, viele redeten leise mit ihren Sitznachbarn.

„Liebe Kollegen, ich bitte um etwas Geduld, wir sind bald am Ende unserer Besprechung. Gibt es von Ihrer Seite noch irgendwelche Fragen?"

Oberstudienrat Willig stand auf und ergriff das Wort.

„Ich möchte drei Dinge sagen: Erstens habe ich in vielen Gesprächen mit den Kollegen immer wieder die Frage gehört, warum denn unser Direktor gestern Abend noch so spät im Hause war? Dazu könnten Sie, Herr Degen, ja vielleicht gleich etwas sagen. Zweitens ist natürlich für uns alle jetzt nach dieser schrecklichen Tat die Frage der Sicherheit in den Vordergrund gerückt. Viele Kollegen, mit denen ich gesprochen habe, bringen zum Ausdruck, dass sie sich hier auf dem Schulgelände nicht mehr sicher fühlen, vor allem, wenn sie zum Beispiel nachmittags Unterricht haben und nur wenige Leute im Haus sind. Und drittens die Frage, ob wir nicht den abendlichen Zugang zum Gebäude zeitlich beschränken sollten auf eine relativ frühe Zeit, sagen wir achtzehn Uhr, einfach aus Sicherheitsgründen."

Der Lehrer setzte sich und Degen ergriff wieder das Wort.

„Zu Ihrer ersten Frage, Herr Willig. Warum Herr Lochberger gestern noch so spät in der Schule war, weiß ich nicht. Ich weiß nur, dass er Unterlagen für die Konferenz am Dienstag vorbereitete. Diese Lehrerkonferenz wird übrigens verschoben auf den September. Herr Lochberger war ja öfters mal abends länger im Haus, aber meistens ist er zwischen acht und neun heimgefahren. Warum es gestern so spät wurde, ist unklar.

Und zu Ihren anderen Punkten: Wir haben in der Schulleitung tatsächlich beschlossen, dass ab sofort das Gebäude ab neunzehn Uhr nicht mehr betreten werden darf. Spätestens zu diesem Zeitpunkt muss jeder das Haus verlassen haben. Das Stammgebäude ist ohnehin polizeilich versiegelt, die Schlösser wurden ausgetauscht. Unser Hausmeister wurde angewiesen, um sieben Uhr einen Kontrollgang zu machen, und er wird dabei seinen Hund mitnehmen, aus Sicherheitsgründen.

Also bitte achten Sie darauf: Neunzehn Uhr ist absoluter Schlusspunkt. Wer danach noch im Haus ist, macht sich eines dienstlichen Vergehens schuldig und unterläuft unsere Sicherheitsvorkehrungen. Und besonders wichtig: Bitte schließen Sie immer ab, wenn Sie das Haus verlassen oder auch, wenn sie spät nachmittags kommen. Das gilt ab siebzehn Uhr. Es soll niemand mehr unbemerkt ins Haus kommen können."

Studienrätin Pfeifel meldete sich zu Wort und stand auf.

„Das ist ja genau der Punkt, über den wir schon oft diskutiert haben. Es gibt keinerlei Eingangskontrollen an Schulen. Das ist schon für sich allein ein Skandal, so etwas gibt es in keinem mittleren Betrieb, von Großbetrieben ganz zu schweigen. Das zeigt auch, wie wenig uns als Gesellschaft die Schule wert ist. Wir nehmen es einfach in Kauf, dass sich abends, wenn das Haus fast leer ist, jemand problemlos ins Gebäude einschleicht. Ein solcher Eindringling kann sich leicht verstecken und dann nachts sein Unwesen treiben. Diese Situation ist unhaltbar. Ich plädiere dafür, dass wir uns überlegen, wie wir zu Schuljahresbeginn nach den Ferien diesen Zustand verändern können.

Es ist ja ein schlechter Witz, wenn die Polizei uns jetzt verdächtigt, mit dem Mord etwas zu tun zu haben, während die Schulgebäude jederzeit für jeden offen stehen und es keinerlei Kontrolle gibt. Was hat die Schulleitung geplant, um diesen Zustand zu verändern?"

Degen machte ein hilfloses Gesicht.

„Sie wissen alle, dass wir über dieses Thema schon oft gesprochen haben. Meine sämtlichen Vorstöße beim Regierungspräsidium waren bisher erfolglos. Man sagt uns klipp und klar: *Für eure Schule können wir keine Sonderregelung einführen.*

Falls so eine Eingangskontrolle wirklich notwendig wäre, dann müsste sie landesweit eingeführt werden, und das kostet zig Millionen. Also von Seiten des Regierungspräsidiums werden wir da kaum Hilfe bekommen. Wenn wir irgendetwas verändern wollen, dann kann es nur eine private Initiative sein. Ich weiß aber momentan nicht, woher wir die Mittel dafür erhalten könnten. Aber das gebe ich zurück ans Kollegium. Bitte überlegen Sie sich in den nächsten Wochen, was da machbar wäre. Dann werden wir zu Beginn des nächsten Schuljahres darüber diskutieren und vielleicht gibt es ja eine Lösung. Noch irgendwelche Fragen?"

Degen schaute erwartungsvoll in die Runde. Keine erhobene Hand war mehr zu sehen.

„Gut, dann löse ich hiermit die Versammlung auf und weise nochmal darauf hin, dass die umlaufende Liste bitte von jedem ausgefüllt wird. Achten Sie am Montag auf den Aushang mit den Polizeiterminen. Ich wünsche Ihnen ein gutes Wochenende und hoffe, dass wir alle mit diesem schweren Schlag einigermaßen zurechtkommen werden. Es ist ja in der Tat ein sehr einschneidendes Erlebnis und es wird uns wohl noch lange beschäftigen. Kommen Sie gut nach Hause."

Einige Kollegen standen eilig auf und drängelten sich durch die vollbesetzte Eingangshalle zum Ausgang, andere blieben noch sitzen und unterhielten sich, es entstand innerhalb kürzester Zeit ein beträchtliches Lärmniveau und es wurde überall diskutiert.

„Ich verstehe nicht, dass der Lochi bis Mitternacht hier herumsitzen muss", meinte Oberstudienrat Pobler zu seinem Nebensitzer.

„Nur abends ist hier Ruhe und er kann sich ungestört mit seinen Projekten beschäftigen", gab Strasser zurück.

„Ach, der hat doch den ganzen Tag Ruhe, er schließt sich doch immer in seinem Kabuff ein. Der kriegt ja gar nichts mit von dem, was hier tagsüber an der Schule passiert."

„Na ja, das ist übertrieben, er hat doch dauernd Gesprächstermine, ich denke, der hat schon einen vollen Terminkalender, der Mann", meinte die Dritte in der Gruppe, Studienrätin Woller.

„Wenn ihr mich fragt, ist das alles übertriebener Ehrgeiz und krankhaft, kein vernünftiger Mensch sitzt nachts um neun noch am Schreibtisch und glotzt in seinen PC. Dem Mann hat die rechte Mitte gefehlt, der war übermäßig ehrgeizig", rief Pobler erregt.

Oberstudienrat Otter von nebenan mischte sich ein. „Ja, ehrgeizig war er schon, aber vor allen Dingen wollte er uns ja in der nächsten Konferenz beweisen, dass sein Projekt ach so erfolgreich ist."

„*Schiller FIX*, das ist weniger als nix", spottete Pobler und grinste. „Der Lochberger war Mathematiker, und bei den Mathematikern ergibt minus mal minus ein Plus. Nur so kann man die ganze Sache verstehen. Also, eine Reform mit negativem Vorzeichen multipliziert mit einem negativen Schulleiter ergibt nach dieser Rechnung ein Plus, nämlich *Schiller FIX: fantastisch, innovativ, exzellent*, hahaha."

Die Zuhörer grinsten vor sich hin, aber Strasser meinte: „Die große Mehrheit war doch dafür, deshalb ist es witzlos, sich darüber zu beschweren."

Pobler sah den Kollegen bissig an. „Eine Mehrheit dafür, so ein Quatsch! Die Mehrheit hat gekniffen und sich der Stimme enthalten, so war es! Bei der ersten Abstimmung über dieses berühmte Hinterwaldendorfer Modell haben von achtzig Kollegen nur dreiundzwanzig dafür gestimmt, sieben waren dagegen, und fünfzig haben sich der Stimme enthalten. So ist die Entscheidung zustande gekommen, also von wegen Mehrheit! Der Lochi war immer schon gut darin, die ganze Mannschaft hier zu manipulieren."

„Die sind doch selber schuld, wenn sie sich manipulieren lassen. Ich habe dagegen gestimmt", rief Studienrat Oberstetter von nebenan.

„Ja, du gehörst zu den wenigen, die Mumm genug haben, der Schulleitung was entgegenzusetzen, aber die anderen haben doch alle die Hosen voll."

„Jetzt übertreib mal nicht", meinte Strasser. „Ich habe übrigens auch dagegen gestimmt."

„Ich weiß, sagte Pobler anerkennend. Aber ich übertreibe nicht, es ist Tatsache, und," - jetzt sprach er leiser, fast flüsternd - „schaut euch doch mal den Personalrat bei uns an, was macht der schon, Getränke und Kekse kaufen für irgendwelche Veranstaltungen, aber wenn's mal hart auf hart kommt und man Hilfe bräuchte, um etwas durchzusetzen gegen die Schulleitung, da hört man nix von denen, oder ist es etwa nicht so?"

„Also jetzt komm, du übertreibst maßlos, bist heute wieder mal schlecht gelaunt", meinte Frau Woller. „Geh heim zu deiner Frau, vielleicht gibt's ja was Gutes zu essen."

„Bei uns immer", gab Pobler zurück, „aber der Lochi braucht jetzt nix mehr zu essen, der hat ausgesorgt."

„Also hör mal", murmelte Frau Woller, „das ist ja geschmacklos.

Es klingt gerade so, als ob du über sein Schicksal froh wärst."

Und Oberstetter fiel grinsend ein: „Das ist sehr verdächtig, ich glaube, das muss ich bei der Polizei gleich melden, dass der Kollege Pobler sich so abfällig geäußert hat."

„Du Hornochse", sagte Pobler, „red bloß keinen Mist bei den Bullen, sonst gibt es Ärger."

Strasser war perplex und wies die Kontrahenten zurecht:

„Hört auf mit diesem Quatsch, es wird am besten sein, wenn wir jetzt alle gehen. Die meisten sind doch ohnehin schon weg und wir sitzen hier herum, als hätten wir nichts zu tun."

Der Vorschlag stieß auf allgemeine Zustimmung und die Lehrer erhoben sich, packten ihre Utensilien ein und verließen unter Fortsetzung der Diskussion das Foyer.

Strasser und seine Kollegen wollten gerade ins Freie hinaus, als die donnernde Stimme des Konrektors hinter ihnen erschallte:

„Die Herren Pobler, Baum und Strasser bitte gleich noch zu mir ins Besprechungszimmer."

Alexander Strasser ahnte, dass das wohl kein Zufall war. Er spürte, wie es ihm heiß und kalt über den Rücken lief. Pobler brummte unwillig vor sich hin: „Jetzt wird er uns fragen, ob wir den Lochi umgebracht haben, weil wir gestern Abend noch so spät im Schulhaus waren."

Baum lachte sarkastisch. „Das wäre ja wirklich die Höhe!"

Degen stand in dem langen dunklen Flur, in dem Lehrerzimmer, Fachräume und Besprechungszimmer lagen und wartete auf die Kollegen, die langsam auf ihn zukamen.

„Ich möchte Sie kurz einzeln sprechen, meine Herren, und werde Sie nacheinander hereinbitten. Fangen wir mit Ihnen an, Herr Strasser."

„Nehmen Sie Platz", forderte ihn der Konrektor auf, nachdem er die Tür geschlossen hatte.

„Sie waren gestern Abend relativ lange im Schulhaus, Herr Strasser."

„Ja, ich hatte noch einiges zu kopieren für die Projekttage."

„Ich will gleich zur Sache kommen", meinte Degen, „es gibt eine E-Mail von Herrn Lochberger von Viertel nach neun in der Mordnacht, in der er behauptet, seine Datenkarte sei mit Viren verseucht worden. Er schreibt, dass er Sie und die beiden anderen Kollegen in Verdacht hat, weil Sie bis einundzwanzig Uhr im Kopierraum nebenan waren. Was sagen Sie dazu?"

Strasser war entsetzt über diese Enthüllung und war kaum imstande, seinen Schreck zu verbergen.

„Also Herr Degen, Sie glauben doch nicht etwa, dass ich etwas mit dem Mord zu tun habe?"

„Nein, das glaube ich eigentlich nicht. Aber im Moment geht es ja gar nicht um den Mord, sondern die Datenkarte des Chefs."

„Ich weiß wirklich nicht, wovon Sie reden", stieß Strasser aufgeregt hervor, „ich weiß nichts von irgendwelchen Datenkarten, ich war nur im Kopierraum und habe kopiert."

„Herr Lochberger ging gegen neun Uhr zur Toilette, bis dahin funktionierte sein PC ohne Probleme, als er zurückkam, haben Sie gerade den Kopierraum verlassen, stimmt das?"

„Ja, das ist korrekt, ich war fertig mit meiner Arbeit und kam aus dem Kopierraum, als Herr Lochberger uns entgegenkam, die Kollegen Baum und Pobler standen neben mir."

„Herr Lochberger hat nach seiner kurzen Arbeitspause einen Virenbefall auf seinem Rechner festgestellt, vor seiner Toilettenpause hatte alles ohne Probleme funktioniert."

„Das kann ja sein, aber wieso verdächtigt er uns?"

„Es war ja sonst niemand im Haus außer Ihnen, und der Chef stellte fest, dass die Verbindungstür zum Kopierraum offen war. Da war für ihn klar, dass einer von Ihnen der Übeltäter war."

Strasser war bleich geworden und es war ihm offensichtlich sehr unwohl.

„Ich habe damit nichts zu tun, glauben Sie mir doch."

„Die Frage ist, ob die Polizei Ihnen auch glauben wird, Herr Strasser. Die Fakten liegen dort bereits auf dem Tisch, und es gibt einen gewissen Verdacht gegen Sie."

„Verdacht auf was", rief Strasser erregt? „Will man mir etwa den Mord in die Schuhe schieben?"

Degen schwieg und schien nachzudenken.

Strasser sah den durchdringenden Blick von Degen, der auf eine Antwort wartete. Er war in einer Zwickmühle, was sollte er tun? Blitzschnell liefen seine Gedanken ab. Den Mordverdacht musste er unter allen Umständen loswerden, aber jetzt den Datendiebstahl zu gestehen, würde ihn schlagartig zum Hauptverdächtigen machen.

„Es tut mir leid, ich kann zu dieser Beschuldigung nichts weiter sagen, als dass sie falsch ist. Ich habe mit dem Virenproblem von Herrn Lochberger nicht das Geringste zu tun."

„Gut, ich nehme Ihre Aussage zur Kenntnis. Ich werde dann mit dem nächsten Kollegen reden. Ich wünsche Ihnen ein schönes Wochenende."

„Das wünsche ich Ihnen auch, Herr Degen."

Der Konrektor führte ihn hinaus und nahm sich anschließend die beiden anderen Kollegen zum Einzelgespräch vor.

Der Kollege Pobler polterte entrüstet und wütend los, als er mit den Verdächtigungen konfrontiert wurde.

„Also Herr Degen, wissen Sie, das ist der Gipfel der Unverschämtheit. Ich bin seit dreißig Jahren an dieser Schule, und jetzt wagen Sie es, mir mit solchen lachhaften Beschuldigungen zu kommen? Ich bin nicht bereit, dieses Gespräch allein weiterzuführen, ich verlange die Anwesenheit eines Personalrats, der diese Zumutung dann bezeugen und protokollieren soll. Mehr habe ich momentan nicht zu sagen, Herr Degen, ich wünsche Ihnen ein schönes Wochenende."

Damit erhob er sich ohne weitere Umstände und stürmte durch die Tür zum Ausgang des Gebäudes.

„Lächerliches Theater", rief er seinem wartenden Kollegen Baum zu, „es geht ja hier zu wie im Kindergarten!"

Der Konrektor stand inzwischen in der Tür und bat den letzten Kandidaten zum Gespräch in sein Zimmer.

„Herr Baum, der Kollege Pobler neigt etwas zu emotionalen Ausbrüchen. Ich hoffe, wir können uns in aller Ruhe und sachlich unterhalten. Sie waren mit Herrn Strasser gestern Abend gegen neun Uhr im Kopierraum, ist das korrekt?"

Baum bejahte die Frage.

„Es gibt eine E-Mail von Herrn Lochberger von gestern Abend, in der er behauptet, sein Rechner sei mit Viren verseucht worden, als er kurz auf der Toilette war. Er schreibt, dass er Sie und die beiden anderen Kollegen in Verdacht hat, weil die Tür zwischen Kopierraum und Rektorat offen war. Es hatte jemand den Türschließer manipuliert. Was sagen Sie dazu?"

„Ich kann dazu nur sagen, dass ich damit überhaupt nichts zu tun habe. Der Vorwurf ist ziemlich abstrus und passt allerdings gut zu der verqueren Weltsicht des Herrn Lochberger, der in seinen Mitarbeitern offenbar vorwiegend Feinde sieht und sich wohl deshalb selbst oft feindselig ihnen gegenüber verhält."

Baum schaute den Konrektor verärgert und herausfordernd an.

„Tut mir leid, mehr habe ich nicht zu sagen, und es ist traurig, dass an dieser Schule ein solches Maß an Misstrauen herrscht. Zu weiteren Befragungen bin ich jetzt nicht bereit, ich werde meine Aussagen am Montag bei der Polizei machen. Auf Wiedersehen, Herr Degen."

Degen machte ein verdutztes Gesicht, als sich Baum erhob und schnurstracks den Raum verließ.

Das war ja wieder mal ein voller Erfolg, dachte der Konrektor und ging ins Lehrerzimmer an den PC, um den Eingang von aktuellen Mails zu kontrollieren, bevor auch er das Schulhaus verlassen würde.

7 Die Witwe sagt aus

Monika Lochberger hatte richtig vermutet. Die Polizei hatte es ziemlich eilig, mit ihr ein Gespräch zu führen. Gegen elf Uhr morgens klingelte es an ihrer Tür und zwei Beamte in Zivil standen vor der Tür.

„Guten Tag, Frau Lochberger, wir sind von der Kriminalpolizei. Wir hätten ein paar Fragen an Sie." Dabei hielten beide ihre Ausweise vor sich hin.

Sie schaute flüchtig darauf, eine Frau Steiger und ein Herr Graf standen vor ihr.

„Zunächst unser herzliches Beileid zum Tod Ihres Ehemannes. Hätten Sie ein paar Minuten Zeit?"

„Ja natürlich, kommen Sie bitte herein."

Sie führte die Beamten durch den Flur in das große Wohnzimmer und bat sie, Platz zu nehmen.

„Frau Lochberger, wir wissen, dass der Schock über diese Tat noch sehr frisch ist und wollen Sie nur ganz kurz befragen. Vielleicht haben Sie ja wichtige Hinweise, die uns helfen werden, den Täter zu finden."

„Ich verstehe vollkommen, bitte stellen Sie Ihre Fragen, ich will natürlich alles tun, um Sie bei der Aufklärung zu unterstützen."

„Zunächst einmal, wann haben Sie gestern Abend zum letzten Mal mit Ihrem Ehemann Kontakt gehabt, also telefonisch."

„Das war kurz nach neun Uhr, da habe ich ihn angerufen und gefragt, warum er denn noch nicht zu Hause ist. Er meinte, er habe da ein kleines Problem mit seinem Rechner und deshalb sei es später geworden, er wollte aber in den nächsten Minuten aufbrechen und heimkommen."

„Und was ist dann weiter passiert?"

„Ich weiß ja, dass er gerne mal die Zeit vergisst, wenn er über seiner Arbeit brütet. Als er um halb elf immer noch nicht da war, habe ich ein zweites Mal in der Schule angerufen, aber keiner ging ans Telefon. Auch der Anruf auf seinem Handy wurde nicht beantwortet, es klingelte ein paarmal, und dann schaltete sich der Anrufbeantworter ein. Da war ich schon etwas beunruhigt. Als dann in den nächsten Minuten immer noch keine Nachricht von ihm kam, da machte ich mir ernsthaft Sorgen und fuhr rüber zur Schule, die ist von uns ja nur zehn Minuten entfernt. Sein Auto stand auf dem Lehrerparkplatz, aber alle Lichter im Schulgebäude waren aus. Ich fuhr auf den Parkplatz, ich habe einen Schlüssel dafür..."

Inspektor Graf unterbrach sie. „Sie haben einen Schlüssel für den Parkplatz, haben Sie auch einen für das Schulgebäude?"

„Nein, nur für den Parkplatz, es kam gelegentlich vor, dass ich meinen Mann zur Schule gebracht habe oder ihn abholte, deshalb hat er mir einen Schlüssel besorgt."

Die beiden Beamten nickten zustimmend und Frau Lochberger fuhr fort:

„Nachdem ich meinen Wagen geparkt hatte, probierte ich, ob die hintere Eingangstür offen war, und tatsächlich kam ich ohne Schlüssel rein, die Tür war nicht abgeschlossen. Ich schaltete das Licht ein und bekam einen furchtbaren Schock. Mein Mann lag in einer Blutlache am Boden. Ich redete ihn an, er lag auf dem Bauch. Ich befühlte sein Gesicht, aber er machte einen leblosen Eindruck. Es war kein Pulsschlag mehr zu spüren. Ich wählte dann sofort die 110 und forderte einen Krankenwagen an. Ich war ja nicht sicher, ob mein Mann tot war oder nur bewusstlos. Nach fünf Minuten war schon ein Streifenwagen da. Der Krankenwagen kam wenig später. Der Notarzt konnte aber nur noch seinen Tod feststellen. Es kamen dann Ihre Kollegen von der Mordkommission und der Spurensicherung und sie untersuchten die gesamte Umgebung."

Sie atmete tief durch, es war zu spüren, dass die Erinnerung sie enorm aufwühlte.

„Frau Lochberger, haben Sie einen Verdacht, wer hinter diesem Mord stehen könnte? Hatte Ihr Mann irgendwelche Feinde?"

„Ich habe wirklich keine Ahnung, wer so etwas tun könnte. Und von einer Feindschaft ist mir nichts bekannt. Er hat immer versucht, mit allen Leuten einigermaßen gut auszukommen, deshalb glaube ich nicht, dass er Feinde hat."

„Wir werden noch alle Lehrer der Schule befragen, aber nach ersten Gesprächen mit dem stellvertretenden Schulleiter gibt es gewisse Hinweise auf Konflikte Ihres Mannes mit dem Kollegium. Wir müssen aber auch die Möglichkeit einbeziehen, dass ein Fremder in die Schule eingedrungen ist und diesen Mord begangen hat. Allerdings ist uns das Motiv noch völlig unklar. Wissen Sie, ob Ihr Mann eine Brieftasche oder ein Portemonnaie bei sich hatte?"

„Ja, sicher, er geht nie ohne seine Brieftasche aus dem Haus. Er trägt sie immer im Jackett in der Brusttasche und darin hat er seinen Personalausweis, Führerschein, Kreditkarten und Bargeld. Haben Sie das bei ihm nicht gefunden?"

„Nein, bei seiner Leiche fanden wir keine Papiere. Als Sie zu ihm kamen, wissen Sie, ob er da seine Brieftasche noch hatte?"

„Das weiß ich wirklich nicht. Ich war so schockiert und war nur interessiert an seinem Zustand, auf seine Jackentasche habe ich da nicht geachtet."

„Das würde allerdings bedeuten, dass wir es mit einem Raubmord zu tun haben. Wissen Sie, wie viel Bargeld Ihr Mann ungefähr üblicherweise bei sich hat?"

„Meistens so um die hundert Euro. Außerdem hat er immer eine Kreditkarte und eine Girokarte mit dabei."

„Gut, das wäre es dann erst einmal von unserer Seite. Hier ist meine Karte mit Telefonnummer und E-Mail. Falls Ihnen irgendetwas einfallen sollte, was uns vielleicht weiterhelfen könnte, dann lassen Sie uns das bitte umgehend wissen. Und senden Sie uns bitte noch die Daten von der ec-Karte und Kreditkarte Ihres Mannes, es wäre ja möglich, dass der Mörder damit eingekauft hat."

„Ja, danke für den Hinweis, ich schicke Ihnen die Nummern gleich nachher zu. Ich hoffe, dass Sie den Täter bald finden werden."

„Wir werden unser Möglichstes tun", meinte Inspektorin Steiger und ihr Kollege Graf ergänzte: „Wir bleiben mit Ihnen im Kontakt und werden Sie informieren, sobald es neue Gesichtspunkte gibt."

„Übrigens, wenn Sie wollen, können wir Ihnen einen Mitarbeiter unseres psychologischen Dienstes schicken, manches Mal hilft das den Betroffenen bei der Verarbeitung von traumatischen Erlebnissen. Sie können uns auch telefonisch deswegen kontaktieren, falls Sie sich im Moment nicht dafür entscheiden wollen."

„Haben Sie herzlichen Dank, im Moment will ich eigentlich am liebsten alleine sein, aber wenn es zu viel für mich wird, dann werde ich auf Ihr Angebot gerne zurückkommen."

„Frau Lochberger, nochmal unser herzliches Beileid, und wie gesagt, unser Hilfsangebot steht."

Sie führte die Beamten zur Haustür und verabschiedete sich von ihnen. In der offenen Tür blieb sie stehen, bis die beiden in ihren Wagen stiegen und wegfuhren. Dann schloss sie die Tür und atmete tief durch.

8 Pressekonferenz

Als kurz vor sechzehn Uhr Kommissar Sauer im Aufzug ins Untergeschoss hinunterfuhr, war er ziemlich genervt von diesem Mordfall, der in den nächsten Tagen voraussichtlich sämtliche Ressourcen beanspruchen würde. Der Konferenzraum war schon relativ voll, rund zwanzig Journalisten und Fernsehleute warteten auf den Beginn der Veranstaltung. Fernsehkameras wurden aufgebaut und Journalisten standen im Raum herum und unterhielten sich.

Sauer ging zum Rednerpult und begrüßte die Anwesenden.

„Guten Tag, meine Damen und Herrn, bitte nehmen Sie Platz, unsere Pressekonferenz beginnt in wenigen Minuten. Wir warten noch auf den Kollegen vom Südwest-Fernsehen, der wegen Verkehrsproblemen etwas später kommt."

Eine Mitarbeiterin stellte Getränke auf die Tische und die Journalisten setzten sich und hantierten mit ihren Laptops.

Eben kam der verspätete Journalist vom Südwestfernsehen mit seinem Kameramann herein. Sauer ging zur Tür, drückte ihm die Hand und wechselte paar Worte mit ihm. Der Kameramann klappte sein Stativ auf und brachte die Kamera in Bereitschaft.

Zurück an seinem Rednerpult schaute Sauer erwartungsvoll in die Runde. Das Gemurmel ebbte langsam ab und die Journalisten konzentrierten sich zunehmend auf den Referenten.

„Guten Tag, meine Damen und Herren, wir können jetzt tatsächlich anfangen. Ich begrüße Sie ganz herzlich zu unserer heutigen Pressekonferenz, deren Anlass ja leider ein sehr trauriger ist. Gestern Nacht zwischen einundzwanzig Uhr dreißig und zweiundzwanzig Uhr ist im Schiller-Gymnasium in Lundenburg der Schulleiter, Herr Lochberger, ermordet worden. Er wurde durch Schläge mit einem stumpfen Gegenstand auf den Kopf getötet. Gegen dreiundzwanzig Uhr wurde die Mordtat entdeckt, als die Ehefrau des Direktors zur Schule fuhr, um nach ihrem Mann zu sehen, den sie schon längst zuhause erwartet hatte. Unsere Spezialisten waren noch vor Mitternacht im Schulhaus und haben mit der Spurensicherung begonnen. Aus ermittlungstaktischen Gründen kann ich Ihnen im Moment keine Einzelheiten über den Stand der laufenden Ermittlungen geben.

Wir haben jedoch Spuren gefunden, von denen wir vermuten, dass sie möglicherweise zu dem oder den Tätern führen könnten. Dies alles ist momentan noch sehr spekulativ. Im Zentrum der weiteren Untersuchungen steht natürlicherweise die Frage nach einem Mordmotiv. Dazu werden im Lauf der nächsten Tage alle Lehrer der Schule vernommen werden. Die bisherigen Gespräche mit Mitgliedern des Kollegiums haben noch keine konkreten Hinweise auf Mordmotive ergeben. Es ist aber zu früh, um darüber zu einem abschließenden Urteil zu kommen.

Diese entsetzliche Mordtat hat an der Schule und in der ganzen Stadt einen regelrechten Schock ausgelöst. Herr Lochberger hinterlässt eine Ehefrau und kann auf eine fünfzehnjährige erfolgreiche Arbeit am Schiller-Gymnasium zurückblicken, wo er in den letzten sieben Jahren ein großes pädagogisches Reformkonzept mit dem Titel *Schiller FIX* umsetzte. *FIX* steht dabei für *fantastisch, innovativ, exzellent*. Über dieses Projekt ist in zahlreichen Medien positiv berichtet worden. Durch die erfolgreiche Leitung der Schule gelang es Herrn Lochberger, die Zahl seiner Schüler in den letzten Jahren um zwanzig Prozent zu steigern.

Ich möchte hier an dieser Stelle der gesamten Schule, den Kollegen, den Eltern und den Schülern und der Stadt Lundenburg meine tief empfundene Trauer und mein Mitgefühl aussprechen. Nach dem gegenwärtigen Stand ist dies alles, was ich Ihnen mitteilen kann. Sie können jetzt im Anschluss gerne Fragen stellen, ich bitte aber um Verständnis, dass ich nicht zu tief in die Details einsteigen kann, solange die Ermittlungen noch laufen."

Sauer machte eine kleine Verbeugung und beendete damit seinen Vortrag, was von den anwesenden Journalisten mit Klopfen auf die Tische beantwortet wurde. Einige Hände reckten sich in die Höhe und die Fragerunde begann. Sauer erteilte dem ersten Fragesteller durch Handzeichen das Wort.

„Kann man denn ausschließen, dass irgendwelche fremden Personen nachts durch offene Türen ins Gebäude eindringen konnten?"

Der Kommissar nickte und antwortete.

„Die Eingangstüren werden täglich gegen achtzehn Uhr vom Hausmeister abgeschlossen und er hat das auch gestern nach eigenen Aussagen getan. Da aber sämtliche Kollegen Schlüssel zum Gebäude haben, ist es möglich, dass jemand noch danach ins Schulhaus ging und dabei vergessen hat, wieder abzuschließen. Wir haben derzeit keinen vollständigen Überblick darüber, wer sich gestern Abend im Haus aufgehalten hat, das werden dann hoffentlich unsere Befragungen zu Tage fördern.

Jetzt hier vorne der Herr mit der roten Krawatte."

„Wäre es nicht notwendig, aus diesem Vorfall sofort Konsequenzen zu ziehen und dafür zu sorgen, dass Schulen künftig eine wirksame Eingangskontrolle bekommen? Wir haben in den letzten Monaten des Öfteren von Fällen gehört, wo Personen von zweifelhaftem Ruf in Schulgebäude hineinspaziert sind und dort unter anderem die Toiletten benutzten oder es zumindest versuchten. Es gab auch schon Fälle von

Belästigungen von Schülern durch schulfremde Personen. Jetzt haben wir sogar einen Mordfall. Wie lange will man denn noch warten, bis man sich entschließt, die Schulen wirksam abzusichern? Immerhin leben wir doch im Zeitalter von terroristischen Anschlägen?"

Der Journalist war offenbar erregt und ließ das auch in seiner Stimmlage erkennen. Sauer antwortete mit einem Schulterzucken und machte eine Geste der Hilflosigkeit.

„Ich kenne diese Argumente gut, wir haben schon öfters solche Diskussionen über eine Eingangskontrolle gehabt. Es ist dies eine politische Entscheidung, und die muss auf politischer Ebene gelöst werden. Wir können als Polizei hier nur Ratschläge geben. Sicherlich wäre es hilfreich, wenn aus Kreisen der Elternschaft oder seitens der Presse Druck auf die Entscheidungsträger ausgeübt würde, dann könnte sich da möglicherweise etwas ändern."

Hier schmunzelte der Kommissar vielsagend und ließ seinen Blick aufmunternd über die Runde gleiten. „Berichten Sie ruhig darüber, meine Damen und Herren von den Medien, es kann nicht schaden, wenn die Öffentlichkeit sich mal etwas näher mit dem Thema befasst. Momentan ist der Zustand in ganz Deutschland so wie hier bei uns. Es kann im Prinzip tagsüber jeder in jede Schule hineingehen. Das war übrigens auch bei dem Amoklauf in Winnenden vor einigen Jahren das Problem, nämlich dass auch Gewalttäter freien Zugang zu Schulen haben. Jetzt der Herr da links, von der ‚Lundenburger Stimme'."

„Ich möchte mich dem Vorredner anschließen und das Thema noch etwas vertiefen und Ihnen allen zunächst eine Frage stellen. Hat irgendjemand von Ihnen in den letzten zwanzig Jahren einmal eine Firma mit mehr als einhundert Mitarbeitern besucht? Konnten Sie dabei einfach in das Firmengebäude hineingehen oder gab es vielleicht einen Pförtner, der Sie kontrolliert hat, oder sogar eine elektronische Sperre, die nur mit einem Ausweis zu öffnen war?"

Der Journalist machte eine Pause und ließ den Blick über die Runde schweifen. Überall wurde genickt und beifällig gemurmelt.

„Das Schiller-Gymnasium hat rund eintausend Schüler. Es gibt keinen Betrieb in ganz Deutschland, der bei einer solchen Größe auf Eingangskontrollen verzichten würde. Warum lassen sich die Lehrer von der Politik das bieten, dass sie und die Schüler wie Menschen dritter Klasse behandelt werden? Ich halte das für eine absolut unwürdige Situation und ich möchte gerne von Ihnen wissen, Herr Sauer, ob Sie dieses furchtbare Verbrechen jetzt zum Anlass nehmen wollen, sich mit deutlichen Forderungen an die Politik zu wenden."

Dem Kommissar war es sichtlich unwohl zumute, als er auf diese Frage antwortete. „Sie haben mit Ihrer Kritik vollkommen recht. Wir haben diese Probleme im Kollegenkreis schon ausführlich diskutiert und beschlossen, in dieser Frage aktiv zu werden und entsprechende Forderungen an unsere Landtagsabgeordneten zu richten. Es kann nach diesem schrecklichen Vorfall kein Weiter-so geben, das ist völlig klar. Jetzt der Herr, nein, die Dame dahinten in der letzten Reihe mit der grünen Bluse", rief dann der Kommissar in die Runde.

„Kann man denn nachts nicht die Polizeipräsenz rund um Schulen erhöhen? Wenn Mitarbeiter in Schulen noch spät abends in Schulgebäuden tätig sind, sind sie doch in besonderem Maße gefährdet. Wäre es dann nicht sinnvoll, die Schulen in den Abendstunden intensiv zu überwachen? Vor allen Dingen auch deshalb, weil wir ja hier den Bahnhof in der Nähe haben."

„Sie haben da völlig recht, aber das tun wir ja bereits seit geraumer Zeit. Es gab schon in den letzten Jahren zahlreiche Festnahmen von Drogenhändlern auf dem Schulgelände oder seiner unmittelbaren Umgebung. Wir sind also in den Abendstunden verstärkt rund um die Schulen präsent. Aber wir können natürlich nicht jede Stunde einmal ins Rektorat gehen und den Schulleiter fragen, ob alles in Ordnung ist, das ist klar."

Es war keine erhobene Hand mehr zu sehen, worüber der Kommissar durchaus froh war. Er sagte abschließend:

„Wir halten Sie selbstverständlich auf dem Laufenden. Sie alle werden von uns per E-Mail informiert, sobald sich neue Erkenntnisse ergeben. Sollten sich irgendwelche spektakulären Durchbrüche bei unseren Ermittlungen andeuten, so werden wir wieder eine Pressekonferenz abhalten. Momentan aber sieht es eher nicht so aus, als ob schon in den nächsten Tagen die Lösung dieses Falles zu erwarten wäre. Ich bedanke mich ganz herzlich für Ihr Kommen und wünsche Ihnen noch einen schönen Abend. Vielen Dank und gute Heimreise."

Die Journalisten klopften Beifall und die ersten erhoben sich von ihren Sitzen, andere hämmerten noch Texte in ihre Tastaturen. Die Versammlung begann sich langsam aufzulösen, während der Kommissar im Eingangsbereich stand und mit verschiedenen Journalisten letzte Gespräche führte.

9 Im Biergarten

Nach dem einschüchternden Gespräch mit dem stellvertretenden Schulleiter hatte Alex wie betäubt das Schulgebäude verlassen. In seinem Gehirn überstürzten sich die Gedanken.

Es war ihm eben schlagartig klar geworden, dass er sich in eine extrem schwierige Situation gebracht hatte. Durch seine Machenschaften am Rechner des Direktors hatte er den Verdacht auf sich gelenkt. Wenn jemand herausfände, dass er die Karte gestohlen hatte, dann drohte ihm ein gerichtliches Verfahren. Noch schlimmer war freilich die Gefahr durch den Mordverdacht, der sich gegen ihn richtete. Die beiden andern Kollegen konnten sich wahrscheinlich gegenseitig vom Verdacht befreien, sie waren ja nur kurz im Schulgebäude gewesen und anschließend gemeinsam in eine Kneipe gegangen. Er dagegen war lange allein am Tatort und nach Verlassen der Schule hatte er mit niemandem Kontakt gehabt außer mit dem Helfer von Messerschmidt, bei der Übergabe von Datenkarte und Geld. Er brauchte unbedingt ein Alibi für die Tatzeit, das war ihm jetzt noch klarer als heute Morgen.

Seine Partnerin Ulla war die Einzige, die ihm dieses Alibi verschaffen konnte. Ob sie dazu bereit sein würde? In den letzten Monaten hatten sie viele Streitereien und Konflikte gehabt, und die Beziehung stand zeitweise vor dem Aus. Es war ihm klar, dass er daran die Hauptschuld trug, denn er hatte vor sechs Monaten ein Techtelmechtel mit einer alten Bekannten angefangen. Ulla hatte das nach einigen Wochen entdeckt und hatte ihn verlassen wollen. Nur mit Mühe hatten sie diese Krise überstanden, unter anderem mit Hilfe einer Partnerberatung, wo sie sich einige Wochen lang aussprachen und sich zu einem Neuanfang entschlossen.

Nun wollte er also ein Alibi von ihr, aber was sollte er ihr sagen, um sie zu überzeugen? Sie war äußerst misstrauisch seit seinem Fehltritt, das war jetzt ein Riesenproblem. Er konnte Ulla nicht vom Diebstahl der Datenkarte erzählen. Infolgedessen konnte er ihr auch nicht sagen, dass er bis nach zweiundzwanzig Uhr auf Daniel im Auto gewartet hatte, um die Karte zu übergeben und sein Honorar zu kassieren. Aber was wäre, wenn er es doch täte? Sie würde das Ganze vermutlich als kriminell verurteilen und dann wäre es aus mit dem Alibi.

Ob sie seine Geschichte von dem Umtrunk mit den drei Engländern geschluckt hatte? Wenn nicht, so konnte er ihr keine überzeugenden Beweise liefern. Er stand also momentan ohne Alibi da. Von Monika Lochberger war ebenfalls keine Hilfe zu erwarten, denn sie konnte ja schlecht aussagen, dass sie mit einem Lehrer aus der Schule ihres Mannes den Abend verbracht hatte, während sie auf ihren Ehemann wartete.

Er fuhr mit dem Wagen hinaus aus der Stadt und machte einen ausgiebigen Spaziergang durch den Wald, um wieder einen klaren Kopf zu bekommen.

Ulla war bereits von der Arbeit zurück, als er zuhause ankam.

„Hallo, Ulla, mein Liebling", begrüßte er sie und wollte sie umarmen, aber sie wehrte ihn ab.

„Ich bin gerade beim Putzen und habe schmutzige Finger, Vorsicht."

Er überreichte ihr einen kleinen Blumenstrauß, den er hinter dem Rücken versteckt hatte, lächelte sie freundlich an und schlug einen aufmunternden Ton an.

„Schatz, lass das Putzen doch bis morgen, ich helf dir dann dabei. Wie wär's, wenn wir jetzt in unseren Biergarten gehen, das Wetter ist doch ideal."

„Danke, das ist nett", sagte sie und lächelte erfreut über die Blumen.

„Ja, Essen gehen wäre jetzt schön, ich bin froh, dass die Woche vorbei ist", meinte sie dann. „Ich zieh mich kurz um."

Im Biergarten Dionysos war Hochbetrieb. Die meisten der rund fünfzig Tische waren schon besetzt, als sie gegen sieben Uhr dort ankamen. Im Schatten der mächtigen alten Kastanienbäume saßen zahlreiche Gäste, ein lautes Stimmengewirr lag über dem Platz.

Ulla und Alex hatten einen freien Tisch gefunden und bestellten gleich ihre Getränke, als der Ober vorbeiflitzte.

„Ah, endlich Wochenende", meinte Ulla mit einem tiefen Seufzer.

„Ja, ich bin auch froh, stimmte Alex zu, die Woche war ja sehr aufregend."

„Sag mal, ihr hattet einen Mordfall an der Schule? Das habe ich heute in der Zeitung gelesen."

„Ja, gestern Abend hat jemand den Direktor im Schulhaus umgebracht, furchtbar!"

„Das ist ja echt scheußlich! Wer kann denn so etwas tun?"

„Keine Ahnung, wir stehen alle vor einem Rätsel."

„Das sind ja Zustände wie in amerikanischen Krimis, und das in Lundenburg! Da traut man sich ja nachts nicht mehr auf die Straße!" Ulla schien verängstigt.

Alex machte eine Pause und ein sorgenvolles Gesicht.

„Das Unangenehme für mich ist, dass ich noch spät in der Schule war und deshalb jetzt unter Verdacht stehe."

„Was? Das ist wohl nicht dein Ernst, oder?"

„Leider doch."

Ulla wartete mit besorgter Miene auf seine Enthüllungen. „Was ist denn passiert, rede schon."

„Nichts ist passiert, aber der Lochberger hatte mich schon immer auf dem Kieker, vor allem nach dem etwas wütenden Brief, den ich ihm letztes Jahr geschrieben habe."

„Das war natürlich nicht sehr schlau von dir. Ist doch klar, dass du dich damit nicht beliebt machst."

Alex schwieg und verzog das Gesicht zu einer Miene des Bedauerns.

„Und du meinst", fuhr Ulla nachdenklich fort, „man bringt dich jetzt mit dem Mord in Verbindung? Warum warst du denn so lange im Schulhaus? Das ist ja schon verdächtig, oder?"

„Du hast völlig recht, genau davor habe ich Angst. Ich bin um zehn nach neun aus dem Schulgebäude gekommen und der Direktor war zu dem Zeitpunkt noch am Arbeiten. Der Mordzeitpunkt liegt laut Zeitungsbericht zwischen halb zehn und zehn Uhr."

„Und warum bist du gestern erst so spät nach Hause gekommen, es war ja schon halb zwölf? Hast du etwa doch was mit dem Mord zu tun?", fragte Ulla besorgt.

Alex verdrehte die Augen und stieß einen tiefen Seufzer aus.

„Das fragst du aber jetzt nicht im Ernst, oder?"

Ulla schwieg und zuckte mit den Schultern.

„Als ich aus dem Schulhaus kam, habe ich auf dem Parkplatz die drei Engländer getroffen, die momentan an unserer Schule zu Besuch sind. Es sind junge Kollegen. Die waren bei uns für ein Projekt, ich hatte dir davon erzählt."

„Und was war dann mit den drei Engländern?", fragte Ulla.

„Wir haben uns ein bisschen unterhalten und dann haben wir beschlossen, zusammen was trinken zu gehen. Wir gingen zum ‚Pferdestall', die Jungs kannten das Lokal noch nicht und ich wollte ihnen was typisch Deutsches zeigen, etwas Besonderes eben. Die Kneipe war gestopft voll, wir haben fast keinen Platz gekriegt, du weißt ja, dass man ohne Reservierung eigentlich gar nicht reingehen kann."

„Und da habt ihr dann zusammen gebechert?"

„Nun ja, die Zeit verging sehr schnell, ich hab die Uhrzeit ganz vergessen. Plötzlich war es Viertel nach elf, und da sind wir dann gegangen. Die drei sind ja heute Morgen nach England zurückgeflogen. Gestern war ihr letzter Tag, insofern waren sie natürlich froh, dass sie am Abend noch ein bisschen feiern konnten."

„Na gut, aber dann hast du ja ein Alibi. Man hat dich doch dort sicher gesehen, oder?", fragte Ulla.

„Ich glaube nicht. Gestern Abend war es ja so überfüllt, dass sich die Bedienung kaum an einzelne Gesichter erinnern wird. Unter den

Gästen habe ich niemanden gekannt, mir ist jedenfalls kein Gesicht bekannt vorgekommen."

„Und die Engländer? Das sind doch Zeugen, die aussagen können."

„Im Prinzip schon, aber ich kenne nur ihre Vornamen. Ich habe sonst keine Informationen von ihnen, weiß nur, dass sie aus drei verschiedenen Orten in England stammen. Die wieder zu finden, wird schwierig werden."

„Dumme Sache. Was können wir denn dann machen?"

„Das habe ich mich auch schon gefragt. Jedenfalls ist es mir zu riskant, darauf zu hoffen, dass mich irgendjemand im Pferdestall gesehen hat. Wenn sich niemand an mich erinnern kann, dann habe ich kein Alibi und werde womöglich für diesen Mord verantwortlich gemacht."

Ulla verzog das Gesicht und schüttelte den Kopf.

„Das wollen wir natürlich nicht. Und was wäre, wenn ich sage, dass du den ganzen Abend ab halb zehn bei mir warst?"

Alex machte ein Gesicht, als hätte er plötzlich im Lotto gewonnen.

„Das ist eine tolle Idee, das ist die Lösung, Liebling."

„Ich riskiere damit allerdings, wegen Meineid angeklagt zu werden, denn in einem Mordprozess wird man mich sicher vereidigen. Ich weiß nicht, ob ich das tatsächlich machen kann", sagte sie nachdenklich und fixierte Alex scharf.

„Liebling, wenn du mir nicht hilfst, dann sehe ich schwarz. Ohne Alibi bin ich verloren."

„Das ist schlecht für dich", sagte Ulla und hatte plötzlich einen eisigen Ton in der Stimme. „Da kann man nur hoffen, dass die Polizei dir glaubt."

„Aber ich bitte dich, du hältst mich doch nicht im Ernst für einen Mörder, oder?"

„Nein, das nicht, aber ich glaube dir auch nicht die Geschichte mit den Engländern. Übrigens hättest du mich ja gestern Abend anrufen können, dann hätte ich mir nicht stundenlang Gedanken gemacht und auf dich gewartet. Mir ist dabei wieder eingefallen, wie du mich vor einem halben Jahr hintergangen hast mit dieser Tussi. Da warst du auch angeblich mit Kollegen etwas trinken."

„Ich bitte dich", unterbrach Alex sie verzweifelt.

„Nein, ich habe das Gefühl, dass du mich schon wieder belügst. Es ist höchste Zeit, dass du mir jetzt reinen Wein einschenkst. Ich habe nämlich keine Lust, unser weiteres Leben auf Lügen aufzubauen."

„Aber Ulla, bist du denn jetzt völlig verrückt geworden? Ich habe nichts mit einer anderen Frau, ich schwöre es dir, ich liebe nur dich. Ich verspreche dir, es wird nie wieder passieren, dass ich abends spät heimkomme, ohne dir Bescheid zu sagen. Ich habe gestern schlicht und einfach vergessen, dich anzurufen. Es tut mir leid, bitte verzeih mir."

Plötzlich schallte es laut über den gesamten Biergarten: „Hallo Herr Strasser, hallo Herr Strasser!" Alex drehte sich um. Mehrere Schüler seiner neunten Klasse rannten durch die Tischreihen auf ihn zu und schrien dabei überschwänglich: „Hallo, Herr Strasser!"

Jetzt waren sie an seinem Tisch angekommen und kicherten verlegen, vier Mädchen und ein Junge. Alex war die ganze Sache peinlich, er zischte sie an:

„Brüllt doch nicht so laut hier herum, es muss ja nicht die ganze Stadt wissen, dass ich hier bin. Was tut ihr überhaupt hier?"

„Aber Herr Strasser, seien Sie doch nicht so unfreundlich, wir haben uns halt gefreut, sie zu sehen", sagte die Schülerin Andrea vorwurfsvoll. „Wir wollten nur eine Cola trinken, das ist doch wohl nicht verboten, oder?"

„Ja, ist schon gut, ich wollte nur nicht, dass ihr so laut herumschreit, das macht keinen so positiven Eindruck, Andrea."

„Okay, Herr Strasser, wir sind jetzt leise. Ihnen und Ihrer Frau noch einen schönen Abend. Tschüss." Und schon verschwand die Gruppe so schnell, wie sie gekommen war, und nahm an einem freien Tisch auf der anderen Seite des Biergartens Platz.

„Das sind die Freuden des Lehrerdaseins", sagte Alex resigniert zu seiner Begleiterin, „Vor allen Dingen hat man keine Sekunde Privatleben, wenn man am Schulort wohnt."

„Ist doch nicht so schlimm gewesen, es sind halt Kinder", nahm Ulla die Schüler in Schutz.

„Hallo, Herr Strasser", ertönte schon wieder eine Stimme hinter Alex, diesmal eine sonore Männerstimme. Er drehte sich um und starrte erstaunt den Mann an, der hinter ihm stand.

„Guten Abend", sagte Alex. „Kennen wir uns?"

„Bisher noch nicht", meinte der fremde Herr. „Ich habe mit zwei Kollegen hier etwas gegessen, die beiden sind gerade gegangen. Dann habe ich zufällig gehört, dass diese jungen Leute Ihren Namen riefen. Den Namen gibt es ja nicht allzu oft. Ich vermute mal, Sie sind der Herr Strasser vom Schiller-Gymnasium, stimmt's? Aber ich will Sie heute Abend nicht belästigen, wenn Sie mit Ihrer Gattin den Feierabend genießen."

„Meine Lebensgefährtin, Frau Schulze", meinte Alex mit verunsichertem Gesichtsausdruck.

„Nichts für ungut, Herr Strasser. Mein Name ist Sauer, Kriminalkommissar Sauer, ich bin mit der Mordsache Lochberger beschäftigt, von daher rührt mein Interesse an euch Lehrern." Sauer grinste über das ganze Gesicht und fuhr fort: „Ich verabschiede mich gleich wieder, aber ich wollte Sie fragen, sind Sie nächste Woche noch hier vor Ort oder schon in den Ferien?"

„Nein, meine Ferien habe ich erst später geplant, ich bin also hier."

„Na wunderbar, dann würde ich Sie bitten, mich am Montag mal zu besuchen. Es werden ja auch alle Ihre Kollegen kommen, hoffe ich."

„Auf jeden Fall. Wir sehen uns."

„Gut, dann wünsche ich noch einen schönen Abend und ein ebensolches Wochenende."

„Danke gleichfalls, Herr Kommissar."

Alex wartete einige Augenblicke, bis der Kriminalbeamte weit genug entfernt war.

„Verdammter Mist. Merkst du jetzt, dass die mich schon auf dem Kieker haben? Der will mich am Montag sprechen und mich fragen, was abends in der Schule passiert ist und warum ich so spät noch da war. Der hält mich womöglich für den Mörder. Ich brauche jetzt deine Hilfe, das Alibi. Sonst kann ich schlimmstenfalls die nächsten Wochen in Untersuchungshaft verbringen. Willst du das etwa?"

„Natürlich nicht, Alex. Also gut, du warst ab Viertel nach neun bei mir und wir haben den Rest des Abends zu Hause verbracht. Bist du jetzt zufrieden?"

„Ulla, meine Liebste, es geht hier um unsere Existenz, nicht um die Zufriedenheit. Du weißt, dass ich dich liebe und die Zukunft mit dir verbringen will. Wenn du das auch willst, dann musst du mir jetzt helfen!"

„Das klingt nach Erpressung", trotzte Ulla mit einem empörten Blick. „Ich werde mir die Sache noch mal gut überlegen, versprechen will ich jetzt nichts. Morgen bin ich übrigens in München bei Inge. Wir können am Sonntag weiterreden."

Alex machte einen verzweifelten Eindruck, warf ihr einen wütenden Blick zu und brummte dann resigniert: „Es ist spät geworden, lass uns gehen."

10 Hilfe erwünscht

Der Samstagmorgen glänzte sonnendurchflutet wie auf einem Werbefoto für Mittelmeer-Reisen. Blauer Himmel, Vogelgezwitscher, laue Luft, es war herrlich. Ich saß auf dem Balkon beim Frühstück und blätterte in der Zeitung. Im Lokalteil las ich einen Bericht über den Mord an Lochberger. Offenbar war die Polizei gestern noch zu keinen Schlussfolgerungen gekommen. Die Spekulationen reichten von einem drogensüchtigen Einbrecher bis hin zu einem Schüler, der sich für eine nicht bestandene Abiturprüfung rächen wollte. Letzteres schien mir aber doch etwas an den Haaren herbeigezogen. So elend und dumm konnte kaum ein Schüler sein, dass er sich zu einem Mord hinreißen ließ und damit seine eigene Zukunft zerstörte.

Mitten in diesen Überlegungen klingelte mein Telefon. Alex war am Apparat und ich war erstaunt, so früh am Morgen einen Anruf von ihm zu bekommen.

„Hallo Alex, sagte ich, schon lange nichts mehr von dir gehört. Ich lese gerade die Zeitung und den Artikel über euren Kriminalfall. Das ist ja eine böse Geschichte, was?"

„Ja, wirklich eine ganz üble Sache", meinte Alex, „da wollte ich eigentlich mit dir darüber sprechen. Aber ich weiß, es ist sehr früh und du bist wahrscheinlich noch beim Frühstück, ich will nicht lange stören. Kann ich denn heute mal kurz bei dir vorbeischauen?"

„Na klar, ich bin zu Hause und habe bisher nichts vor. Vor heute Nachmittag gehe ich wohl nicht aus dem Haus. Wann willst du denn kommen? Sagen wir, so in einer Stunde?"

„Oh ja, das wäre super. Wenn es dir passt, dann komme ich gerne vorbei, so gegen elf."

„Prima, dann freue ich mich, dich gleich zu sehen. Bis nachher."

Ich hatte nicht gefragt, um was es denn genau gehen würde. Nachdem mich der Kommissar gestern zu Alex befragt hatte, kam mir der Verdacht, dass es mit der polizeilichen Vernehmung zu tun haben könnte. Eine ungute Vorahnung stieg in mir auf. Aber wahrscheinlich wollte Alex sich einfach nur aussprechen und vielleicht auch erfahren, ob der Kommissar mir gegenüber irgendwelche Aussagen über ihn gemacht hatte. Nun, ich würde ja gleich sehen, was er auf dem Herzen hatte.

Im Moment wollte ich nichts weiter als den Sommermorgen genießen. Es würde wieder ein heißer Tag werden. Jetzt gegen zehn Uhr zeigte das Thermometer schon vierundzwanzig Grad im Schatten. Ich hatte die Markise gleich morgens ausgefahren, denn sonst war es auf diesem Südbalkon nicht lange auszuhalten.

Der Himmel strahlte in seinem schönsten Azurblau, im Garten unten war der Hausmeister damit beschäftigt, die Rosen zu schneiden und im Haus nebenan saß im Erdgeschoss Frau Graf auf ihrer Terrasse. Sie frühstückte gemütlich mit ihrem halbwüchsigen Sohn und ab und zu hörte ich Gesprächsfetzen. Es war der Inbegriff eines idyllischen Sommervormittags.

Balkone mit Aussicht ins Grüne wirken beruhigend auf mich. Meine Arbeit ist mit viel Hektik und Anspannung verbunden, und das kontemplative Nichtstun ist für mich die beste Entspannungstherapie.

Heute Abend hatte ich eigentlich Susanne vom Flughafen abholen wollen und wir hatten ein verlängertes Wochenende zusammen geplant. Gestern Abend hatte sie mir aber telefonisch abgesagt, ein dringender Termin war dazwischen gekommen. Also würden wir uns erst am kommenden Wochenende sehen.

Wir führen eine Wochenendbeziehung, und das schon seit fünfzehn Jahren. Oft haben wir schon darüber diskutiert, ob wir nicht zusammenziehen sollten, aber es gibt doch gewichtige Hinderungsgründe. Sie hat ihre Klienten und Geschäftsbeziehungen im Raum Hamburg und ich dagegen hier im Großraum Stuttgart. Da wir beide freiberuflich tätig sind, wäre die Aufgabe der bisherigen Geschäftspartner für jeden von uns ein erheblicher wirtschaftlicher Nachteil. Und dann stellt sich freilich die entscheidende Frage, ob wir mit dem dauerhaften Zusammenleben wirklich glücklich würden. Ich gebe zu, dass ich mich an das Leben als Single gewöhnt habe. Ein Leben ohne die Notwendigkeit dauernder Absprachen über jede Kleinigkeit. Ein spontanes Dasein mit viel Arbeit und auch viel Ruhe in den eigenen vier Wänden, ohne Furcht vor nervenaufreibenden Diskussionen oder Streitereien über alltägliche Lappalien.

So wurde aus dem ursprünglich als Übergangslösung gedachten Zustand des getrennten Lebens ein dauerhaftes Provisorium, in dem wir uns gut eingerichtet haben. Wir sehen uns jedes zweite Wochenende entweder in Hamburg oder in Lundenburg. Das Wiedersehen ist immer wieder eine große Freude, und die gemeinsam verbrachte Zeit ist ein Genuss für uns beide. Es gibt in unserer Beziehung keine blinde Gewohnheit, keinen Alltagstrott, außer im Urlaub, wenn wir mal zwei oder drei Wochen gemeinsam verreisen. Dann allerdings bekommen wir einen Vorgeschmack darauf, was es heißen würde, ständig und immer zusammen zu leben. Wir sind dann meistens ganz zufrieden darüber, wenn wir uns wieder in unsere eigenen vier Wände zurückziehen und uns in den Arbeitsalltag stürzen können.

Heiraten oder nicht heiraten, das war in den ersten Jahren unserer Beziehung öfters mal ein Thema. Inzwischen hat sich das von selbst erledigt. Wir sind beide finanziell unabhängig und beruflich engagiert, keiner von uns will umziehen, keiner will berufliche Nachteile riskieren. Außerdem waren wir beide schon einmal verheiratet und mussten es beide bereuen.

Mein Handy klingelte plötzlich und unterbrach meine Gedankengänge. Alex war in der Leitung.

„Hallo Winfried, was ist los bei dir, ich stehe vor der Tür und klingele seit fünf Minuten. Hast du mich nicht gehört?"

„Oh, das tut mir leid, ich sitze auf dem Balkon und habe tatsächlich nichts bemerkt. Augenblick bitte, ich mache gleich auf."

Ich ließ meinen Freund Alex herein und wir setzten uns nach draußen.

„Wir haben uns lange nicht mehr gesehen", sagte ich. „Das ist zwei Wochen her, oder?"

„Ja, damals waren wir zusammen im Dionysos. Da war ich übrigens gestern Abend auch, mit Ulla."

„Wie geht's euch beiden denn so? Ich habe sie ja schon seit fast einem Jahr nicht mehr zu Gesicht bekommen."

Alex machte einen verlegenen Eindruck.

„Bei uns kriselt es schon seit einiger Zeit. Irgendwie komme ich mit dieser Frau nicht zurecht. Ich glaube, wir sind zu verschieden."

„Das kann schon sein. Ich kann das schlecht beurteilen, ich kenne sie ja praktisch gar nicht. Manchmal hatte ich schon das Gefühl, dass du sie vor mir versteckst."

„Könnte sein, dass du da recht hast. Ich fühle mich nicht richtig wohl, wenn ich mit ihr unter Menschen bin. Die Art, wie sie sich benimmt oder wie sie redet, das befremdet mich oft, ohne dass ich immer genau sagen könnte, was es im Einzelnen eigentlich ist."

„Kann ich mir vorstellen, dass man sich dann lieber nicht gemeinsam in der Öffentlichkeit zeigt. Könnt ihr denn über eure Schwierigkeiten sprechen?"

„Leider nicht. Sie ist unfähig zu einem offenen Gespräch über Schwierigkeiten. Sobald Probleme zwischen uns auftauchen, rastet sie aus und kriegt Panik, und dann behauptet sie, es gäbe überhaupt keine Probleme, ich würde sie nur erfinden. Sie streitet rundweg alles Problematische ab, behauptet im Gegenteil, alles sei doch wunderbar, und ich würde durch meine permanente Kritik alles kaputt machen."

„Na, das klingt schon etwas neurotisch, was du mir da erzählst. Wollt ihr denn zusammen bleiben?"

„Ich bin mir nicht im Klaren darüber, aber sie redet ständig von unserer Zukunft und davon, dass sie mit mir auf Dauer zusammenleben will. Auf alle Andeutungen meinerseits, dass ich etwas mehr Freiraum und weniger Beziehung brauche, reagiert sie ablehnend. Ich weiß nicht so recht, was ich tun soll."

„Was hat sie denn zu deinem Umzug nach Dörflingen gemeint? Immerhin seid ihr dann ja über hundertfünfzig Kilometer voneinander entfernt!"

„Zuerst war sie völlig dagegen, es war ihr zu abgelegen, zu ländlich. Aber nach mehreren Besuchen dort fand sie das Haus und die Umgebung ganz nett und meinte, sie könnte sich jetzt doch vorstellen, da zu leben. Nächstes Jahr hört sie auf zu arbeiten und will dann zu mir ziehen."

„Bis dahin solltet ihr natürlich eure Beziehungsprobleme geklärt haben. Tut mir leid, dass es bei euch nicht so gut läuft. Ich habe es ja damals schade gefunden, dass du dich von Sylvia getrennt hast, sie war doch eigentlich eine ganz patente und sympathische Frau. Warum du sie verlassen hast, habe ich nie verstanden."

„Du legst einen Finger in die Wunde, lieber Freund", sagte Alex mit einem Seufzer. „Ich war damals auf dem Holzweg und hatte den Eindruck, dass Sylvia und ich keine Zukunft hätten. Wir empfanden beide eine tiefe Unzufriedenheit. Alles schien so eingefahren zu sein in einer gleichförmigen Routine. Da hat mich dann im Urlaub wohl der Hafer gestochen. Ich habe mit Ulla angebändelt und bin da in eine Beziehung hineingeschlittert, die sich im Nachhinein als problematisch erwiesen hat."

„Dieses Problem ist sicher lösbar. Wenn Du möchtest, dann kann ich ja mal versuchen, zwischen euch zu vermitteln."

„Tja, vielleicht komme ich auf dein Angebot zurück", meinte Alex. „Ich bin aber heute eigentlich nicht wegen meiner Beziehungsprobleme zu dir gekommen, sondern ..." Er blieb stecken und suchte offensichtlich nach den passenden Worten.

„Also, was ist denn jetzt dein Hauptproblem?", fragte ich irritiert.

„Es geht um den Mord in der Schule. Ich glaube, die Polizei hat einen Verdacht gegen mich, weil ich am Donnerstagabend noch bis neun in der Schule war und der Direktor kurz danach zu Tode kam."

„Ja, das sieht schon etwas verdächtig aus, aber außerdem scheinst du ja deinem Direktor auch feindselig gegenüber gestanden zu haben."

„Wie kommst du auf diese Idee?", fragte Alex erschrocken.

„Ich habe gestern mit dem Kommissar Sauer gesprochen. Er hatte mich eingeladen, weil ich beruflich eng mit dem Direktor zu tun hatte, denn ich habe ja seine EDV mitbetreut. Deshalb wurde ich befragt und dabei hat der Kommissar mir auch in Bezug auf dich einige Fragen gestellt. Er wusste offenbar bereits vom Konrektor so manches, zum Beispiel, dass Lochberger seinem Stellvertreter Degen am Abend des Mordes eine E-Mail geschrieben hat. Darin hat der Direktor behauptet, dass du mit zwei anderen Kollegen noch spät im Haus warst und dass ihr ihm einen Virus auf den Rechner geladen habt. Er hatte euch in

Verdacht, weil die Verbindungstür zum Kopierraum nicht verschlossen war. Der Türschließer war anscheinend manipuliert worden."

„So ein Mist", zischte Alex.

„Und was sagst du dazu?"

„Ich gebe es zu, ich habe die Datenkarte mit einem Virus verseucht."

Ich fühlte mich wie vor den Kopf gestoßen.

„Aber wieso, was hatte denn das für einen Sinn?"

„Ich wollte meinem Chef einen Streich spielen, ihn ärgern, als Rache für die Demütigungen, die ich von ihm jahrelang erdulden musste."

Ich schüttelte den Kopf und zog die linke Augenbraue hoch.

„Wie bist du denn auf so eine dumme Idee gekommen?"

„In einigen Tagen gehe ich von der Schule in den Ruhestand, das war jetzt die letzte Möglichkeit für eine kleine Racheaktion."

„Entschuldige, das kommt mir etwas albern vor, das hätte man vielleicht von einem Schüler erwarten können, aber von dir?"

„Ich habe mir da einen dämlichen Streich ausgedacht, das weiß ich inzwischen, aber mit seinem Tod habe ich nichts zu tun."

„Das glaube ich dir schon. Es wird aber notwendig sein, dass du nicht mich, sondern die Polizei davon überzeugst. Aber du hast doch sicher ein Alibi dafür, wo du nach deinem Weggehen von der Schule gewesen bist. Es kommt ja nur darauf an, dass du zur Tatzeit mit jemandem zusammen warst, der das bezeugen kann. Das wird doch kein Problem sein, oder?"

„Doch, genau das ist das Problem, Winfried. Ich bin kurz nach neun Uhr aus der Schule herausgekommen und, es ist mir peinlich, dir das jetzt zu beichten, ich habe dann aus Frustration über Ulla einen kleinen Ausflug ins Rotlicht-Milieu gemacht."

Jetzt war ich echt überrascht von diesem Geständnis meines Freundes.

„Und hast du da irgendwelche Damen getroffen, die notfalls bezeugen können, dass sie mit dir geplaudert haben?"

„Es ist gar nicht so weit gekommen. Ich bin zuerst in einem Stuttgarter Lokal gewesen und habe den Stripperinnen zugeschaut. Dann hat mich das ganze Ambiente plötzlich abgestoßen und ich habe in einer Kneipe noch ein Bier getrunken und bin dann gegen elf nach Lundenburg zurückgefahren. Um Viertel nach elf Uhr war ich zu Hause und Ulla war schon im Bett."

„Das heißt, es hat dich niemand zwischen neun und zehn Uhr abends gesehen, der das bezeugen könnte?"

„So ist es. Ich habe heute mit Ulla gesprochen und ihr dabei eine andere Geschichte erzählt, nämlich dass ich gestern Abend mit drei

Engländern einen Umtrunk hatte. Ulla glaubt mir meine Geschichte nicht. Deshalb hat sie meine Bitte abgelehnt, mir für diesen Abend ein Alibi zu geben. Sie hat den Verdacht, dass ich bei einer anderen Frau war. Dass ich in einem Strip-Lokal war, kann ich ihr ja nicht sagen."

„Das ist ja eine vertrackte Situation", sagte ich und war momentan perplex darüber, in welche Schwierigkeit sich mein Freund hineinmanövriert hatte.

„Ja, und was willst du jetzt tun?", fragte ich ihn und drückte wohl mit meiner Mimik aus, dass ich das Ganze für ziemlich ausweglos hielt.

„Ich wollte dich fragen, ob du mir helfen kannst."

Alex sah mich erwartungsvoll an.

„Wenn du bestätigen würdest, dass ich bei dir war und wir zusammen ein Bier getrunken haben, dann wäre die Sache schon erledigt."

„Das würde ich gerne tun, lieber Alex, aber es gibt da einen Haken."

„Und der wäre?"

„Der Kommissar hat mich gestern ausdrücklich gefragt, wann ich dich zuletzt gesehen habe. Ich habe ihm gesagt, dass es vorletztes Wochenende war, was ja stimmt. Jetzt kann ich schlecht behaupten, dass du gestern Abend bei mir warst, denn das würde ihm auffallen und mich unglaubwürdig machen."

„So ein Mist!", fluchte Alex vor sich hin. „Was mache ich jetzt?"

„Da wird dir wohl nichts anderes übrig bleiben, als die Wahrheit zu sagen."

„Aber das verschafft mir natürlich kein Alibi. Und ob mir der Kommissar glaubt, das wissen wir nicht."

„Ich sehe keinen anderen Weg", sagte ich. „Außerdem gibt es ja heutzutage hochentwickelte kriminaltechnische Methoden, um einen Mörder zu überführen. Ich gehe mal davon aus, dass die Spurensicherung auch in eurem Fall ihre Arbeit machen wird."

„Aber ich habe Angst, dass man mich aufgrund eines Anfangsverdachts einsperren wird und ich dann womöglich monatelang in Untersuchungshaft sitzen muss, das würde ich nicht überstehen. Meinst du nicht, dass wir doch versuchen könnten, die Geschichte von unserem gemeinsamen Bier gestern Abend irgendwie durchzubringen?"

„Alex, versteh bitte, ich kann mich nicht in Widersprüche verstricken, und so eine Story wäre ein Widerspruch zu meiner ersten Aussage. Wenn es vor Gericht ginge, würde man mich vereidigen, und spätestens dann müsste ich von dieser Geschichte Abstand nehmen und wäre als Lügner überführt. Die Geschichte ist mir zu heiß, ein Freiberufler, der falsche Aussagen macht, kann einpacken. Das spricht sich sehr schnell herum, man ist dann nicht mehr vertrauenswürdig.

Also bitte verlange nicht zu viel von mir. Wenn ich nicht bereits mit dem Kommissar gesprochen hätte, dann wäre das eine andere Situation. Aber er hat meine Aussage protokolliert, und da kann ich jetzt unmöglich etwas vollkommen Anderes behaupten."

„Ok, ich verstehe deinen Standpunkt. Ich werde wohl nach einer Alternative suchen müssen."

„Rede doch noch mal mit Ulla und ziehe alle Register, eventuell lässt sie sich doch noch umstimmen."

„Das wird wohl die einzige Lösung sein, die mir übrig bleibt", meinte Alex resigniert.

„Und wie weit bist du mit deinem Umzug?", fragte ich, um dem Gespräch eine andere Richtung zu geben.

„Der Umzug ist erledigt. Zwei Kartons stehen noch dort mit Küchengeschirr und anderem Zeug, das ich nicht mehr brauche. Der Nachmieter hat die Sachen gesehen und war daran interessiert. Ach ja, meine Tagebücher sind noch dort, die wollte ich gerne zu dir bringen, weil ich ja im Winter monatelang im Süden sein werde und das Haus dann lange Zeit leer steht. Es könnte womöglich mal jemand bei mir einbrechen. Wenn meine privaten Aufzeichnungen in fremde Hände fielen, wäre mir das unangenehm. Übrigens, nach den Ferien wollte ich eine Einweihungsparty in meinem neuen Domizil in Dörflingen machen, da wirst du doch kommen, oder?"

„Aber natürlich, darauf kannst du dich verlassen."

„Gut, ich werde dann wieder gehen und hoffe, dass ich morgen Ulla überzeugen kann. Sie ist heute bei ihrer Freundin in München."

„Ich drücke dir die Daumen. Ruf mich an und sag mir, wie alles gelaufen ist."

„Am Montag muss ich zum Kommissar, die Polizei hat alle Lehrer zur Vernehmung vorgeladen. Es graut mir schon davor."

„Es wird schon schief gehen, mach dir nicht allzu viele Sorgen. Wenn du unschuldig bist, dann kann man dir auch nichts tun."

„Na, du hast wohl immer noch ein blindes Vertrauen in die Justiz und unseren Staat, was?" Wir verabschiedeten uns. Ich schaute Alex aus dem Fenster nachdenklich hinterher und hoffte sehr für ihn, dass seine Freundin ihm in dieser schwierigen Situation helfen würde.

11 Beziehungskrise

Alexander war verzweifelt. Kurz nach dem gemeinsamen sonntäglichen Frühstück stellte ihn Ulla erneut zur Rede und überzog ihn mit Eifersuchtstiraden und Verdächtigungen. Der Anruf seiner „Kollegin" vom Freitagmorgen hatte sie auf die Palme gebracht. Sie fragte ihn immer wieder inquisitorisch nach den Einzelheiten seines angeblichen Gaststättenbesuches mit den Engländern. Offenbar konnte er sie nicht überzeugen. Er verstrickte sich in Widersprüche und schließlich sagte sie ihm offen ins Gesicht:

„Es ist mir jetzt klar geworden, du betrügst mich. Du hältst mich wohl für ganz blöde, was? Das war doch letztes Mal genau dasselbe Theater mit dir, da hast du mir auch was vorgelogen und hinter meinem Rücken hast du dich mit dieser Griechin getroffen. Du kannst mir den Buckel runterrutschen. Ein Alibi kannst du dir ja bei deiner neuen Freundin holen. Mit mir jedenfalls brauchst du nicht zu rechnen. Und wenn du glaubst, dass ich mich weiterhin betrügen lasse, dann täuschst du dich gewaltig. Ich habe keine Lust mehr, so weiterzumachen."

Alex wurde wütend, er war empört über diese Anschuldigungen.

„Weißt du was", sagte er, „ich habe die Nase voll von deinen ständigen Vorwürfen und deinem Eifersuchtstheater. Ich war gestern bei keiner anderen Frau, das habe ich dir schon hundertmal gesagt, vielleicht solltest du es mal mit Psychotherapie versuchen. Und wenn du mich weiter mit diesen blöden Vorwürfen traktieren willst, dann werde ich meine Sachen packen und gehen."

„Aha, der Herr bereitet also seinen Auszug vor. Na, das passt doch wunderbar, wahrscheinlich hat sie dir schon ein Zimmer reserviert in ihrer Bude. Von mir aus kannst du gerne sofort abhauen, ich kann auch ohne dich gut leben, auf so einen verlogenen Arsch wie dich bin ich doch nicht angewiesen. Am besten nimmst du gleich deine Sachen und verschwindest. Die Schlüssel werfe bitte in den Briefkasten."

Er war verblüfft und bestürzt über diese unerwartet heftige Reaktion. Gleichzeitig fühlte er eine gewisse Erleichterung. Er hatte nicht erwartet, dass diese konfliktreiche und problematische Beziehung so schnell enden würde. Seine heimliche Freude wollte er jedoch nicht zeigen. Stattdessen spielte er den Beleidigten.

„Du hysterische Ziege, ich gehe mit dem größten Vergnügen, um dein krankhaftes Geschwätz nie wieder hören zu müssen."

Ulla war bereits an der Wohnungstür und hatte ihre Handtasche umgehängt.

„Ich wünsche dir alles Gute für die Zukunft", sagte sie sarkastisch und schlug die Tür hinter sich zu.

Alex war wie vor den Kopf gestoßen. Er hatte nicht gedacht, dass Ulla ihm das Alibi rundweg verweigern würde. Was sollte er jetzt tun? Morgen würde die polizeiliche Vernehmung beginnen, und er war als einer der Ersten an der Reihe. Er konnte nicht beweisen, dass er zur Tatzeit nicht in der Schule war. Ja, schlimmer noch, falls ihn jemand gesehen haben sollte, wie er in seinem Auto bis gegen elf abends in der Nähe der Schule stand, dann würde man das auf jeden Fall als Indiz gegen ihn verwenden.

Wer konnte ihm jetzt noch ein Alibi verschaffen? Gab es vielleicht doch noch irgendwo eine Möglichkeit? Er überlegte und ging die Reihe seiner Bekannten und Freunde durch. Aber entweder waren sie an der Schule beschäftigt oder kamen aus anderen Gründen nicht in Frage. Immerhin war es ja sehr viel verlangt, was er da wollte. Würde er selbst etwa jemandem ein Alibi ausstellen und das Risiko einer Falschaussage eingehen? Vermutlich nicht, das musste er sich eingestehen.

Jetzt bereute er die ganze Sache. Es war ein einziger Alptraum. Was für eine wahnwitzige Idee, die Daten des Direktors zu klauen! Und das für nichts weiter als zehntausend Euro! Das für sich allein konnte ihm schon eine Gefängnisstrafe einbringen. Und dann der Mord! Das war weder eingeplant, noch vorhersehbar. Das alles war kein perfekter Coup, das war der pure Wahnsinn und für ihn voraussichtlich das Ende des Lebens, wie er es bisher gekannt hatte.

Bei der anstehenden Vernehmung würde herauskommen, dass er abends noch lange mit Lochberger in der Schule war. Deshalb würde man ihn konsequenterweise für verdächtig halten. Er musste daher mit Untersuchungshaft wegen Mordverdacht rechnen, denn er war ja am längsten im Kopierraum gewesen. Baum und Pobler waren erst gekommen, als sein Coup schon vorbei war.

Sollte er etwa tatsächlich in den Knast gehen? Er dachte gar nicht daran. Er musste weg von hier, das war klar. Aber sobald er weg war, würde man ihn mit Haftbefehl suchen, vermutlich in ganz Europa. Wohin sollte er nur gehen?

Alexander überlegte lange Zeit hin und her, und eines wurde ihm schnell klar. Eine Flucht hätte nur dann Aussicht auf Erfolg, wenn er sich falsche Papiere besorgen könnte. Bargeld hatte er ausreichend, aber auch das musste gut organisiert werden. Er wollte ja nicht mit etlichen tausend Euro im Rucksack herumspazieren. Außerdem war zu erwarten, dass man seine Konten und Kreditkarten sperren würde, und dann wäre er schnell am Ende.

Mit seinem Reisemobil konnte er nicht durch Europa fahren, das Kraftfahrzeugkennzeichen würde die Polizei sofort auf seine Spur bringen. Am besten wäre es, das Wohnmobil zu verkaufen, es war für ihn ja jetzt ohne Nutzen.

Aber wie sollte er so schnell einen Käufer finden? Er könnte Winfried fragen, der hatte schon manchmal den Wunsch nach einem Campingfahrzeug geäußert. Er müsste mit ihm reden, möglichst schnell, denn die Zeit drängte.

12 Reisepläne

Mein Handy klingelte, als ich gerade mit dem Wagen durch den Stuttgarter Westen fuhr. Es war kurz vor zwölf und eine friedliche Sonntagsstimmung lag über der sonnigen Stadt. Alex war am Apparat.

„Hallo Winfried. Wir haben uns ja erst gestern gesehen, aber ich muss morgen für einige Zeit wegfahren. Da wollte ich noch ein paar Dinge mit dir besprechen. Hättest du jetzt Zeit?"

„Ich bin gerade losgefahren zu einer kleinen Wanderung an die Bärenseen. Wenn du Lust hast, dann komm doch gleich nach. Wir können uns beim Wandern unterhalten, wie wäre das?"

„Eine tolle Idee, mir tut das auch gut, wenn ich ein bisschen frische Luft kriege. In zwanzig Minuten kann ich da sein, ist das okay?"

„Das passt wunderbar. Also bis gleich. Ich stehe auf dem ersten Parkplatz, da müsste um die Zeit noch was frei sein."

Eine halbe Stunde später marschierten wir auf dem Waldweg am See entlang. Hier draußen war die Luft angenehm kühl und roch aromatisch nach Waldpflanzen und Nadelbäumen. Es war ein warmer Hochsommertag und zahlreiche mit Rucksäcken bepackte Wanderer waren unterwegs. Enten und Schwäne zogen ihre Bahnen und Vogelgezwitscher untermalte die idyllische Szenerie.

„Also, was hast du vor, du meintest, du willst wegfahren? Aber ausgerechnet jetzt, wo morgen doch alle Lehrer vernommen werden sollen? Willst du nicht lieber vorher deine Aussage machen?"

„Winfried, ich habe lange darüber nachgedacht, aber ich habe keine Chance, hier mit heiler Haut davonzukommen. Ich habe kein Alibi für die Zeit, als der Mord passierte. Ulla hat mich rausgeschmissen und will mir bei der Sache nicht helfen. Wenn ich niemanden als Entlastungszeugen nennen kann, dann sind alle Verdachtsmomente gegen mich gerichtet und man wird mich einsperren. Auf dieses Risiko will ich mich nicht einlassen. Deshalb verschwinde ich jetzt und hoffe, dass der Mörder bald festgenommen wird."

„Ich halte das für Wahnsinn", sagte ich, „wo willst du denn hin? Man wird dich in ganz Europa suchen. Wenn sie dich wegen Mord suchen, dann werden Fahndungsfotos veröffentlicht, da wirst du nicht lange unentdeckt bleiben."

„Ich weiß, und deshalb muss ich einige Vorsichtsmaßnahmen ergreifen. Erstens, mein Wohnmobil. Wenn ich damit unterwegs bin, dann erwischen sie mich gleich, sie brauchen nur nach meinem Kennzeichen zu suchen. Und da komme ich gleich zu meiner ersten Frage. Ich will das Wohnmobil verkaufen, und zwar schnell. Hättest du vielleicht Interesse? Der Wagen ist zwei Jahre alt, ich würde ihn dir zum

Freundschaftspreis abgeben."

„Dein Wohnmobil würde mir schon gefallen", sagte ich. „Aber du kannst es doch nicht einfach so Hals über Kopf verkaufen. Und ich hätte ein schlechtes Gewissen, wenn ich deine Notlage ausnütze."

„Ich habe es mir genau überlegt, mein Entschluss steht fest."

Wir unterhielten uns kurz über das Fahrzeug. Alex hatte es vor zwei Jahren gekauft und sich diesen langgehegten Wunsch erfüllt, nachdem er von seinem Onkel etwas Geld geerbt hatte. Ich sagte ihm, dass ich einen größeren Betrag derzeit nicht flüssig hätte, aber er meinte, eine Zahlung in kleinen Beträgen über einen längeren Zeitraum sei ihm ohnehin lieber, denn er wolle ja nicht mit einem Haufen Bargeld in der Gegend herumreisen.

„Nach einigen Wochen wird es dir womöglich leidtun."

„Das kann schon sein", meinte Alex nachdenklich. „Aber wir könnten ja eine Rückkaufoption vereinbaren, sagen wir für ein Jahr. Wenn alles gut geht und ich wieder in Sicherheit bin, könnte ich den Wagen dann zum selben Preis wieder zurückkaufen. Du hättest in der Zwischenzeit das Fahrzeug kostenlos genutzt. Was sagst du dazu?"

„Das ist ein verlockendes Angebot", musste ich zugeben. „Und wie viel brauchst du sofort bar auf die Hand?"

Alex meinte, er brauche momentan nichts, aber man würde vielleicht seine Konten sperren, falls er tatsächlich per Haftbefehl gesucht würde. Er würde deshalb lieber das Geld bei mir lassen und regelmäßig kleinere Beträge bekommen. Am besten ginge das mit einer Guthaben-Kreditkarte auf meinen Namen. Ich war einverstanden und würde ihm eine Visa-Karte geben, die ich nicht mehr benutzte.

„Super. Dann ist ja ein wichtiger Punkt schon gelöst."

„Außerdem brauche ich möglichst eine neue Identität, aber vermutlich hast du da keinen Tipp für mich, oder?"

Mir ging das alles etwas zu schnell, und ich wollte gerne erst mal noch einige grundsätzliche Dinge klären.

„Also bevor wir jetzt endgültig in wilde Kriminalgeschichten abgleiten, erzähl mir doch bitte mal ganz genau, was eigentlich passiert ist. Ich habe die Zeitung gelesen, ich weiß, dass euer Direktor einem Mordattentat zum Opfer gefallen ist. Ich weiß, dass man den Mörder noch nicht gefasst hat. Von dir weiß ich, dass du bis abends um neun Uhr in der Schule warst, sozusagen im Nebenzimmer. Und jetzt stehst du unter Mordverdacht und hast kein Alibi. Gestern hast du mir erzählt, du hättest gegen neun Uhr die Schule verlassen und anstatt nach Hause zu deiner Freundin zu fahren, hast du dich angeblich in zweifelhaften Amüsierlokalen rumgetrieben. Dein Freund Goethe würde dazu sagen: Die Botschaft hör ich wohl, allein mir fehlt der Glaube."

„Wieso denn, jetzt sei mal nicht päpstlicher als der Papst, hast du etwa noch nie in deinem Leben ein Strip-Lokal besucht?"

„Na ja, mit zwanzig oder dreißig macht man so mancherlei, aber aus dem Alter sind wir doch eigentlich raus, oder?"

„Nein, sind wir nicht", sagte er trotzig. „Ich habe dir gestern ja gesagt, dass ich stinksauer auf Ulla war, weil sie mich mit ihrem Starrsinn und ihrer krankhaften Eifersucht so wütend gemacht hatte. Deshalb hatte ich den Wunsch, ein paar nette Mädchen zu sehen und ein wenig zu plaudern."

Ich konnte mir ein Grinsen nicht verkneifen.

„Und hast du dann eine nette Dame kennengelernt und angenehm mit ihr geplaudert?"

„Nein, das habe ich dir doch gestern schon gesagt. Ich war schlecht gelaunt und habe ein paar Striptease-Nummern gesehen. Aber bald hatte ich die Nase voll und bin wieder heimgefahren."

„Und deshalb hast du jetzt kein Alibi, du Schlaumeier. Es muss dich doch eine von diesen Frauen gesehen haben! Hast du denn mit keiner gesprochen? Das gibt's doch nicht, dass man sich eine Stunde lang an so einem Ort herumtreibt und von niemanden gesehen wird und mit niemandem redet. Du kannst mir viel erzählen, aber das nehme ich dir nicht ab."

„Dann lass es eben sein."

„Nein, so einfach kommst Du nicht davon. Deine Aufgabe wird jetzt darin bestehen, noch mal dorthin zu gehen und die Damen zu befragen, ob sie sich nicht daran erinnern können, dass du am Donnerstagabend da warst. Du ziehst dir wieder dieselben Klamotten an, das wird ihrer Erinnerung auf die Sprünge helfen."

„Also das ist ja nun wirklich eine Schnapsidee, ich renne doch nicht nochmal durch diese Bude und frage jede Tante, ob sie sich an mein schönes Gesicht erinnern kann, weil ich vor drei Tagen schon mal da war. Die lachen sich ja einen Ast oder halten mich für komplett geistesgestört."

„An deiner Stelle wäre mir das ziemlich egal, für was die mich halten. Wenn die Aussichten für deine weitere Existenz darin bestehen, hinter schwedischen Gardinen zu landen, dann würde ich lieber von drei Dutzend Mädchen ausgelacht werden, anstatt dieses Risiko einzugehen. Wenn du willst, gehe ich mit dir mit, dann kann ich denen notfalls erklären, was das Ganze zu bedeuten hat."

„Das ist ein großartiges Angebot von dir, Winfried, aber ich glaube, das sollten wir vergessen, das ist völliger Quatsch!"

„Aber jetzt Hals über Kopf zu fliehen, und dabei den Verdacht der Polizei voll auf sich lenken, das ist nicht Quatsch? Das ist dann wohl die höhere Logik des Herrn Oberstudienrats."

„Lass doch deine sarkastischen Bemerkungen, bitte."

„Wir kennen uns jetzt schon seit fast fünfzig Jahren. Aber so ein kopfloses und wirres Verhalten habe ich bei dir noch nie erlebt. Das fängt schon an mit deiner Nachtschicht an der Schule. Wieso stehst du denn noch bis neun Uhr abends am Kopierer? Bei diesem tollen Sommerwetter. Das ist doch nicht normal, du hast doch sonst immer versucht, möglichst früh fertig zu werden. Irgendetwas ist da faul, wenn du mich fragst, ich weiß nur noch nicht was. Aber ich werde das Gefühl nicht los, dass du mir nicht die ganze Wahrheit sagst, und diese angebliche Racheaktion mit dem Virus kommt mir auch etwas unglaubwürdig vor."

„Um Gottes willen, fängst du jetzt auch noch an, mich zu verdächtigen? Da kann ich ja gleich einen Strick nehmen und mich am nächsten Baum aufhängen."

„Es geht hier nicht ums Verdächtigen. Du möchtest meine Hilfe, und die gebe ich dir gerne und soweit ich kann. Aber ich habe was dagegen, wenn man mir Halbwahrheiten oder Märchen erzählt. Und deine Striptease-Story ist ein Märchen, stimmt's?"

Alexander antwortete nicht, es kam uns in diesem Moment eine Gruppe von Spaziergängern entgegen.

„Der Kommissar hat mich darauf angesprochen, dass du offenbar schon früher eine feindselige Haltung gegenüber dem Direktor gezeigt hast. Er erzählte mir von einem beleidigenden Brief. Wenn das an deiner Schule bekannt ist, warum in aller Welt hast du dann nichts Besseres zu tun, als dich bis abends um neun in dem Zimmer neben deinem Chef aufzuhalten? Das schreit ja geradezu zum Himmel, diese Konstellation, fällt dir das nicht auf? Ist es da ein Wunder, wenn man dich verdächtigt, nach so einer Tat?"

Alexander schwieg weiter und starrte nur vor sich hin.

„Warum warst du denn wirklich so spät abends noch in der Schule? Das wird dich die Polizei auf jeden Fall fragen! Deine Erklärung mit den Kopien ist nicht überzeugend, darüber werden sie nur lachen. Ich bin dein Freund und kein Polizist. Wenn du willst, dass ich dir helfe, dann wäre es gut, wenn du mir ein bisschen mehr Einblick geben würdest in das, was wirklich passiert ist."

Ich redete mich allmählich in einen Zustand von Empörung und Wut hinein.

Alex schaute mich nur kurz mit verbissenem Gesicht an, etwas schien in ihm zu arbeiten, aber er schwieg beharrlich.

„Du willst noch nicht sprechen, also gut, dann werde ich dir etwas erzählen, was dich vielleicht überraschen wird."

Alex schielte mit einem skeptischen Blick zu mir herüber.

„Dein Direktor hat mich am Donnerstagabend um Viertel nach neun angerufen."

Jetzt machte er ein entsetztes Gesicht. „Was? Wieso dich?"

„Du weißt doch, dass ich mit ihm einen Wartungsvertrag habe für alle seine Schulrechner."

„Ja, du hast gelegentlich mal davon gesprochen", meinte Alex und sah mich argwöhnisch an.

„Er hat meine Firma angerufen, weil sein Rechner gestreikt hat. Als er von der Toilette zurückkam, meldete sein Notebook plötzlich einen Virus. Er war ziemlich ratlos, aber mein Mitarbeiter Becker hat ihn beruhigt und versprochen, das Gerät wieder in Ordnung zu bringen."

„Und habt ihr das geschafft?"

„Ja, nach zwei Stunden war das Problem gelöst. Gestern Abend habe ich mir nochmal die Logdateien von diesem Vorfall angeschaut. Dabei ist mir etwas aufgefallen, was ich zunächst übersehen hatte, nämlich dass Lochbergers Notebook-Konfiguration vor dem Zwischenfall eine andere war als danach."

„Wie meinst du das?"

„Jemand hat offensichtlich die SD-Datenkarte ausgetauscht."

Alex erschrak sichtlich.

„Wie willst du denn so was feststellen?"

„Jeder Rechner im Netz wird ständig in allen Details protokolliert. Auch jeder Datenträger hat eine Kennung, also eine eindeutige Identifikationsnummer. Es gibt einen Log-Eintrag um einundzwanzig Uhr zwei. Da wurde aus dem Notebook eine SD-Karte entfernt und gleich darauf eine andere Datenkarte eingesteckt. Die Karten haben unterschiedliche Kennungen. Der Austausch der Karten muss während der Toilettenpause des Direktors passiert sein. Um einundzwanzig Uhr sieben, also fünf Minuten später, wurde laut Logfile auf dem PC wieder gearbeitet. Mit anderen Worten, du hast nicht nur einen Virus auf seinen Rechner gespielt, sondern auch seine Datenkarte geklaut. Was hast du mit der gestohlenen SD-Karte gemacht? Immerhin hatte dein Direktor darauf seine Arbeitsdateien gespeichert, und die waren offenbar wichtig für ihn."

Ich sah zu Alex hinüber. Er sah plötzlich etwas bleich aus und starrte vor sich hin.

„Meinst du nicht, es wäre jetzt an der Zeit, mir reinen Wein einzuschenken?"

Alex blieb stehen und schaute mich peinlich berührt an.

„Okay, du hast gewonnen."

„Gut, dann werde ich dir jetzt mal zuhören."

Er begann stockend und widerwillig zu erzählen, was er an jenem Abend im Zimmer des Rektors getan hatte, und er gab den Diebstahl der Datenkarte zu. Er erklärte mir alles über seine Zusammenarbeit mit Lochbergers Konkurrenten Messerschmidt, gestand auch, dass seine Motive Geldgier und Rache waren. Ich verstand jetzt, warum er kein Alibi vorweisen konnte, denn er hatte ja zur Tatzeit in seinem Wagen in der Nähe der Schule gewartet, bis Daniel, Messerschmidts Mitarbeiter, die gestohlene Datenkarte abholen würde. Ich war erschüttert über dieses Geständnis meines Freundes.

„Das sieht ja ziemlich düster aus", sagte ich, nachdem ich die ganze Geschichte gehört hatte.

„Verstehen kann ich dich aber nicht, du hattest das Arbeitsleben hinter dir, ein sorgloses Rentnerdasein vor dir und musstest jetzt so eine üble Geschichte anfangen? Du hast doch dein ganzes Leben lang ehrlich gearbeitet und keine krummen Sachen gemacht, wieso musst du dich dann jetzt so kurz vor dem Beginn deines Ruhestands in kriminelle Aktionen stürzen?"

„Kriminelle Aktionen!", gab er in spöttischen Ton zurück. „Jetzt übertreib mal nicht."

Jetzt platzte mir der Kragen und ich konnte mich nicht länger beherrschen.

„Mein lieber Freund, du bist dir anscheinend bis heute nicht über die Tragweite deiner Handlung im Klaren. Natürlich ist Datendiebstahl eine kriminelle Handlung, besonders im Rahmen eines Arbeitsverhältnisses. Man könnte dir deshalb sogar die Altersbezüge streichen oder kürzen, wegen schwerwiegender Untreue gegen den Arbeitgeber. Wo bleibt eigentlich deine Intelligenz? Dieser Messerschmidt hat dir mit zehntausend Euro vor der Nase herumgewedelt, und du schaltest dein Hirn ab und meinst, du müsstest eine zweite Karriere als Meisterdieb beginnen?"

Die himmelschreiende Begriffsstutzigkeit meines Freundes machte mich wütend. Er hatte das durchaus bemerkt.

„Ich wollte mich an diesem Typ rächen, der mir jahrelang den Berufsalltag mit Schikanen und Unverschämtheiten zur Hölle gemacht hat. Und es hätte ja auch alles wunderbar geklappt, wenn er nicht am selben Abend gestorben wäre."

„Also mit deinem Unrechtsbewusstsein ist es nicht weit her. Diebstahl ist kein Kavaliersdelikt, und ein Recht auf Rache existiert auch nicht, du hast dir da etwas zurechtgelegt in deinem Hirn, was blanker Unsinn ist. Selbst wenn alles nach deinem Plan gegangen wäre, hätte dein Direktor von mir erfahren, was ich dir vorher gesagt habe, nämlich dass sein Rechner offenbar manipuliert wurde. Sein Verdacht wäre sicher sofort auf dich gefallen. Ob man dich hätte überführen können, weiß ich nicht, aber du hättest eine Menge Ärger bekommen, so oder so. Ich würde mich wohler fühlen, wenn du wenigstens das einsehen würdest."

Alex war jetzt kleinlaut geworden.

„Du redest ja wie ein Staatsanwalt", meinte er.

„Ein Staatsanwalt wird dir noch ganz andere Sachen sagen, mein Lieber, aber ich kann nicht akzeptieren, dass mein bester Freund so wenig Einsicht in Recht und Unrecht hat."

„Ich ..., ich gebe zu, dass das Ganze eine blöde Idee war. Die Frage ist, was kann ich jetzt machen?"

Ich sah mit immer noch erregter Miene zu ihm hinüber, meine Strafpredigt hatte offenbar ihre Wirkung nicht verfehlt.

„Ich sehe für dich zwei Möglichkeiten und beide sind wenig erfreulich. Du gehst jetzt zur Polizei und berichtest das, was du mir gerade gesagt hast. Dann werden sie dir entweder glauben und dich wegen Diebstahl und Verrat von Dienstgeheimnissen anklagen, das könnte zwei Jahre Knast ergeben, vielleicht auf Bewährung. Oder sie werden dir nicht glauben, dann wirst Du wohl wegen Mordverdacht erst mal in U-Haft sitzen. Alles Weitere ist schwer vorhersehbar."

„Und wozu würdest du mir raten?"

„Schwierige Frage", meinte ich. „An deiner Stelle würde ich natürlich nicht ins Gefängnis gehen wollen. Ich glaube auch nicht, dass ein jahrelanger Freiheitsentzug ein positiver Beitrag zur Persönlichkeitsentwicklung ist. Wenn du ein Fremder wärst, würde ich sagen: Ab in den Knast mit dir! Aber als dein Freund kann ich dir das nicht empfehlen. Das Gefängnisleben könnte dich zerrütten."

„Also kann ich davon ausgehen, dass du mir bei meiner Flucht helfen wirst?"

„Was bleibt mir anderes übrig, du Knallkopf, ich könnte ja nicht mehr ruhig schlafen, wenn ich dich im Gefängnis wüsste."

In unserem Gespräch trat eine Pause ein. Wir hatten inzwischen den See umrundet und befanden uns auf der gegenüberliegenden Seite kurz vor dem Ausflugslokal Bärenschlösschen. Es waren viele Spaziergänger unterwegs. Das Waldgebiet an den Bärenseen war ein beliebtes Ausflugsziel der Einheimischen.

Man hörte jetzt in der Ferne Blasmusik. Ich lud Alex zu einem Bier ein und wir gingen langsam die letzten zweihundert Meter bis zu dem Gartenlokal, wo die meisten Tische schon von Wanderern und Ausflüglern besetzt waren. In der Schlange des Selbstbedienungslokals warteten wir einige Minuten und holten uns ein Bier und Weißwürste mit Brezeln. Zurück im Freien hatten wir Glück, denn es wurde gerade ein Tisch frei, den wir gleich in Beschlag nahmen.

Die Julisonne schien von einem wolkenlosen blauen Himmel, auf dem Rasen sausten Kinder hin und her und Hunde tollten übermütig um ihre Besitzer herum. Die Blaskapelle setzte wieder ein, Marschmusik hallte über die Wiesen, und Alex und ich stießen mit den Bierkrügen auf eine bessere Zukunft an, zu den Klängen von *Alte Kameraden*.

Diese Zukunft sah allerdings momentan für meinen Freund nicht rosig aus, das war uns beiden klar. Ich wollte aber versuchen, ihm soweit wie möglich bei seiner Flucht zu helfen, denn ich war überzeugt davon, dass er kein Mörder war. Außerdem hoffte ich, dass der Täter schon bald gefasst werden würde, dann könnte Alex wieder zurückkommen und der Alptraum wäre vorbei.

„Du hast vorher das Thema einer neuen Identität angesprochen. Vielleicht weiß ich ja was für dich. Das wird dich jetzt vermutlich überraschen", sagte ich nach einer Pause, als wir unseren Imbiss beendet hatten.

„Da bin ich ja gespannt", meinte Alex, wischte sich den Bierschaum vom Mund und sah mich erwartungsvoll an.

„Das ist eine lange Geschichte, aber ich werde sie kurz machen. Ich habe mal als Student zwei Wochen lang für einen Schrotthändler als Fahrer gearbeitet. Das war ein Typ mit einer Vergangenheit als Hehler und Waffenhändler, der Beziehungen zu einschlägigen Kreisen in der Stuttgarter Altstadt hatte. Ich war über die Jobvermittlung des Arbeitsamtes zu diesem Mann gekommen. Den habe ich dann später jahrelang immer wieder mal in Stuttgart getroffen und dabei oft ein paar Worte mit ihm gewechselt. Er trieb sich meistens so in der Gegend zwischen Leonhardskirche und Charlottenplatz herum. Einmal erzählte er mir, dass sein Sohn, der etwa in meinem Alter war, inzwischen groß ins Schrottgeschäft eingestiegen sei.

Das letzte Mal sah ich den Alten vor über dreißig Jahren in der Innenstadt von Stuttgart. Aber wie der Zufall so will, da bekam ich vor zwei Jahren einen Anruf von einem Mann, der für sein Computer-Netzwerk ganz dringend Hilfe brauchte. Die Adresse war in der Stuttgarter Altstadt hinter der Leonhardskirche, einem etwas schmuddeligen Viertel. Der Mann hatte sich im obersten Stock dieses Hauses aber eine wirklich edle Wohnung mit Büro eingerichtet. Seine Branche war Schrotthandel. Während ich an seinem Computer herumbastelte, redete er davon, dass sein Vater die Firma aufgebaut habe. Er sei aber vor einigen Jahren gestorben.

Plötzlich kam ich auf die Idee, dass sein Vater der Mann sein könnte, für den ich damals als Fahrer gearbeitet hatte. Es stellte sich heraus, dass es genau so war. Wir kamen miteinander ins Gespräch, er erzählte einiges über seinen alten Herrn und seine Karriere als Schrotthändler. Das Netzwerkproblem hatte ich bald gelöst und der Mann war glücklich.

Wir plauderten dann noch über dies und das und er ließ durchblicken, dass er mir auch gerne helfen könnte, falls ich mal neue Papiere bräuchte. Er könnte da immer was besorgen. Damals hatte ich ja daran wirklich kein Interesse, sagte aber im Scherz, es sei natürlich gut, für den Fall der Fälle eine Hintertür zu haben und ich würde dann auf ihn zukommen."

„Ist ja eine irre Geschichte", staunte Alex.

„Wenn du willst, kann ich ihn anrufen. Er wird vermutlich noch dort wohnen. Billig wird das wohl nicht, er hat damals was von tausend Euro gesagt für einen neuen Pass mit Ausweis und Führerschein."

„Das wäre toll, Winfried. So könnte ich erst mal durchatmen und dann bald losfahren. Ich muss morgen gleich neue Fotos machen. Meinen Bart werde ich wegrasieren, ein bisschen Veränderung kann nicht schaden."

„Heute ist Sonntag und morgen früh fangen die Anhörungen an, die Zeit wird knapp. Was willst du denn morgen Vormittag tun?"

„Ich könnte morgen zu meinem Hausarzt gehen und mich erst mal krankschreiben lassen. Damit wären schon mal zwei oder drei Tage gewonnen. Aber dann muss ich verschwinden."

„Sieht so aus, als ob du länger Urlaub machen wirst."

„Meinst du, dass du die Papiere innerhalb von drei Tagen kriegen kannst?"

„Keine Ahnung, wir werden sehen. Wenn nicht, dann muss ich sie dir irgendwie per Post nachsenden. Aber mach mal eine Liste mit allem, was wir noch erledigen müssen. Da wäre also dein Wohnmobil. Dazu brauchen wir den Kaufvertrag und die Fahrzeugpapiere. Und dann das Finanzielle. Überleg dir alles noch mal ganz genau. Sonst noch was? Wie willst du überhaupt reisen, mit dem Flugzeug oder im Zug?"

„Ich werde den Zug nehmen, bei Flugzeugen stehst du ja immer namentlich auf der Passagierliste."

„Wenn du willst, kannst du den Wagen von meinem Sohn nehmen. Er kommt erst in sechs Monaten wieder, er ist zur Zeit in den USA und sein VW Golf steht nur nutzlos hier herum."

Alex staunte, er war sehr froh über mein Angebot und wir machten uns auf den Rückweg. Bei mir zuhause regelten wir noch letzte Dinge. Ich gab ihm die Kreditkarte und die Schlüssel für den Wagen meines Sohnes. Alex wollte für alle Fälle gewappnet sein. Bei Bedarf würde er schon morgen abreisen, falls die Umstände es erforderten.

Nach unserem gemeinsamen Abend ging Alex nicht mehr in seine Wohnung, sondern übernachtete bei mir im Gästezimmer. Seine Wohnungsschlüssel für die alte Wohnung und auch die Schlüssel für sein Haus in Dörflingen übergab er mir, und ich versprach ihm, mich zuverlässig um alles zu kümmern.

13 Zwischenbilanz

Am Montagvormittag herrschte auf dem Polizeipräsidium ein reger Publikumsverkehr. Die Lehrer des Schiller-Gymnasiums gaben sich dort die Klinke in die Hand. Für jedes Gespräch hatte der Kommissar zehn Minuten veranschlagt. Das bedeutete, dass er pro Stunde sechs Lehrer anhören konnte, ebenso wie sein Kollege Müller. Da der Lehrkörper aus rund achtzig Personen bestand, war mindestens ein ganzer Tag notwendig, um alle Lehrer zu vernehmen. Die Polizisten arbeiteten dabei zielstrebig und pausenlos.

Um neun Uhr begannen die ersten Gespräche und nachmittags um vierzehn Uhr hatte man schon knapp sechzig Pädagogen befragt. Es gab einige Krankmeldungen, manche Lehrer waren trotz Einladung nicht erschienen. Um die wollte sich der Kommissar am nächsten Tag persönlich kümmern. Alexander Strasser gehörte zu denen, die nicht gekommen waren. Gerade mit der Befragung von Strasser hatte der Kommissar besondere Erwartungen verknüpft und er war einigermaßen befremdet, dass dieser Mann, gegen den er insgeheim einen starken Verdacht hegte, sich einfach krank gemeldet hatte.

Um fünfzehn Uhr setzte sich der Kommissar mit seinem Kollegen Rainer Müller zusammen und sie tauschten Zwischenergebnisse aus.

„Na, was ist bei dir herausgekommen, Rainer?", begann der Kommissar die Unterredung.

„Sehr viel war es nicht", meinte der Kollege, „aber immerhin haben einige Leute erzählt, dass es im Lehrerkollegium doch eine gewisse Unzufriedenheit mit dem Führungsstil des Direktors gab. Angeblich haben auch einige Kollegen in den letzten Jahren die Schule verlassen, weil es ihnen unter der Leitung des Herrn Lochberger dort nicht mehr gefallen hat. Es gibt aber ebenfalls Leute, die ihren Chef über den grünen Klee loben. Da will man ja fast vor Ehrfurcht auf die Knie fallen."

„Ja, dasselbe habe ich genauso gehört. Mir ist auch aufgefallen, dass die meisten es vermeiden, eigene Statements abzugeben. Es heißt dann oft: *Ich habe gehört, dass ...*"

„Genau, oder auch: *Es gibt da so Gerüchte im Kollegium, die besagen, dass ...* Also alles sehr Wischiwaschi."

„Übrigens, die Namen derer, die in den letzten Jahren die Schule verlassen haben und weggezogen sind, will ich gerne auf einer Liste sehen. Die lassen wir dann von den Kollegen vor Ort überprüfen."

„Gut, daran habe ich auch schon gedacht."

„Und wie sieht es aus mit Konflikten oder Feindseligkeiten gegen den Schulleiter?"

„Bei mir haben sich einige Kollegen dahingehend geäußert, dass dieses neue Konzept an der Schule mit der Bezeichnung *Schiller FIX* von einem Großteil des Kollegiums abgelehnt wurde, aber der Direktor hätte es kraft seiner Position durchgedrückt."

„Ja, so was Ähnliches habe ich auch gehört. Es wurde aber gesagt, dass das Kollegium sich nicht frühzeitig genug um die Sache gekümmert hat. Bei einer frühen Abstimmung über dieses Projekt haben sich anscheinend sehr viele Lehrer der Stimme enthalten, so dass eine Minderheit, die den Direktor unterstützte, die Oberhand gewann. So konnte dieses neue Konzept eingeführt werden, ohne dass wirklich eine Mehrheit dahinter stand."

„Das nennt man lebendige Demokratie. Wenn die Mehrheit sich der Stimme enthält, dann sollen diese Leute sich anschließend nicht beschweren, wenn eine Minderheit die Entscheidungen trifft. Aber hast du denn verstanden, was dieses *Schiller FIX* überhaupt soll? Mir ist das nicht richtig klar geworden."

„Ich habe mir das erklären lassen, von zwei Lehrern, die unabhängig voneinander so ziemlich das Gleiche sagten. *FIX* steht für *fantastisch, innovativ, exzellent*. Es ist ein reformpädagogisches Konzept, mit dem sich der Direktor profilieren wollte als großer pädagogischer Erneuerer, gewissermaßen als Einstein der gymnasialen Pädagogik. Die Hauptidee dieses Konzeptes ist es, einen Teil der Unterrichtsstunden für sogenannte freie Kurse verfügbar zu machen, also Unterrichtsveranstaltungen über Themen, die es normalerweise nicht im Unterricht gibt. Das können spielerische Kurse sein, kreative Kurse wie Malen oder Töpfern oder sportliche Aktivitäten oder Nachhilfeunterricht in verschiedenen Fächern."

„Gut, das klingt ja erst mal positiv. So ähnlich hat mir das auch eine Lehrerin heute erklärt. Und wo ist da jetzt ein Nachteil oder ein Problem?"

„Die Stunden für diese freien Kurse müssen ja irgendwoher kommen, denn man kann den Schülern nicht einfach mehr Gesamtstunden aufbrummen. Und diese Stunden werden aus dem Topf der Kernfächer entnommen, also zum Beispiel aus Englisch, Deutsch, Mathematik. Da gibt es dann anstelle von vier nur noch drei Unterrichtsstunden pro Woche."

„Ach so ist das! Das ist also das Geheimnis vom großartigen *FIX*. Aber Moment mal, mein Sohn geht jetzt in die siebte Klasse und lernt im dritten Jahr Englisch. Wenn der nun statt vier nur noch drei Stunden Englischunterricht pro Woche hat, dann sehe ich schwarz für ihn, denn er hat große Schwierigkeiten mit Grammatik, und überhaupt, er ist nicht der Schnellste."

„Ja, dieses Argument ist tatsächlich oft vorgebracht worden. Da scheint ja auch was Wahres dran zu sein, wie du gerade gesagt hast.

Die Kinder, die nicht hochbegabt sind, die werden wahrscheinlich zurückfallen, wenn es statt der bisher vier nur noch drei Stunden in den Kernfächern gibt."

„Und was sagen die Freunde dieses glorreichen neuen Modells zu diesem Thema?"

„Sie sagen, dass alle Schüler, die sich etwas schwertun, eine persönliche Nachhilfe bekommen werden, und zwar nachmittags im Rahmen der sogenannten freien Kurse."

„Also ich weiß nicht, das kommt mir seltsam vor. Man nimmt erst den Kindern in jedem Kernfach eine Stunde weg und raubt ihnen damit die Gelegenheit für ausreichende Übungen und Wiederholungen. Anschließend repariert man den Schaden, indem man die armen Opfer in Nachhilfekurse steckt. Sehr überzeugend finde ich das nicht."

„Du bist ja auch kein Pädagoge, du hast ja von Methodik und Didaktik keinen blassen Schimmer. Dieses Modell ist übrigens nicht völlig neu, es wurde offenbar bereits in Hinterwaldendorf, einem kleinen Ort im Allgäu, an einer Dorfschule erfolgreich in die Praxis umgesetzt. Deshalb sprechen die Fachleute hier vom sogenannten Hinterwaldendorfer Modell. Der Direktor ist mit seinem Gefolge zweimal dorthin gefahren, um sich vor Ort von der Großartigkeit dieses Konzepts zu überzeugen. Das wollte er dann als Pionier zum ersten Mal auf ein großes Gymnasium übertragen."

„Das kann ja alles sein, aber warum sollte mein Sohn nach so einem hinterwäldlerischen Modell unterrichtet werden, wenn ihm nachher durch diese Stundenkürzungen ein Viertel der Zeit fehlt, die normalerweise notwendig ist, um einen bestimmten Stoff zu begreifen und zu lernen?"

„Da hast du vielleicht recht, diese Frage haben auch einige Eltern gestellt und auch manche Lehrer des Schiller-Gymnasiums. Es gab dort viel böses Blut, zumal ja auch die Stundenpläne durch diese freien Kurse extrem kompliziert wurden. Manche Lehrer haben darüber geklagt, dass sie durch die zahlreichen freien Kurse viel mehr unterschiedliche Schüler unterrichten mussten. Das empfanden sie als zusätzliche Belastung, ganz abgesehen von der Zerrissenheit der Stundenpläne. Diese Kritik habe ich immer wieder gehört. Das war schon ein starkes Motiv für eine Gegnerschaft zu dem Direktor und seiner Führungsmannschaft."

„Deine Aussagen kann ich vollkommen bestätigen, so haben sich die Lehrer bei mir ebenfalls mehr oder weniger geäußert. Allerdings konnte ich nirgends hören, dass jemand aus diesen Gründen Mordabsichten gehabt hätte. Und was persönliche Feindseligkeiten anbetrifft, so haben sich da alle sehr bedeckt gehalten. Ich habe aber ein paarmal den Namen Alexander Strasser gehört, der hat wohl mal einen bösen

Brief verfasst und auch sonst nicht mit seiner kritischen Meinung gegenüber der Schulleitung hinter dem Berg gehalten."

„Diesen Strasser hatte ich auch auf meiner Liste, er ist aber heute nicht erschienen. Er hat sich krank gemeldet. Der Mann macht einen sehr verdächtigen Eindruck. Er war am Abend des Mordes bis circa neun Uhr in der Schule, hat angeblich Kopien gemacht. Der Direktor hat dann wohl nach einer kurzen Toilettenpause festgestellt, dass ein Virus auf seinem Rechner war. Er hat sofort per E-Mail an seinen Stellvertreter gemeldet, dass er den Strasser und zwei weitere Kollegen verdächtigte, die auch noch so spät im Haus waren. Mehr wissen wir im Moment nicht. Ob tatsächlich Strasser und seine Freunde den Virus auf den Rechner des Direktors gebracht haben, das ist noch unklar. Es wäre allerdings kaum zu verstehen, dass der Strasser erst eine Virenattacke durchführt und dann anschließend gleich den Direktor erschlägt."

Der Kollege Müller lachte laut auf, der Kommissar sah ihn missbilligend an. „Also Müller, bitte etwas mehr Ernst."

„Entschuldige Chef, aber manchmal hast Du wirklich eine komische Ader."

„Also, dieses Szenario ist schwer vorstellbar. Der Strasser geht jetzt in Rente, der müsste ja geistesgestört sein, wenn er in einer solchen Situation seinen Chef totschlägt."

„Ja, da geb ich dir recht. Aber nach meinen heutigen dreißig Gesprächen mit Pädagogen würde es mich nicht wundern, wenn der eine oder andere nicht so ganz klar im Kopf wäre. Schau dir doch nur mal die Reform an, die der Direktor mit großem Trara eingeführt hat, gegen alle Einwände, dass die Qualität des Unterrichts leiden könnte."

„Na ja, Veränderungen in der Qualität kann man ja erst nach zehn Jahren feststellen, wenn überhaupt. Und dann genießt der Urheber der Reform längst seinen Ruhestand. Aber das ist ein anderes Thema. Zurück zu Strasser. Dass er mal einen aggressiven Brief an seinen Chef geschrieben hat, das scheint mir kein Beweis für Mordabsichten zu sein. Überhaupt fehlt mir hier das Motiv."

„Und wie sieht es mit den beiden anderen Kollegen aus, die mit ihm noch abends in der Schule waren?"

„Die haben wir beide vernommen. Sie sind zusammen kurz nach neun aus der Schule gegangen und waren danach zum Essen in einem Gasthaus in der Stadt. Sie haben dafür Zeugen benannt. Die halte ich eher für unverdächtig."

„Also nochmal zu Strasser. Antipathie und gelegentlicher Ärger sind doch kein Mordmotiv, oder? Und als geistesgestört wurde der Strasser von niemandem bezeichnet."

„Nun ja, das kann man nicht immer so offen erkennen. Da brauchen wir notfalls ein psychologisches Gutachten. Außerdem gibt es ja auch Morde im Affekt. Vielleicht hat der Direktor den Strasser im Haus gesehen und ihn wegen der Virusattacke zur Rede gestellt. Es kam darauf zum Streit und die Sache ist eskaliert und Strasser hat zugeschlagen."

„Tja, spekulieren kann man über alles Mögliche. Ich kann mir aber nicht so recht vorstellen, dass dieser Lehrer der Mörder war, das ergibt irgendwie keinen Sinn. Andererseits: Warum kommt er dann nicht zur Vernehmung wie die anderen Kollegen? Und dass er so lange in der Schule war, bis kurz vor dem Mord, das ist auch seltsam. Das macht ihn allerdings sehr verdächtig."

„Wir müssen diesen Strasser so schnell wie möglich vernehmen. Schreib ihm eine E-Mail, für briefliche Einladungen haben wir jetzt keine Zeit. Und setze ihm eine Frist, die Sache eilt. Er muss spätestens morgen Vormittag, sagen wir um zehn Uhr, hier erscheinen, sonst drohen wir ihm eben einen Haftbefehl und eine Hausdurchsuchung an. Wir müssen ihn ein bisschen einschüchtern."

„Und wenn der sich einen Anwalt nimmt und sich auf Krankheit und Vernehmungsunfähigkeit beruft?"

„Dann lassen wir uns was anderes einfallen. Aber das halte ich für unwahrscheinlich. Wenn er jetzt deshalb einen Anwalt nehmen würde, dann wäre er noch verdächtiger."

„Ok, ich schreibe ihm, dass er um zehn Uhr morgen hier erwartet wird. Hast du mit der Frau vom Direktor gesprochen?"

„Der Kollege Stark war dort. Er hat sich schon am Freitag Mittag mit ihr unterhalten. Sie wirkte ziemlich gefasst. Also sehr mitgenommen war sie offenbar vom Tod ihres Mannes nicht. Er hatte fast den Eindruck, als sei ihr das alles ziemlich gleichgültig."

„Könnte sie ein Interesse am vorzeitigen Ableben ihres Ehemannes gehabt haben?"

„Schwer zu sagen, wir wissen bis jetzt zu wenig über die ehelichen Beziehungen der Leute. Aber jedenfalls ist sie die Inhaberin der Firma, für die der Ehegatte die Software produziert hat."

„Was, willst du damit sagen, dass der Lochberger neben seinem Direktoren-Job noch Zeit hatte, um EDV-Programme herzustellen?"

„Sieht so aus, jedenfalls hat mir Degen gesagt, dass sein Chef die Programme der Schulverwaltung überwiegend eigenhändig geschrieben hat. Weil man als Beamter ja keine lukrativen Nebenbeschäftigungen haben darf, läuft die Firma auf den Namen seiner Ehefrau."

„Das müssen wir uns mal genauer anschauen. Wenn die Frau ohnehin Eigentümerin der Firma ist, dann ändert sich für sie durch den Tod ihres Mannes ja eigentlich nichts. Vielleicht gibt es aber eine Lebensversicherung, das sollten wir auch klären. Grundsätzlich ist ja ein Ehepartner bei Todesfällen immer verdächtig."

„Es gibt da noch was, was wir prüfen müssen. Wenn der Lochberger auf dem freien Markt als Unternehmer tätig war, dann hat er vermutlich Konkurrenten. Dazu fehlt uns bisher jede Information. Ein Mitbewerber auf einem umkämpften Markt könnte ein Feind sein und eventuell für einen Mord in Frage kommen."

„Gut, ich glaube, da haben wir erst mal genug zu tun. Setze doch unsere neuen Mitarbeiter an auf alle diese offenen Fragen. Es wäre mir recht, wenn ich morgen Mittag schon klarer sehen würde, und zwar bevor ich mir den Strasser vornehme."

„Alles klar, Chef, wir werden den Täter schon kriegen. Bisher haben wir ja alle zur Strecke gebracht, die gemeint haben, sie müssten bei uns in Lundenburg einen Mord begehen."

14 Panik

Alexander saß auf dem Sofa in Winfrieds Wohnzimmer. Auf seinem Tablet las er aktuelle Meldungen und machte sich Notizen für die bevorstehende Reise. Nach dem Rauswurf durch Ulla hatte er bei seinem Freund übernachtet. In seine alte Wohnung wollte er nicht mehr gehen, denn dort war jederzeit mit dem Auftauchen der Polizei zu rechnen. Außerdem war die Wohnung ja schon geräumt und er hätte sich mit einer unbequemen Übernachtung auf einer Luftmatratze begnügen müssen. Und zu seinem neuen Domizil in Dörflingen waren es einhundertachtzig Kilometer Autofahrt, dazu fehlte ihm jetzt die Zeit.

Heute Morgen war er bei seinem Hausarzt gewesen und hatte eine fieberhafte Darmverstimmung vorgegeben, um die erwünschte Krankmeldung zu erhalten. Diese hatte er dann per E-Mail an die Schule und ans Polizeipräsidium geschickt.

Danach hatte er sich den Bart wegrasiert und eine alte Hornbrille aufgesetzt. Mit derart verändertem Äußeren war er zu einer Fotokabine gefahren und hatte Passbilder gemacht, die für die Besorgung der neuen Ausweisdokumente nötig waren.

Mit einem neuen Ausweis in der Tasche wäre er schon gestern Abend losgefahren. Er saß wie auf Kohlen und es war ihm klar, dass schon bald die Polizei nach ihm suchen würde.

Auf seinem Tablet ging eben eine neue Meldung ein. Er öffnete das Mailprogramm, es war eine Nachricht von der Polizeidirektion Lundenburg.

„Sehr geehrter Herr Strasser, Ihre Krankmeldung haben wir heute erhalten. Trotzdem müssen wir Sie bitten, morgen früh um 10 Uhr zur Vernehmung auf das Polizeipräsidium zu kommen. Es handelt sich um eine dringende Zeugenvernehmung in einem Mordfall. Von der Vorladung kann nur abgesehen werden, falls Sie eine ärztliche Bescheinigung vorlegen, aus der hervorgeht, dass Sie wegen einer akuten schweren Erkrankung nicht zu einer zehnminütigen Befragung in der Lage sind. In diesem Falle wäre eine Anhörung am Krankenbett möglich.

Sollten Sie diese Aufforderung missachten und nicht zu dem Termin im Zimmer 212 bei Herrn Sauer erscheinen, weisen wir vorsorglich darauf hin, dass Ihre sofortige zwangsweise Vorführung bei der Staatsanwaltschaft beantragt wird. Außerdem müssten Sie dann mit einem beträchtlichen Bußgeld rechnen."

Mist, dachte Alexander, es geht also jetzt los, und ich kann nicht länger hier sitzen bleiben. Ich muss noch heute Abend verschwinden, dann bin ich vor Mitternacht in Frankreich, und fürs Erste außer

Reichweite der Polizei. Winfried wird mir die Papiere nachsenden müssen. Er meinte ja, dass es etwa drei bis vier Tage dauert, bis sie fertig sind. So lange kann ich auf keinen Fall warten.

Winfried würde heute erst spät nach Hause kommen, aber sie hatten alles Wesentliche ja bereits besprochen. Er hatte ihm das Auto seines Sohnes angeboten, dafür war er sehr dankbar, denn sonst hätte er mit dem Zug fahren und sich mit dem Gepäck extrem einschränken müssen. Die Schlüssel für sein Haus im Allgäu hatte er Winfried übergeben, zusammen mit einer Vollmacht, das Haus zu nutzen oder bei längerer Abwesenheit auch zu vermieten. Sein Umzug war erledigt und es gab nichts Wichtiges mehr in der alten Wohnung in Lundenburg, mit Ausnahme eines Kartons mit Tagebüchern. Die sollte Winfried abholen und bei sich verwahren, das hatten sie so vereinbart. Die Tagebücher waren seine privaten Aufzeichnungen seit dem Alter von acht Jahren, und er wollte auf keinen Fall, dass diese Unterlagen der Polizei bei einer Hausdurchsuchung in die Hände fielen. Eine Zeitlang hatte er überlegt, die Tagebücher überhaupt zu vernichten, aber dann schreckte er doch davor zurück. Es steckten ja viele Stunden seines Lebens in diesen Aufzeichnungen. Manchmal hatte er selber interessiert das eine oder andere Buch über diese oder jene Etappe seines Lebens herausgenommen und beim Lesen darüber gestaunt, was ihm das Leben doch alles abverlangt hatte und was er an Höhen und Tiefen erlebt hatte.

Winfried, sein bester Freund, sollte seine Aufzeichnungen aufbewahren und gerne auch lesen. Bei ihm waren sie sicher. Er könnte die Tagebücher im Falle eines Falles an seine Tochter Margret weitergeben, die seit zehn Jahren in Australien lebte. Sein Kontakt mit Margret beschränkte sich leider auf gelegentliche E-Mails zu Weihnachten oder zu Geburtstagen. Seine Exfrau hatte sich während und nach der Scheidung erfolgreich bemüht, ihm die Tochter zu entfremden. Der in ihrer Kindheit so enge Kontakt war infolgedessen abgebrochen.

Die Tagebücher waren in gewisser Weise die Quintessenz seines gesamten Lebens. Wenn er so auf die Bilanz des eigenen Lebens schaute, so kam es ihm manchmal vor, als sei dieses Leben nichts anderes gewesen als ein permanentes Scheitern auf allen Ebenen. Was hatte er doch mit zwanzig oder fünfundzwanzig Jahren für Träume gehabt! Die hatte er in seinen jungen Jahren als Zukunftserwartungen im Tagebuch festgehalten. Er wollte Schriftsteller, Journalist, freier Künstler, Musiker werden. Damals konnte er sich noch nicht für einen konkreten Weg entscheiden. Auf jeden Fall wollte er etwas Außergewöhnliches aus seinem Leben machen, berühmt werden, einflussreich und wohlhabend. Das waren die Zukunftsträume seiner frühen zwanziger Jahre.

Die Realität seines späteren Lebens sah freilich anders aus. Er wurde Studienreferendar an einem Gymnasium, heiratete zu früh und zudem eine Frau, die in mancher Hinsicht nicht zu ihm passte. Dann war er plötzlich Familienvater und hatte Verantwortung für eine kleine Tochter zu tragen. Nach dem Staatsexamen bekam er keine Lehrerstelle, musste sich anderweitig finanziell durchschlagen, arbeitete unter anderem als Versicherungsvertreter. So war er plötzlich in einer harten Realität angekommen, die meilenweit von seinen ursprünglichen Träumen entfernt war und ganz und gar nichts mehr mit künstlerischer Kreativität, Boheme und Schriftstelleridyll zu tun hatte.

Scheidung, unstete Partnerbeziehungen, und ein permanenter Existenzkampf als freiberuflicher PC-Trainer, das war jahrelang mein glorreicher Alltag, dachte er. Dazu kam noch ein teurer geschäftlicher Misserfolg. Es gibt kaum ein Fettnäpfchen, das ich ausgelassen habe. Und jetzt, beim Eintritt in den Ruhestand, bin ich blöde genug, um mich auf krumme Touren einzulassen. Mit einem Bein schon im Knast und wenn ich mich nicht vorsehe, bald mit beiden Beinen, womöglich lebenslänglich. Oh Alex, du Volltrottel, was hast du dir da eingebrockt?

Den letzten Satz hatte er laut vor sich hingesprochen.

Die Bilanz seines Lebens? Er lachte sarkastisch vor sich hin. Eine traurige Bilanz. Reden wir lieber nicht davon, dachte er und stand auf, um seine persönlichen Dinge zusammenzupacken.

Er trug den Koffer und das übrige Gepäck hinaus zu dem Wagen und verstaute seine Sachen. Es war ein älterer Golf, der aber technisch noch in Ordnung war. Ein Zelt und eine Luftmatratze lagen bereits im Kofferraum, so dass er auf jeden Fall irgendwo auf einem Campingplatz unterkommen oder wild campen könnte. Es war ja jetzt Hochsaison in ganz Europa, und im Juli und August würde es an vielen Orten mit Übernachtungen schwierig werden. Winfried hatte an alles gedacht und ihn mit dem notwendigen Campingzubehör ausgestattet. Er war wirklich ein Goldstück von einem Freund.

Gegen sieben Uhr Abend war er reisefertig, schrieb noch eine kurze Abschiedsnotiz an Winfried und legte die neuen Passbilder daneben. Außerdem schrieb er ein paar Zeilen des Abschieds an Monika, adressierte und frankierte den Briefumschlag und stieg dann ins Auto. Er bugsierte den Golf langsam rückwärts aus der Einfahrt, warf einen letzten Blick auf Winfrieds Haus und brach dann auf zur Autobahn in Richtung Frankreich, nachdem er den Brief an Monika in einen Briefkasten eingeworfen hatte.

15 Die Tagebücher

Als ich gegen neunzehn Uhr nach Hause kam, fiel mir sofort auf, dass der Golf nicht mehr dastand. War Alex schon losgefahren? Der Zettel auf dem Küchentisch schuf Klarheit.

„Hallo Winfried, ich musste dringend weg - alles Weitere auf der Kassette." Auf der Tonbandkassette erklärte mir Alex, warum er nicht warten konnte und jetzt früher als geplant abfahren würde. Die Vorladung der Polizei per E-Mail hatte er mir zur Information weitergesandt. Er bat mich nochmal ausdrücklich, in seine Wohnung zu gehen und das Paket mit den Tagebüchern abzuholen. Auf keinen Fall aber dürfte ich zu lange warten, sonst hätte womöglich der Nachmieter Zugriff darauf, oder die Polizei, im Falle einer Wohnungsdurchsuchung. Die Ausweispapiere sollte ich ihm bitte per Post und Einschreiben zusenden an eine Adresse, die er mir noch mitteilen wollte. Momentan wisse er noch nicht, wohin die Reise ginge. In dringenden Fällen würde er mir eine E-Mail senden, mit verschlüsseltem Anhang. Wir hatten ein Passwort vereinbart, um notfalls Nachrichten auszutauschen, ohne dass Fremde mitlesen könnten.

Jetzt war es also tatsächlich passiert, er war auf der Flucht. Sofort korrigierte ich mich und ersetzte das Wort *Flucht* durch *Urlaub*. Er machte jetzt Urlaub auf unbestimmte Zeit. Ich hoffte auf eine rasche Aufklärung des Falles, dann könnte er bald zurückkommen. Seine Bitte, die Tagebücher aus der Wohnung zu holen, war verständlich. Ich beschloss, die Sache gleich heute Abend zu erledigen. Es war noch zu früh, ich wollte warten, bis es dunkel wurde, um möglichst nicht gesehen zu werden, wenn ich seine Wohnung betrat.

Inzwischen war es zwanzig Uhr geworden. Ich schaltete den Fernseher an, die Tagesschau fing gerade an. Massenproteste in Hongkong, Proteste in Bolivien, Zusammenstöße zwischen Demonstranten und Polizei in Venezuela, bürgerkriegsähnliche Zustände im Iran, Bombenattentate im Irak und Plünderungen in Frankreich durch Demonstranten. Das war in etwa der Inhalt der heutigen Nachrichten.

Man konnte den Eindruck bekommen, die Welt sei aus den Fugen geraten und das nicht erst seit heute. Das große Thema neben all diesen gewaltsamen Zusammenstößen war aber die Klimafrage. Alles drehte sich nur noch ums Klima. Natürlich ist das Problem brandheiß und ich gehöre nicht zu den Leugnern der Klimaerwärmung, wie manche Politiker in gewissen Ländern. Ich bin mir der Bedrohung für unseren Planeten durchaus bewusst. Aber genauso wie jahrzehntelang das Thema kleingeredet wurde, will man offenbar von heute auf morgen alles auf den Kopf stellen, vor allem in Europa.

Die größten Verschmutzer der Weltgemeinschaft, China, die USA, Russland und Indien verbrennen weiter wachsende Mengen an Kohle, als gäbe es überhaupt kein Klimaproblem, während wir in Europa uns im Namen des Klimaschutzes alle möglichen Beschränkungen auferlegen. Am europäischen Umweltwesen soll die Welt genesen, obwohl die größten Verschmutzer außerhalb Europas sitzen. Diese unausgewogene Perspektive kann mich nicht überzeugen.

Wir sollen verzichten aufs Fliegen, auf konventionelle Autos, auf Fleischkonsum, auf gut geheizte Wohnungen. Der Kauf von neuen Elektroautos ist angeblich der einzige Weg zur grünen Seligkeit, was von vielen Wissenschaftlern überzeugend bestritten wird, und unsere modernen Spritfahrzeuge sollten möglichst bald auf dem Schrottplatz landen.

Mit solchen Ratschlägen glauben manche Optimisten das Weltklima retten zu können. Aber was ist mit den gigantischen Brandrodungen am Amazonas, in Russland, Australien und Afrika? Niemand scheint diese gewaltige Umweltvernichtung stoppen zu können. Allein die Waldbrände in Sibirien belasten das Klima mit derselben Kohlendioxidmenge wie der gesamte Ausstoß Deutschlands in einem Jahr, wie kürzlich eine Forschergruppe errechnet hat.

Wir Europäer sollten ein Vorbild sein, das leuchtet mir ein, aber bitte alles mit Augenmaß. Europa stranguliert derzeit seine relativ sauberen Industrien und der Rest der Welt verschmutzt weiter unverdrossen den Globus. Und wer bezahlt die Rechnung für diese europäischen Weltrettungs-Ambitionen? Natürlich wie immer die sogenannte Mittelschicht, also Menschen wie ich, über höhere Preise für alles, für Wohnen, Heizung, Strom und Benzin. Ich gebe zu, ich leide an Politikverdrossenheit, wie viele meiner Zeitgenossen. Aber deshalb renne ich nicht politischen Rattenfängern nach, im Gegenteil, sie stoßen mich ab mit ihrem opportunistischen Geschrei.

Die Wetterkarte auf dem Bildschirm unterbrach meinen Gedankengang. Ich zappte noch eine Zeitlang durch die Fernsehprogramme und schaltete dann ab.

Nach Einbruch der Dunkelheit würde ich zu Alexanders Wohnung gehen. Bis dahin blieb noch über eine Stunde Zeit. Das Wetter war trocken und mild, etwas Bewegung in frischer Luft schien mir ratsam. Nach einem längeren Spaziergang durch mein Wohnviertel war es mittlerweile dunkel geworden und ich marschierte nun zügig in Richtung Oststadt. Eine Kirchturmglocke schlug zehn Uhr. Ich war noch etwa fünf Minuten von meinem Ziel entfernt.

Die Fischerstraße war um diese Zeit menschenleer, nur wenige einzelne Fußgänger waren unterwegs, hier eine ältere Dame mit einem Hund, dann kurz darauf eine Gruppe von vier jungen Männern mit arabischem Aussehen, alle gekleidet mit Kapuzenjacken, die Köpfe verhüllt in den übergezogenen Kapuzen. Sie machten einen finsteren Eindruck, als sie an mir vorbeigingen, stumm und bedrohlich. Die Wohngegend war in den letzten Jahren nicht besser geworden, man traf hier auf allerhand dunkle Gestalten, die wenig Vertrauen einflößten. Weiter unten in der Straße befand sich ein Obdachlosenheim. Von dort spazierten abends oft abgerissene Individuen mit Plastiktüten voll scheppernder Flaschen hinauf zum Aldimarkt oder von dort zurück, um sich für die Nacht mit Alkohol zu versorgen.

Alex war vor rund zwanzig Jahren hier hergezogen. Damals war das eine Wohngegend, in der die Mittelschicht das Bild prägte. Inzwischen waren viele Wohnungen weiterverkauft worden und insbesondere der Altbaubestand ging zunehmend an Käufer aus einfacheren Verhältnissen über. Böse Zungen sprachen bereits von einem neu entstehenden Proletenviertel. Darüber hatte auch Alex schon oft geklagt. Auch in seinem Haus war vor zwei Jahren eine jüngere Frau eingezogen, die allein lebte, aber ständig irgendwelche übel aussehenden Typen mitbrachte. Diese durchfeierten dann lautstark ganze Nächte bei ihr und trieben die Nachbarn damit zur Verzweiflung.

Das ganze Viertel verelendet langsam, meinte Alex einmal, es zieht immer mehr Pöbel hierher. Ich hatte ihm damals widersprochen und ihn kritisiert für seine arrogante Ausdrucksweise. Aber nachdem ich mehrmals als Fußgänger durch die Gegend spaziert war, entwickelte ich ein gewisses Verständnis für seine Ansichten.

Das Mehrfamilienhaus, in dem er viele Jahre gewohnt hatte, war jetzt in Sichtweite. Im Erdgeschoss brannte Licht, im ersten Stock ebenfalls. Es gab sechs Parteien in diesem Haus, im zweiten Obergeschoss rechts lag Alexanders Wohnung, dort war alles dunkel. Ich öffnete die Gartentür, sie quietschte, was mich ärgerte, denn ich wollte keine Aufmerksamkeit erregen und möglichst nicht gesehen werden.

Vorsichtig ging ich weiter zur Haustür, steckte den Schlüssel ein und schloss auf. Das Namensschild von Alex war schon ersetzt durch ein provisorisches Schild mit dem Namen Kimmich. Langsam und behutsam ging ich die Treppen hoch bis in den zweiten Stock und stand dann vor seiner Wohnungstür. Aus der Wohnung gegenüber kam Musik und man hörte Gesprächsfetzen von einem Mann und einer Frau.

Aus Alexanders Wohnung war nichts zu hören. Ich öffnete so leise wie möglich die Tür und betrat die Wohnung. Die Lampe im Flur war abmontiert worden, nur noch eine nackte Glühbirne hing in der Fassung. Man sah sofort, dass hier niemand mehr wohnte. Vorsichtig ging ich durch die Räume und bemühte mich dabei, sachte aufzutreten. Herr Fleischer, der unter Alex wohnte, hatte ein empfindliches Gehör. Keinesfalls wollte ich jetzt von ihm überrascht werden.

Mitten im leeren Wohnzimmer stand ein verschnürter Karton. Ich drückte auf den Lichtschalter, aber es blieb dunkel. Mit dem Karton ging ich in den Flur unter die Glühbirne, um den aufgeklebten Zettel zu lesen.

Sehr geehrter Herr Kimmich, dieses Paket ist für meinen Freund Winfried Alumno bestimmt. Es enthält Unterrichtsunterlagen und Bücher. Falls Sie das Paket hier finden, bin ich nicht mehr dazu gekommen, es ihm zu bringen. Bitte rufen Sie ihn an, damit er die Sachen hier abholen kann. Seine Nummer ist 0178-9252017. Herzlichen Dank, Alexander Strasser

Das war also das Paket, von dem Alex gesprochen hatte. Damit war meine Mission erfüllt und ich beschloss, die Wohnung wieder zu verlassen. Vorsichtig öffnete ich die Wohnungstür und hörte, dass gerade eben jemand durch die Haustür hereinkam. Zwei Personen unterhielten sich laut miteinander. Man hörte Schritte die Treppe heraufkommen. Sie gingen nur bis in den ersten Stock, dann wurde eine Wohnungstür aufgeschlossen und anschließend mit lautem Knall zugeschlagen. Offenbar war das die afghanische Familie, über die Alex schon oft geklagt hatte, weil sie ihre Türe gewohnheitsmäßig zuknallten.

Nachdem es wieder still war, stellte ich den Karton draußen ab und schloss die Wohnungstür zu. Leise und vorsichtig verließ ich das Haus.

Der Karton war schwer und meine Wohnung war über zwei Kilometer von hier entfernt. Nachts mit einem solchen Paket durch die Stadt zu laufen war auffällig und außerdem mühsam. Ich ging daher die Fischerstraße hinunter bis zur Hauptstraße und rief telefonisch ein Taxi. Nach fünf Minuten hielt ein Mercedes am Straßenrand und ich war erleichtert, als ich kurz danach daheim ankam und den Karton bei mir in Sicherheit wusste.

16 Hausdurchsuchung

Dieser Dienstag würde heiß werden. Intensiv strahlte bereits jetzt um zehn Uhr die Sonne von einem hochsommerlich blauen Himmel auf die beiden uniformierten Polizeibeamten vor dem Haus Fischerstraße achtzehn. Einer von ihnen hatte einen Werkzeugkoffer in der Hand. Inspektor Rohloff suchte vergeblich nach dem Namen ‚Strasser‘. An einer Klingel hing ein provisorisches Namensschild aus Papier mit dem Namen ‚Kimmich‘. Kommissar Sauer hatte einen Durchsuchungsbefehl beantragt und ihn bekommen, unter der Vorgabe, dass gegen Strasser ein Anfangsverdacht auf Verwicklung in einen Mord bestünde.

Erwartungsgemäß öffnete bei Kimmich niemand, die Beamten klingelten daraufhin bei allen Nachbarn. Schließlich summte der Türöffner und die Männer betraten das Haus und gingen die Treppe hoch. Im ersten Stock stand Herr Fleischer in seiner Wohnungstür und rief theatralisch mit clownesker Grimasse:

„Hilfe, die Polizei! Was wollt denn ihr am frühen Morgen, liebe Leute? Seid ihr überhaupt echte Polizisten? Habt ihr auch einen Dienstausweis?"

Die Beamten blieben stehen, zückten ihre Ausweise und hielten sie ihm vor die Nase.

„Ich hab ja nur Spaß gemacht", meinte Fleischer, „ein Späßle ab und zu muss doch sein, oder? Außerdem sieht man euch doch an, dass ihr Polizisten seid."

Inspektor Rohloff schmunzelte „Sie haben vollkommen recht, dass Sie nach unserem Ausweis fragen. In letzter Zeit gibt es immer wieder Fälle von falschen Polizisten."

„Das hab ich gehört, gestern Abend kam was im Fernsehen über so einen Fall. Aber wo wollt ihr eigentlich hin, liebe Leut? Wollt ihr meine Frau verhaften? Die hätte es verdient, sie hat mich gestern wieder den ganzen Tag geärgert."

Inspektor Rohloff lachte, sein Kollege Widmann grinste.

„Nein, Ihre Gattin wollen wir Ihnen nicht wegnehmen, wir wollten eigentlich zu Herrn Strasser, der wohnt doch hier im Haus, oder?"

„Tja, der hat bis vor kurzem hier gewohnt, aber ich glaube, er ist schon ausgeflogen", erwiderte Fleischer. „Letzte Woche war hier ein großes Tohuwabohu mit Möbelrücken und viel Lärm. Es waren drei kräftige Typen da, die den ganzen Hausrat runter getragen haben. Soviel ich weiß, ist die Wohnung schon leer."

„Gibt es denn schon einen neuen Mieter?"

„Ja, ein Herr Kimmich ist letzte Woche da gewesen, und der wird wohl bald einziehen. Sein Namensschild hängt schon unten.“

„Haben Sie zufällig einen Schlüssel für die Wohnung?“, fragte Inspektor Rohloff.

Fleischer zögerte und sah die Polizisten misstrauisch an.

„Ich habe tatsächlich einen, ja. Herr Strasser hat mir einen Schlüssel gegeben für den Fall, dass mal irgendwas wäre. Es kann ja mal einen Wasserrohrbruch geben oder sonst was.“

„Na wunderbar“, sagte der Beamte, „dann müssen wir ja nicht die Tür aufbrechen und ersparen uns schon die Reparatur. Würden Sie uns reinlassen?“

„Ich weiß nicht, ob ich das darf“, meinte Herr Fleischer nachdenklich. „Ich will keine Schwierigkeiten kriegen. Womöglich krieg ich eine Anzeige wegen Hausfriedensbruch!“

„Also, ich bitte Sie, wir sind von der Polizei, unsere Dienstausweise haben Sie gesehen, wir haben auch einen Hausdurchsuchungsbefehl, den kann ich Ihnen gerne zeigen.“ Er zog ein Schriftstück aus der Tasche, das Fleischer kurz überflog.

„Ohne meine Lesebrille seh ich sowieso nichts. Da könnten Sie mir genauso gut einen Kaufvertrag über eine Waschmaschine vor die Nase halten. Aber was hat denn der arme Strasser angestellt, dass Sie ihn jetzt so verfolgen?“

„Darüber kann ich nichts sagen, aber Sie haben vielleicht von dem Mordfall an seiner Schule gehört?“

Fleischer staunte: „Was, der Strasser wird wegen Mord gesucht? Jetzt bin ich aber platt! Das hätte ich ihm nicht zugetraut.“

„Nein, er wird nicht wegen Mord gesucht, sondern er soll als Zeuge vernommen werden, das ist ein großer Unterschied! Also lassen Sie uns jetzt kurz in die Wohnung?“

„Warten Sie einen Moment, ich hole den Schlüssel, falls meine Frau es mir nicht verbietet“, lachte Fleischer und verschwand in seiner Wohnung.

Die Beamten standen im Hausflur und warteten, wenig später kam der Mann zurück. „Meine Frau schläft zum Glück“, grinste er und sie gingen einen Stock höher. Fleischer schloss auf.

Beim schnellen Gang durch die Räume wurde sofort klar, dass die Wohnung leergeräumt war, nur zwei Umzugskartons standen noch im Flur an der Wand.

„Das scheint ja hier alles schon leer zu sein“, sagte der Beamte mit dem Werkzeugkoffer in der Hand, den er jetzt nicht mehr benötigte.

„Und was ist mit diesen beiden Kartons?“

„Keine Ahnung, schauen Sie doch rein, ich weiß nicht, was drin ist, womöglich eine tote Leiche.“

Inspektor Widmann zog sich Gummihandschuhe über und durchsuchte die beiden Kartons. Im ersten waren Kochtöpfe und Pfannen, im zweiten befand sich ein Sammelsurium von diversen Objekten: Büroutensilien, diverse Wörterbücher und ein Taschenkalender. Der Inspektor nahm diesen heraus und blätterte darin. Es war ein Kalendarium mit nur wenigen Einträgen.

„Diesen Karton werden wir mal mitnehmen. Unsere Spurensicherung wird da nach DNA-Spuren suchen. Ich glaube, wir haben genug gesehen, Herr Rohloff, oder?"

Der Kollege nickte zustimmend. Er wandte sich an Fleischer.

„Falls Sie den Herrn Strasser sehen sollten, dann sagen Sie ihm doch bitte, er soll sich dringend bei uns melden, wir würden gerne mit ihm sprechen. Für ihn wäre das die einfachste Methode, um die Verdachtsmomente gegen ihn auszuräumen."

„Ja, das werde ich ihm sagen", antwortete Fleischer, „aber ich weiß nicht, ob ich ihn überhaupt nochmal sehen will, wenn er so gefährlich ist. Na ja, falls er kommt, soll meine Frau mit ihm reden, die kann notfalls kräftig zuschlagen." Er grinste wieder.

„Gut, ich glaube, wir haben alles gesehen", verabschiedete sich der Inspektor. „Schönen Dank."

Die Männer verließen die Wohnung, Fleischer schloss die Wohnungstür ab und entließ seine Gäste jovial mit gespielter Komik.

„Also macht's gut, Leute, und schafft was! Es gibt zu viele Tagediebe hier in Lundenburg! Erst letzte Woche gab's wieder zwei Einbrüche hier in unserer Straße. Ihr müsst besser aufpassen, damit man uns nicht die Sachen unter dem Hintern wegklaut. Und wenn meine Frau mich wieder ärgert, dann ruf ich euch an und erwarte, dass ihr sie in Untersuchungshaft nehmt, mindestens für einen Tag, damit sie mal einen Dämpfer kriegt."

Die Polizisten lachten und Inspektor Rohloff meinte: „Also mit Ihrer Ehefrau legen wir uns lieber nicht an, aber das mit den Einbrüchen ist ein echtes Problem, da haben Sie recht. Wir bleiben dran und tun unser Bestes. Aber mit Nachbarn wie Ihnen, die die Augen aufhalten, ist schon viel gewonnen! In diesem Sinne, machen Sie's gut."

17 Lehrergespräche

In kleinen Gruppen saßen die Damen und Herren des Kollegiums im wieder polizeilich freigegebenen Lehrerzimmer beisammen und redeten über dies und das. Ferienstimmung lag in der Luft, es war der vorletzte Tag des Schuljahrs und der Unterricht war heute nach der vierten Stunde zu Ende.

Am Nachmittag würden noch Projekte stattfinden, für die es Vorbereitungen zu treffen galt. Das vorherrschende Thema war derzeit aber die Vernehmung durch die Polizei, die gestern und heute Vormittag stattgefunden hatte. Die Kollegen erstatteten sich gegenseitig Bericht über das, was die Polizei hatte wissen wollen.

Gerade kam Studienrat Pobler zum Lehrerzimmer herein. Die Kollegen an einem der Tische reckten die Köpfe. Der Kollege Bierwisch rief ihm grinsend zu:

„Hallo Peter, na, haben sie dich auseinandergenommen?"

Der Angeredete schnaubte verächtlich und ging auf den Tisch zu, wo seine Clique ihn erwartete.

„Diese Polypen sind doch ein Haufen eingeschlafener Waschlappen", polterte er los. „Und was die alles wissen wollen. Unser neues System *Schiller FIX: fantastisch, innovativ, exzellent* musste ich Ihnen dreimal erklären, bevor sie es endlich kapiert haben."

„Das spricht ja nicht gerade für deine pädagogische Begabung", meinte Frau Tetzer vom Nebentisch sarkastisch.

„Ach Anna, lass doch dein ewiges Herumfrotzeln. Du weißt natürlich immer alles besser, bist ja auch die Lehrerin des Jahres!"
Die letzten Worte hatte Pobler mit übertriebener Ironie gesprochen.

„Der Herr Kollege ist wohl neidisch?", erwiderte sie feixend. „Die Schüler werden schon ihre Gründe gehabt haben, mich zu wählen. Du musst halt noch ein bisserl an deinem Unterricht feilen, du hast ja noch Zeit, wirst ja erst im nächsten Jahr pensioniert!"

„Und du wirst dieses Jahr frühverrentet, ich werde es heute beantragen. Übrigens, die Bullen wollten von mir wissen, ob es Kollegen gibt, denen ich den Mord an Lochberger zutraue. Denen habe ich klipp und klar gesagt: Ja, es gibt tatsächlich so eine Kollegin, und die heißt Anna Tetzer."

Vom Nachbartisch rief Frau Matten-Degen mit scharfer Stimme in ihrem typisch kreischenden Tonfall herüber:

„Herr Pobler, brüllen Sie doch nicht so durchs ganze Lehrerzimmer, ihre Pöbeleien interessieren hier niemanden. Außerdem finde ich es schamlos, wie Sie Witze reißen über einen Mord, der uns alle sehr schockiert hat! Aber bei Ihnen scheint das nicht angekommen zu sein."

„Ach, Frau Matten-Degen, jetzt spielen Sie sich mal nicht so auf! Auch wenn man die Frau des Konrektors ist, muss man nicht ständig andere Kollegen zurechtweisen. Außerdem mischen Sie sich in ein privates Gespräch ein, das Sie überhaupt nichts angeht. Also kümmern Sie sich gefälligst um Ihre eigenen Angelegenheiten und kehren Sie erst mal vor Ihrer eigenen Haustür."

Der Kollege Pobler war wütend und schnaubte wie ein Stier, der jeden Moment in die Arena stürmen wird.

„Na, jetzt reg dich nicht gleich so auf", versuchte Frau Woller zu beruhigen. „Erzähl uns lieber, was bei der Polizei sonst noch so gefragt wurde."

„Nach dem Alex haben sie mich gefragt. Sie wollten wissen, was wir von dem halten und wie er sich gegenüber dem Direktor benommen hat. Ich habe denen gesagt, dass der Alexander zu den wenigen Leuten im Kollegium gehört hat, die gegenüber dem Alten den Mund aufgemacht haben. Das muss man ihm hoch anrechnen. Ansonsten ist er ja ein großer Eigenbrötler, im Grunde ein langweiliger Kerl."

„Es kann ja nicht jeder so ein toller Hecht sein wie du, Kollege Pobler, immer so unterhaltsam und freundlich. Das gibt es nur einmal an jeder Schule", meinte Frau Woller schmunzelnd.

„Mag ja sein", fuhr Pobler unbeirrt fort, „aber jedenfalls trau ich dem Alexander durchaus einen Mord zu. Der hat immer so einen hinterhältigen Ausdruck im Gesicht, man weiß bei ihm nie, was er wirklich denkt."

„Das wird ja immer schöner", mischte sich der Kollege Neumann in die Diskussion ein. „Ich hoffe, dass Sie diesen Unsinn nicht bei der Polizei erzählt haben. Ich will Ihrer Ansicht da ganz deutlich widersprechen, der Kollege Strasser sagt offen seine Meinung, auch gegenüber der Schulleitung, selbst wenn es ihm Nachteile einbringt. Viele andere hier tun das nicht, sondern überlegen sich immer genau, ob sie womöglich ihre Zukunftschancen riskieren. Deshalb gibt es reichlich Duckmäusertum hier im Kollegium. Nicht alle, die jetzt große Töne spucken, sind davon ausgenommen."

„Ach, Herr Neumann, was mischen Sie sich denn hier ein? Sie sind doch erst seit drei Jahren bei uns. Sie haben doch keine Ahnung, was hier wirklich gespielt wird."

Kollegin Tetzer fuhr dazwischen.

„Um zu bemerken, dass du ständig herumpöbelst und den Alpha-Wolf spielst, braucht man nicht mehr als drei Tage. Aber wenn es hier im Kollegium einer verdient, dass man ihm einen Mord zutraut, dann ist es derjenige, der letztes Jahr im Amerika-Austausch eine Schlägerei anfing und damit seinen gewalttätigen und brutalen Charakter unter

Beweis gestellt hat."

Alle Kollegen an den Nachbartischen waren jetzt aufmerksam geworden und spitzten die Ohren. Es trat eine spürbare Stille ein. Frau Tetzer warf Herrn Pobler einen triumphierenden Blick zu. Sein Kopf lief knallrot an und er schrie dann laut:

„Deine verlogenen Unverschämtheiten lasse ich mir nicht länger bieten, du ..."

Frau Tetzer fiel ihm ins Wort: „Der Einzige, der hier unverschämt ist, bist du, und du warst es, der letztes Jahr in Washington in einem Restaurant meinen Lebensgefährten ins Gesicht geschlagen hat, weil du gegen seine Argumente nicht mehr angekommen bist. Wenn ich nicht dazwischen gegangen wäre und dich festgehalten hätte, dann hätte es einen Riesenskandal gegeben und du wärst im amerikanischen Knast gelandet, du aufgeblasener Sack."

Poblers Kopf war jetzt rot wie eine Tomate und er brüllte wütend: „Verlogene alte Hexe!". Dann stand er auf und marschierte eiligen Schrittes zur Tür, die er laut hinter sich zuknallte. Die Kollegen begannen zu tuscheln und durcheinanderzureden. Man fragte Frau Tetzer, ob das denn tatsächlich so passiert sei.

Sie erzählte ausführlich den Hergang der damaligen Ereignisse und dass Pobler wegen einer Kleinigkeit in einen heftigen verbalen Streit mit ihrem Lebensgefährten geraten war, worauf er diesen dann schließlich mit der Faust ins Gesicht schlug.

„Er ist ein primitiver Prolet, mehr kann ich dazu nicht sagen. Es geht mir auf den Geist, wenn er sich hier immer so aufspielt, als wäre er der Chef der Schule."

Einige Tische weiter saß Erika Campos-Mimados mit der jungen Studienreferendarin Sabine, die sie in ihre Aufgaben einarbeitete und betreute. Die junge Frau war erst seit einigen Tagen an der Schule und hatte diesen Auseinandersetzungen zwischen Pobler und Tetzer aufmerksam zugehört.

„Sag mal, Erika, geht es bei euch immer so aggressiv zu? Das ist ja ganz schön heftig."

„Weißt du, es gibt halt so Cliquen, die sich mehr oder weniger gut leiden können. Du hast ja sicher von dem Mord an unserem Direktor letzte Woche gehört. Da sind jetzt natürlich alle noch sehr aufgeregt, vor allen Dingen, weil gestern und heute die Kollegen bei der Polizei vorgeladen waren. Jeder fragt sich, wer wohl der Mörder sein könnte. Grundsätzlich sind alle verdächtig, die hier irgendwas mit der Schule zu tun haben."

„Das ist ja eine böse Geschichte. Das heißt, Lehrer und Schüler werden gleichermaßen verdächtigt?"

„Von Schülern habe ich bisher nichts gehört, man sucht momentan nach Motiven in der Lehrerschaft, aber ich halte das für Unsinn. Ich kann mir nicht vorstellen, dass irgendein Kollege auf die Idee kommt, den Direktor zu ermorden. Nicht einmal dem Herrn Pobler würde ich das zutrauen. Der brüllt zwar immer gern in der Gegend herum, aber außer einem großen Mundwerk ist da nichts dahinter."

„Gab es denn echte Feindschaften zwischen Kollegen und dem Schulleiter?"

„Auseinandersetzungen gab es immer mal wieder, aber nach meiner Einschätzung nichts wirklich Ernsthaftes. Man hat jetzt aber offenbar den Kollegen Strasser in Verdacht, weil er am Abend des Mordes bis spät in der Schule war und nicht zu der polizeilichen Vernehmung erschienen ist. Er hat sich gestern krank gemeldet."

„Und der Schulleiter, wie war der so, deiner Meinung nach?"

„Du kennst ja den Spruch *De mortuis nil nisi bene*. Daran werde ich mich jetzt halten und deshalb über den Verstorbenen nur positiv reden. Er war ein guter Organisator. Gleichzeitig fehlte es ihm etwas an menschlichem Einfühlungsvermögen. Er war eher ein Managertyp. Als Lehrer bräuchte man aber manchmal vom Vorgesetzten väterlichen Rat und Zuspruch. Es gibt doch häufig Konflikte mit Schülern oder Eltern. Dann wünscht man sich natürlich die Unterstützung des Schulleiters. Das war bei uns aber meistens ein vergeblicher Wunsch, denn an erster Stelle kamen für ihn die Eltern, dann die Schüler, dann nochmal die Schüler und ganz zum Schluss erst wir, die Lehrer. Und das hat manche im Kollegium frustriert, mich manchmal auch."

„Von solchen Dingen erfährt man im Studium gar nichts. Das ist ein Mangel in unserer Ausbildung. Wir können erst am Ende der Studienzeit echte praktische Erfahrungen sammeln."

„Ja, auch mir ist das damals so gegangen, als ich von der Uni kam und dann nach vier Jahren Studium zum ersten Mal wieder eine Schule von innen gesehen habe. Da muss man so manchen Praxisschock überstehen. Bei der Ausstattung fängt das ja schon an. An der Uni und im Lehrerseminar erzählten sie uns immer viel über moderne Medien im Unterricht. Aber dann stand ich hier doch wieder mit Kreide an einer staubigen Tafel und musste mich mit einem defekten Overheadprojektor herumärgern.

Seit vierzig Jahren hat sich in der Schule kaum etwas verändert. Kleine und überfüllte Klassenräume mit dreißig Schülern – das habe ich schon in meiner eigenen Schülerzeit erlebt. Heute ist es leider nicht besser. Die Politiker aller Parteien schreien seit vielen Jahren *Mehr Geld für Bildung!* und wir hocken hier mit derselben elenden Ausstattung wie in meiner Jugend.

Seife zum Beispiel gibt es an der Schule nicht, wir Lehrer bringen das von zuhause mit, genau wie Handtücher. Früher gab es mal eine

Zeitlang Seifenspender in den Toiletten, aber die sind dann wieder verschwunden, die regelmäßige Befüllung war dem Land zu teuer. Es ist wirklich eine Schande, wie Schulen hierzulande behandelt werden, und zwar von denselben Politikern, die großspurig tönen, die Bildung unserer Kinder sei ihr wichtigstes Anliegen."

„Das ist echt schockierend, du hast völlig recht."

„Und dann die Konkurrenzsituation zwischen den Lehrern, darauf wird man überhaupt nicht vorbereitet und auch im Lehrerseminar redet kein Mensch davon."

„Ist das ein großes Problem?"

Frau Campos-Mimados senkte ihre Stimme und reduzierte die Lautstärke. Sie gab der jungen Kollegin zu verstehen, dass man bei diesem Thema diskret sein musste.

„Freilich ist das ein Riesenthema", sagte sie leise und fast flüsternd. „Der Schulleiter hat seine Lieblingslehrer. Vor allem jüngere Kollegen, die ihm immer nach dem Mund reden und ihm jeden Wunsch von den Lippen ablesen. Als Belohnung gibt es für solche Leute dann eine frühe Beförderung. Wenn du dagegen zu viele kritische Fragen stellst oder Bemerkungen fallen lässt, die dem Rektor nicht passen, dann kannst du auf deinen Aufstieg warten, bis du schwarz wirst. Oder aber du wechselst die Schule, was übrigens auch öfters mal passiert."

„Hört sich ja alles nicht so toll an", meinte Sabine.

„Das war ähnlich bei der Einführung unseres neuen *FIX*-Konzepts. Bei der ersten Besprechung vor der Abstimmung haben die Parteigänger des Rektors ausführlich die positiven Seiten der Reform dargestellt und damit die allgemeine Stimmung erheblich beeinflusst. Jeder, der sich dagegen aussprach, musste damit rechnen, dass sich das in seiner Laufbahn negativ niederschlagen würde. So simpel laufen diese Entscheidungsprozesse ab."

„Und glaubst du, dass das irgendwas mit dem Mord zu tun haben könnte?"

„Das glaube ich kaum. Die Lehrer sind doch alle zu gut versorgt, als dass sie ihren goldenen Käfig eintauschen würden gegen die Aussichten auf schwedische Gardinen. Was könnte denn jemand durch einen Mord für einen Vorteil erlangen? Im Grunde keinen. Das einzig denkbare Motiv wäre Rache. Aber dafür gibt es auch andere Mittel als ein Verbrechen, denke ich. Ich kann mir nicht vorstellen, dass ein Lehrer diesen Mord begangen hat."

„Im Grunde kann ja hier jeder ins Haus hereinspazieren, oder?"

„Genau, deshalb könnte auch irgendein Straßenräuber auf der Suche nach Beute nachts hereingekommen sein. Ich habe bei der Polizei gesagt, dass sie lieber im kriminellen Milieu suchen sollten, anstatt tagelang die Lehrer zu verhören."

„Eigentlich ist es ja eine Unverschämtheit, uns alle für potentielle Mörder zu halten!"

„Da muss ich dir recht geben, Sabine, das sollte man denen mal genau so sagen. Aber wir haben es ja jetzt überstanden und die Ferien stehen vor der Tür. Da lassen wir uns heute nicht mehr die Laune verderben, was?"

„Sicher nicht, übermorgen sitze ich schon im Auto und fahre nach Rügen. Ich hoffe, das warme Wetter hält sich noch eine Zeitlang."

„Ach, an die Ostsee fährst du, schön. Ich bin erst mal zwei Wochen am Bodensee und dann sehen wir weiter. Übrigens, ich hoffe, ich habe dich vorher nicht allzu sehr frustriert, als ich über unseren Schulalltag gesprochen habe. Es klang vielleicht zu düster. Im Großen und Ganzen macht die Arbeit an der Schule doch Spaß, auch gibt es viele nette Kollegen. Ich wollte dir auf keinen Fall ein negatives Gesamtbild vermitteln."

„Nein, das hast du auch nicht, mach dir keine Sorgen. Oh, ich sehe gerade, es ist schon halb zwölf. Ich habe gleich noch einen Gesprächstermin beim Konrektor. Wir sehen uns heute Nachmittag, ja?"

„Okay, ich bin kurz vor drei wieder da. Also, bis dann!"

18 Hinter den Kulissen

Normalerweise lese ich keine fremden Tagebucheinträge. Aber bei Alex war die Sache anders gelagert. Er hatte mir ja ausdrücklich diese Tagebücher anvertraut und gemeint, ich als sein bester Freund sollte ruhig alle Details seiner Lebensgeschichte erfahren.

Trotzdem hatte ich jetzt ein etwas dummes Gefühl bei der Sache. Ich konnte mich nicht des Eindrucks erwehren, dass er mir die Bücher ausgerechnet jetzt hatte zukommen lassen, wo etwas in seinem Leben schief zu laufen schien. War er womöglich doch an diesem Verbrechen beteiligt und fürchtete ein bitteres Ende? Ich war beunruhigt, stöberte in dem Karton herum und blätterte hier und da.

Es waren schätzungsweise dreißig Bände in diversen Farben und Größen, in verschiedenen Formaten. Auch kleinere Bücher mit Kunstledereinband waren dabei, die wohl aus seiner Kinderzeit stammten, mit einem Schloss zum sicheren Bewahren der Geheimnisse. Die Bücher hatten außen ein Etikett mit dem Zeitraum der Eintragungen. Nach längerem Suchen hatte ich alle grob sortiert und griff mir eines heraus, das aus der jüngsten Zeit datierte. Es war das Buch, das mit dem letzten Jahr begann, und zwar mit Beginn der Sommerferien.

Ich überflog die Seiten, die von Alltagseindrücken, von Schulerlebnissen oder von Konflikten mit seiner Freundin Ulla berichteten. Die ersten zehn Minuten stieß ich auf nichts Bemerkenswertes, es waren Berichte aus dem Alltag. Ich blätterte weiter und stieß nach einigen Minuten auf einen Eintrag, der mich doch etwas in Erstaunen versetzte.

2. Juli 2017
Die Kollegin Friederike spricht nicht mehr mit mir, sie ist offenbar beleidigt und ignoriert mich nachhaltig. Das ist mir schon vor einigen Tagen aufgefallen. Mehrere Tage lang war sie gar nicht im Lehrerzimmer zu sehen. Sie hat sich wohl in ihrem Klassenraum verschanzt. Das hat sicher mit dem Konflikt zu tun, den sie seit einigen Wochen mit meiner neunten Klasse hat. Die Schüler beschweren sich darüber, dass sie an die Tafel geholt und vor versammelter Mannschaft bloßgestellt werden, wenn sie den Stoff nicht beherrschen. Es gibt dann angeblich auch übertrieben schlechte mündliche Noten. Als ich das Thema vorsichtig bei Friederike ansprach, reagierte sie ablehnend und unwirsch. Ich schlug ihr vor, eine Aussprache mit der Klasse herbeizuführen, und bot ihr an, als Moderator bei so einem Gespräch dabei zu sein. Sie lehnte diese Vorschläge ab und warf mir schließlich vor, einseitig für die Schüler Partei zu ergreifen.

Mein Versuch, die Situation zu entspannen, blieb ohne Erfolg. Seitdem ist der Gesprächsfaden zwischen uns abgerissen und sie ignoriert mich systematisch und dauerhaft. Ich hätte nicht gedacht, dass eine gestandene Kollegin mit langjähriger Schulerfahrung so merkwürdig reagieren kann.

Es wunderte mich etwas, dass das kollegiale Miteinander der Lehrkräfte offenbar keineswegs so reibungslos funktionierte, wie man sich das von außen als Laie meist vorstellt. Das führte bei mir zu der Frage, ob solche Lehrer tatsächlich in der Lage waren, unsere jungen Leute zur Studienreife zu führen. Ich las weiter.

27. Juli 2017
Heute war der letzte Schultag und ich habe die Zeugnisse ausgegeben. Keine besonderen Vorkommnisse, außer dass die Klasse zu laut ist, wenn man sie nicht immer wieder laut schreiend zur Ruhe auffordert. Zum wiederholten Mal versucht, mit dem Direktor einen Termin zu vereinbaren. Es geht um den Schüler Albert Vogel, der sich über seine mündliche Note in Spanisch beschwert hat. Lochberger hat mich aufgefordert, ihm Unterlagen zu meinen mündlichen Noten vorzulegen. Wieder so ein schlechter Witz! Er wird voraussichtlich wie immer mit dem Schüler paktieren und sich gegen mich wenden. Womöglich will er mich zwingen, meine Note in Spanisch zu ändern. Ich habe ihm die geforderten Unterlagen vorgelegt. Aus denen geht klar hervor, dass der Schüler keine Zwei, sondern nur eine Drei in Spanisch erhalten kann. Lochberger hat die Unterlagen gesehen, hat mir aber keinen Termin für eine Besprechung angeboten.
Soll er machen, was er will. Für mich ist die Sache erledigt. Ich habe es satt, dass er sich ständig in meine Notengebung einmischt. Bekanntermaßen ist das bei ihm üblich. Franz Baum hat mir erzählt, dass er vor einigen Wochen von Lochberger gezwungen wurde, eine Klassenarbeit in Deutsch zu wiederholen. Ein Schüler hatte sich an den Direktor gewandt mit der Behauptung, die Themen seien so nicht abgesprochen gewesen. Jedenfalls hat sich dann Lochberger - wie schon so oft - gegen den Lehrer und für die Schüler entschieden. Der Mann ist ein Skandal. Er sollte wissen, dass er als Dienstherr und Vorgesetzter eine Verantwortung für seine Mitarbeiter hat. Das geht offenbar nicht in seinen Mathematikerschädel hinein.

Seine Beziehung zum Direktor war ziemlich spannungsreich, das konnte man aus diesem Eintrag ohne weiteres erkennen. Ich blätterte weiter und schlug das Tagebuch im hinteren Teil auf.

23. Mai 2018

Heute wieder Monika Lochberger getroffen. Sie hat mir nochmal die Situation des Softwaremarktes im Schulbereich erklärt. Es findet eine harte Konkurrenz statt und die Lochbergers haben seit langem die besseren Umsätze. Messerschmidt möchte gerne seine Marktposition verbessern und ist interessiert an Interna und Programmcode von Lochbergers Software. Monika sagte mir, sie wolle sich von ihrem Mann scheiden lassen. Vorher will sie aber noch seine neuesten Software-Module an sich bringen, um nach der Scheidung die Firma allein weiterzuführen und mit Messerschmidt zu kooperieren. Ihr Mann hält aber seine Programme streng unter Verschluss. Die neuen Module liegen auf dem Schulrechner und auf seiner SD-Datenkarte, die er immer mit sich führt. Sie hat mich gefragt, ob ich mir zutrauen würde, an diese Unterlagen heranzukommen. Das würde von Messerschmidt exzellent honoriert werden. Ich habe eine halbe Zusage gemacht, ich kann ihr ja nichts abschlagen. Sie ist eine faszinierende Frau.

Ich war verblüfft und konnte kaum glauben, was ich soeben gelesen hatte. Offenbar gab es eine verdächtig enge Beziehung zwischen Alex und Frau Lochberger. Das hatte er mir bisher verheimlicht. Und allem Anschein nach hatte diese Monika Lochberger meinen Freund dazu angestiftet, die Daten ihres Mannes zu stehlen und sie an den Konkurrenten zu verkaufen. Dann war also Alex nur durch Monikas Initiative in diese kriminelle Affäre geraten!

Es war mir aber nicht ganz klar, warum eine Ehefrau als Geschäftsinhaberin keinen anderen Weg fand, um an die Daten ihres Mannes zu kommen, als einen Diebstahl durch einen Dritten. Und was hatte dieser Datendiebstahl mit dem Mord zu tun? Hatte womöglich Monika den Auftrag zur Ermordung ihres Mannes erteilt? Und hatte sie etwa Alex damit beauftragt und in ihm ein williges Werkzeug gefunden, weil er einerseits ihren Mann hasste und andererseits sie verehrte?

Das alles schien mir besorgniserregend und momentan undurchsichtig. Ich klappte das Tagebuch zu. Es war schon spät und ich wollte nicht durch weitere allzu aufregende Enthüllungen meinen gesunden Nachtschlaf riskieren.

19 Erneuter Besuch

Monika Lochberger öffnete die Tür und ließ Kommissar Sauer mit seinem Kollegen Schmelzer herein. Den Gesprächstermin hatte der Kommissar schon am Vortag vereinbart.

„Reine Routinesache", so hatte er das Gespräch angekündigt, aber Frau Lochberger war sich darüber im Klaren, dass man sie als Alleinerbin ihres Ehemannes zum Kreis der Verdächtigen rechnen würde.

Sie ließ ihre Gäste im Wohnzimmer Platz nehmen und hatte eine Flasche Mineralwasser und drei Gläser bereitgestellt.

„Bitte bedienen Sie sich, Alkohol werden Sie vermutlich ablehnen, aber Wasser ist ja wohl kein Problem, vor allem bei diesen sommerlichen Temperaturen."

„Vielen Dank, sehr aufmerksam", bedankte sich Herr Sauer.

„Inzwischen sind ja ein paar Tage vergangen seit dem Mord an Ihrem Mann. Ist Ihnen denn in der Zwischenzeit irgendetwas eingefallen, was uns bei der Aufklärung weiterhelfen könnte?"

„Nein, leider absolut nichts", meinte sie, „das Ganze ist mir nach wie vor absolut schleierhaft."

„Frau Lochberger, als Ehefrau eines Schuldirektors waren Sie sicherlich hin und wieder auch bei Schulveranstaltungen mit dabei?"

„Ja freilich, das lässt sich kaum vermeiden."

„Möglicherweise haben Sie ja auch privaten Kontakt gehabt mit verschiedenen Mitgliedern des Kollegiums? Wenn ja, mit welchen?"

„Also der Stellvertreter meines Mannes, Herr Degen, war mit seiner Gattin zwei oder drei Mal bei uns, auch zwei andere Mitglieder der erweiterten Schulleitung, Herr Meinhard und Herr Reiher sind mal bei uns gewesen, aber ansonsten hatten wir keinen privaten Kontakt zu anderen Kollegen."

„Wir haben alle Mitglieder des Lehrerkollegiums zu Gesprächen eingeladen und wollten unter anderem wissen, ob es Feindseligkeiten zwischen Lehrern und Ihrem Mann gab. Können Sie uns etwas über solche negativen Beziehungen sagen?"

„Nun ja, mein Mann hat hin und wieder von Ärger erzählt, den er mit manchen Kollegen und Kolleginnen hatte. Aber Feindseligkeiten, das würde jetzt zu weit gehen, davon hat er nie gesprochen."

„Sagt Ihnen der Name Pobler etwas?"

„Ja, daran kann ich mich erinnern, mein Mann hat berichtet, dass dieser Kollege bisweilen Schwierigkeiten machte, er ist wohl einer der Älteren im Kollegium und spielt sich gerne als Anführer der Opposition auf."

„Einige Kollegen haben bei der Beschreibung angegeben, dieser

Pobler sei ein aggressiver Mensch. Glauben Sie, dass er mit dem Mord an Ihrem Gatten in Verbindung stehen könnte?"

„Das kann ich nicht beantworten, ich kenne den Mann ja so gut wie nicht. Ich habe ihn nur ein paarmal gesehen. Zu mir war er immer freundlich. Mein Mann hat auch nie erzählt, dass er sich von ihm bedroht gefühlt hätte."

„Sagt Ihnen der Name Baum etwas?"

„Ja, auch an den Namen erinnere ich mich. Mein Ehemann hat gelegentlich von Schwierigkeiten mit diesem Lehrer berichtet, aber Genaues weiß ich nicht mehr."

„Sie persönlich haben also, wenn ich Sie recht verstehe, nicht allzu viele Kontakte ins Kollegium gehabt. Gab es denn Kollegen, mit denen Sie gelegentlich mal telefoniert haben?"

Frau Lochberger stutzte einen Moment und schien nachzudenken. Sie sagte dann, das sei schon möglich, aber sie könne sich momentan nicht erinnern, mit Kollegen Ihres Mannes telefoniert zu haben.

„Was halten Sie von dem Lehrer Alexander Strasser? Wissen Sie, dass Ihr Mann von ihm einen etwas gehässigen Brief erhalten hat?"

„Ach so, ja, das hat er mir damals erzählt, das muss so vor einem Jahr gewesen sein. Er hat den Herrn Strasser wegen irgendwelcher Unstimmigkeiten in den großen Ferien zu einem Gespräch eingeladen, und da ist dieser Kollege wohl ausgerastet und hat ihm einen unverschämten Brief geschrieben."

„Und wie hat Ihr Mann darauf reagiert? Wie war seine Haltung dazu?"

„Ach wissen Sie, er hat so oft kleinere Konflikte erlebt, bei achtzig Lehrern kommt das öfters mal vor, aber er war da immer sehr sachlich. Er war im Grunde ein Managertyp und hat solche Konflikte nie persönlich genommen. Er hat sich vielmehr daran orientiert, dass der Schulbetrieb möglichst reibungslos weiterläuft. Der Strasser war ihm nicht sympathisch, aber er war auch kein größeres Thema bei uns."

„Hatten Sie mit diesem Herrn Strasser irgendwann persönlichen Kontakt?"

„Daran kann ich mich nicht erinnern, ich glaube nicht."

„Die Kollegen Ihres Mannes sind schon von der Polizei vernommen worden. Es gibt freilich auch andere mögliche Tätergruppen, das könnten zum Beispiel irgendwelche Schüler sein? Was halten Sie davon?"

„Das halte ich für ausgeschlossen. Gerade bei den Schülern war mein Mann äußerst beliebt. Er hat sich um jeden Einzelnen gekümmert, insbesondere um die problematischen."

„Gut, die Schüler fallen also vermutlich weg. Gibt es denn Menschen, die irgendeinen Vorteil aus seinem Tod ziehen könnten? Zum

Beispiel berufliche Konkurrenten? Ihr Mann war Softwareproduzent. Sie sind Inhaberin der Firma und es gibt nach unserem Kenntnisstand nur ein Unternehmen, das auf diesem begrenzten Markt mit Ihnen im Wettbewerb steht. Welchen Kontakt haben Sie zu dieser Konkurrenzfirma?"

„Sie sprechen von der Firma Messerschmidt. Wir haben wenig Kontakt, außer auf Fachkonferenzen. Wir sehen uns ein bis zweimal im Jahr, aber der Umgang hat sich immer auf Smalltalk beschränkt. Mein Mann hat die bessere Software entwickelt und wir haben deshalb einen etwas höheren Marktanteil als Messerschmidt. Daher war er auf uns nie besonders gut zu sprechen und aus diesem Grund hat sich auch nie ein näherer Kontakt ergeben."

„Halten Sie es für möglich, dass Ihr Konkurrent aus der derzeitigen Situation Vorteile ziehen könnte? Ich meine, Ihr Mann fällt ja nun als Entwickler aus. Da könnte es ja durchaus sein, dass Ihr Vorsprung bei der Produktentwicklung gegenüber Ihrem Konkurrenten abnimmt."

„Das wäre grundsätzlich denkbar, aber wir haben freie Mitarbeiter. Ich glaube, dass die inzwischen so gut eingearbeitet sind, dass sie auch ohne meinen Mann unsere Programme weiterentwickeln können."

„Was halten Sie von der Vorstellung, dass Herr Messerschmidt hinter dem Mord stecken könnte?"

„Also ich bitte Sie, das scheint mir ziemlich abwegig zu sein, was sollte er sich davon versprechen? Wie gesagt, wir haben freie Mitarbeiter, die meinen Mann ersetzen können. Ein Mord wäre für einen Konkurrenten kaum ein sinnvolles Mittel, um sich Vorteile zu verschaffen."

„Haben Sie in letzter Zeit einmal mit der Firma Messerschmidt telefoniert?"

Im Gesicht der Frau Lochberger zeichnete sich jetzt ein deutliches Unbehagen ab.

„Wie kommen Sie auf diese Idee?"

„Als Polizist bin ich gewohnt, Fragen zu stellen, manchmal klingt das für die Befragten möglicherweise abwegig, aber trotzdem bitte ich Sie zu antworten, ja oder nein?"

„Ich kann mich im Moment nicht daran erinnern, aber ich glaube nicht."

„Ich habe es nicht eilig. Ich warte gerne, bis Ihre Erinnerungen wieder aufgefrischt sind. Denken Sie in aller Ruhe nach, es fällt Ihnen dann sicher ein."

Das Unwohlsein der Frau nahm offensichtlich zu. Plötzlich sagte sie abrupt:

„Ja, jetzt fällt mir ein, wir haben vor ein paar Tagen telefoniert und uns über die neuen Regeln und Gesetze zum Datenschutz unterhalten.

Das sind ja Dinge, die uns beide betreffen, Konkurrenz hin oder her."

„Verstehe. Haben Sie in letzter Zeit mit Herrn Strasser telefoniert?"

Die Gesichtszüge der Frau verhärteten sich.

„Also wissen Sie, Ihre Fragerei wird jetzt langsam wirklich etwas lästig. Ich arbeite sechzig Stunden pro Woche und telefoniere jeden Tag hundertmal. Da ist es ein bisschen viel verlangt, dass ich mich an jedes einzelne Telefonat erinnern soll."

„Frau Lochberger, ich will Sie keineswegs überfordern, aber schließlich ist ja Herr Strasser nicht irgendein Telefonkontakt aus Ihrem Geschäftsbereich, sondern ein Lehrer, der von uns verdächtigt wird, unter Umständen mit dem Verbrechen an Ihrem Mann in Verbindung zu stehen. Von daher würde ich mir schon wünschen, dass Sie sich daran erinnern könnten, ob Sie mit ihm telefoniert haben oder nicht."

Die Frau konnte ihre Nervosität kaum unterdrücken. Der Kommissar hatte den Eindruck, dass sie sehr verunsichert war. Nach einigen Momenten des Zögerns sagte sie schließlich unvermittelt:

„Ja, ich hatte mit Herrn Strasser telefonisch Kontakt. Er hat mich in der Mordnacht angerufen, so gegen einundzwanzig Uhr zehn. Was er mir da am Telefon sagte, hat mich allerdings sehr verwirrt. Ich wusste wirklich nicht, was er eigentlich meinte."

„Was hat er denn zu Ihnen gesagt?"

„Er sagte zu mir, Frau Lochberger, Ihr Mann sitzt immer noch im Büro bei der Arbeit. Er tut mir wirklich leid, ich finde, Sie sollten sich mehr um ihn kümmern. Er arbeitet zu viel, das ist auf Dauer nicht gut für seine Gesundheit. Das waren etwa seine Worte. Ich dachte zuerst, er will mich auf den Arm nehmen. Ich wollte ihn noch fragen, was er eigentlich damit sagen wollte, aber da war die Verbindung schon wieder abgebrochen, er hatte aufgelegt."

„Seltsam", sagt der Kommissar nachdenklich. „Aber wieso haben Sie uns das vorhin nicht gesagt, als ich Sie fragte, ob Sie mit Herrn Strasser irgendwann persönlichen Kontakt hatten?"

„Unter persönlichem Kontakt verstehe ich etwas Anderes. Das war ja nur ein extrem kurzer Anruf. Das Ganze hat keine Minute gedauert."

„Und was haben Sie gedacht nach diesem Anruf? Wie haben Sie reagiert?"

„Ich fand das reichlich unverschämt. Ein im Grunde wildfremder Mann erlaubt sich, mir Ratschläge zu geben bezüglich der Gesundheit meines Mannes. Ich hatte den Eindruck, dass er mich einfach ärgern wollte, denn ich hatte ja gehört, dass Strasser seinen Chef nicht leiden konnte. Jedenfalls hatte ich kurz vorher meinen Mann im Büro angerufen, das wird wohl gegen neun gewesen sein und habe ihn gefragt, wann er denn heimkommen würde. Er sagte dann sinngemäß, er würde gleich aufbrechen, aber er müsste noch ein paar Kleinigkeiten erledigen. Diese Sprüche kenne ich natürlich. Wenn er sich in eine Aufgabe verbissen hat, dann vergeht die Zeit für ihn wie im Flug."

„Hatten Sie noch ein weiteres Gespräch mit Herrn Strasser?"

„Nein."

„Herr Strasser war ja tatsächlich bis kurz nach einundzwanzig Uhr in der Schule. Außer Ihrem Mann und Herrn Strasser und zwei weiteren Kollegen war scheinbar sonst niemand mehr im Haus. Hat ihr Mann das im Telefongespräch mit Ihnen erwähnt?"

„Nein, das hat er nicht gesagt."

„Hatten Sie denn unmittelbar nach der Tat nicht sofort einen Verdacht gegen Strasser?"

„Im ersten Augenblick nicht, aber als ich dann nach Hause kam, habe ich mir schon darüber Gedanken gemacht."

„Trauen Sie Strasser einen Mord zu?"

„Ich glaube eher nicht. Aber ich kenne diesen Strasser zu wenig und weiß nicht, ob man ihm so etwas zutrauen kann."

„Ja, das ist in der Tat eine schwierige Frage, die können wir momentan auch nicht beantworten. Aber für heute sind wir so weit fertig. Falls Ihnen noch etwas einfällt, dann rufen Sie mich bitte an, hier ist meine Karte. Jede Kleinigkeit kann uns weiterhelfen. Das ist ja auch in Ihrem Interesse, nehme ich an."

„Ja, selbstverständlich", meinte Frau Lochberger, sichtlich erleichtert über das Ende der Befragung.

Die beiden Polizisten verabschiedeten sich, Monika Lochberger brachte ihre Gäste zur Tür und schloss dann hinter ihnen zu. Sie atmete tief durch und steckte sich eine Zigarette an.

Der Kommissar und sein Kollege gingen einige Zeit wortlos nebeneinander her, bis sie sicher waren, außer Hörweite zu sein.

„Na, was meinen Sie, Schmelzer?", fragte er seinen Kollegen.

„Ich habe den Eindruck, dass die Frau irgendetwas zu verbergen hat. Außerdem hat sie uns angelogen, als sie sagte, sie hätte nicht mit Kollegen ihres Mannes telefoniert. Jetzt zum Schluss hat sie ja widerwillig zugegeben, mit Strasser telefoniert zu haben, aber die Geschichte von seinem Anruf bei ihr klang für mich unglaubwürdig."

„Diesen Eindruck hatte ich auch. Wenn der Strasser sie kurz vor dem Mord angerufen hat, dann wohl kaum, um ihr vorzuheulen, dass ihr armer Mann so lange arbeiten muss. Es ist ja geradezu lachhaft."

„Welchen anderen Grund könnte er denn gehabt haben?"

„Diese Frage wollte ich gerade Ihnen stellen, Schmelzer. Lassen Sie mal Ihrer Fantasie freien Lauf, was könnte sich da abgespielt haben?"

„Also wenn der Strasser tatsächlich der Täter ist und er kurz vor dem Mord die Ehefrau anruft, dann ja sicher nicht ohne guten Grund. Da drängt sich schon der Verdacht auf, dass er mit der Ehefrau gemeinsame Sache macht, dass die beiden sich über etwas abgesprochen haben. Vielleicht über die genaue Durchführung oder zeitliche Planung des Mordes."

„Gut kombiniert, Schmelzer. Ich sehe, Sie machen Fortschritte. Jetzt müssen wir nur noch herausfinden, wann und wie oft die beiden miteinander kommuniziert haben oder es vielleicht immer noch tun. Ich sorge dafür, dass alle Telefone und Mailkontakte überwacht werden. Der Staatsanwalt wird sich nicht dagegen sperren, ich habe einen begründeten Mordverdacht."

„Sollten wir die Frau nicht auch physisch überwachen lassen?"

„Ja, ich denke, das wäre das Richtige. Veranlassen Sie das, Schmelzer. Das könnte doch der Kollege Schulze mit unserem neuen Azubi erledigen."

Inzwischen war Alex seit achtundvierzig Stunden weg, und ich hatte nichts mehr von ihm gehört. Momentan hatte ich auch keine Möglichkeit, ihn zu erreichen, ich musste warten, bis er sich meldete.

Heute Abend hatte ich keinerlei Termine, daher ging ich zu dem Karton, der bei mir im Nebenzimmer stand, und griff erneut zu dem Tagebuch vom Vortag.

1. August 2017
Habe die ersten Ferientage ruhig und entspannt verbracht und will im Laufe dieser Woche in den Urlaub fahren, dieses Jahr nach England. Meinen Campingwagen habe ich schon vorbereitet und es kann demnächst losgehen.

Gerade eben war ich an meinem Briefkasten. Es ist 13 Uhr und ich fand einen Brief von Lochberger vor, ohne Frankierung, also eigenhändig eingeworfen. Darin behauptet er, ich hätte die Vereinbarung eines Gesprächstermins wegen des Schülers Vogel mehrmals verhindert. Daher sehe er sich gezwungen, mich in den Ferien zu einem Gespräch einzuladen. Der von ihm genannte Termin ist in der vierten Ferienwoche an einem Dienstag. Dieser Kerl ist unverschämt, und ich werde ihm das heimzahlen. Wenn er meint, er könne mich weiterhin so herumschikanieren, dann hat er sich getäuscht. Für diese Frechheit wird er bezahlen müssen.

3. August 2017
„Heute einen sarkastischen Brief an Lochberger geschrieben. Der Typ soll ruhig wissen, dass meine vorzeitige Abmeldung in den Ruhestand durchaus etwas mit ihm zu tun hat."

Aha, dachte ich, das ist also der Brief, von dem der Kommissar gesprochen hatte. Er war auf der nächsten Seite als Kopie eingeklebt und hatte folgenden Wortlaut:

Sehr geehrter Herr Lochberger,
Sie haben mir zu Beginn der Sommerferien ein Schreiben zugestellt, indem Sie behaupten, es sei „trotz mehrfacher Versuche nicht möglich gewesen, mit mir einen Termin zu vereinbaren". Es ging dabei um den Schüler Albert Vogel.
Dies ist unzutreffend. Ich habe Sie mehrmals in den letzten Tagen darauf hingewiesen, dass diese Angelegenheit noch vor den Ferien geklärt werden sollte. Sie behaupteten jedes Mal, keine Zeit zu haben.

Insofern liegt die Ursache für das Scheitern einer Terminvereinbarung völlig bei Ihnen.

Abgesehen davon haben Sie mich aber mitten in den Ferien zu sich bestellt, um die Reklamation dieses Schülers wegen seiner mündlichen Note in Spanisch zu besprechen. Sie glauben also allen Ernstes, dass ich meine Ferien unterbreche oder verkürze, um mit Ihnen über meine Noten zu diskutieren.

Ihr Ansinnen ist eine blanke Unverschämtheit. Ich werde meine seit langem geplanten Ferien nicht unterbrechen, um für Ihre Unfähigkeit zu vernünftiger Terminplanung zu büßen. Den Termin bei Ihnen im Rektorat in der vierten Ferienwoche weise ich zurück und werde ihn nicht wahrnehmen. Ich werde aber den Personalrat in der Sache einschalten. Im Übrigen frage ich mich, warum Sie sich ständig in Dinge einmischen, von denen Sie mangels fachlicher Qualifikation nichts verstehen können. Sie werden als Mathematiker kaum in der Lage sein, die Inhalte meiner Fächer Englisch und Spanisch zu beurteilen. Trotzdem haben Sie sich schon des Öfteren in meine Notengebung eingemischt. Sobald ein Schüler mit seiner Note unzufrieden ist, braucht er nur bei Ihnen anzuklopfen und kann mit ziemlicher Sicherheit davon ausgehen, dass Sie zu seinen Gunsten und gegen den Fachlehrer entscheiden werden. Das ist skandalös. Als Schulleiter haben Sie zuallererst eine Verantwortung gegenüber Ihren Mitarbeitern. Das scheint Sie aber nicht zu kümmern. Ständig klüngeln Sie mit Schülern und Eltern herum und wenden sich dann im Konfliktfall gegen die Lehrerkollegen. Für deren Fürsorge sind Sie als Vorgesetzter amtlich verpflichtet, natürlich auch menschlich, aber diese Kategorie bei Ihnen ansprechen zu wollen, ist wohl vergebliche Liebesmüh.

Ich bin froh, dass das kommende Schuljahr mein letztes sein wird, denn es macht schon lange keine Freude mehr, unter Ihrem autoritären Kommando arbeiten zu müssen. Sie glauben, eine Schule im Stile von Ludwig dem Vierzehnten führen zu können. Es scheint Ihrer geschätzten Aufmerksamkeit entgangen zu sein, dass sich in den letzten fünfzig Jahren beim Thema Mitarbeiterführung einiges verändert hat. Ich stelle Ihnen anheim, sich gelegentlich einmal mit dem Thema zu beschäftigen.

Abgesehen davon könnte es Ihnen ja auch zu denken geben, dass in den letzten Jahren mindestens sieben Kollegen unsere Schule verlassen haben und anderweitig eine Anstellung suchten, natürlich jeweils mit vorgeschobenen „privaten Gründen". Unter der Hand hört man jedoch immer wieder, dass massive Unzufriedenheit der Kollegen mit dem Chef der wahre Grund gewesen ist. Ich freue mich auf meinen Ruhestand und werde die Zeit ohne Sie sehr genießen.

Außerdem stellt sich manch einer der Kollegen die Frage, wie lange Sie denn eigentlich noch im Amt zu bleiben gedenken. Auch Sie könnten doch früher abtreten und damit der gesamten Schule endlich wirklich einmal etwas Gutes tun.

Mit freundlichen Grüßen und besten Wünschen für Ihren baldigen Ruhestand.

Alexander Strasser

Dieses Vorgehen des Direktors schien mir wirklich sehr autoritär und niederträchtig. An Alexanders Stelle hätte ich mich genauso über diese Frechheit aufgeregt. Ihn zu zwingen, seinen Urlaub mitten in den Ferien zu unterbrechen! Das war ein provokantes und unkollegiales Benehmen von seinem Boss, das musste ich zugeben. Ich kannte ihn ja bisher nicht als Vorgesetzten, sondern nur als meinen Kunden, dessen Rechner ich zu warten hatte. Jetzt aber sah ich ihn aus der Perspektive meines Freundes, der offenbar schon mehrfach Opfer der Willkür dieses Vorgesetzten geworden war. Der Brief war allerdings aus meiner Sicht unnötig aggressiv im Ton. Das zeigte jedoch nur, wie sehr Alex vor Wut gekocht hatte.

Ich hoffte nur, dass er sich durch diese Demütigungen nicht so weit hatte beeinflussen lassen, dass er aus Rache eine Gewalttat begangen hatte.

An diesem Abend war ich plötzlich nicht mehr so sicher, ob Alex nicht doch an dem Mord beteiligt war. Vielleicht waren im Eifer einer Auseinandersetzung die Sicherungen bei ihm durchgebrannt, vielleicht gab es einen aggressiven Wortwechsel mit dem Chef oder sonst ein unvorhergesehenes Ereignis, das eine unüberlegte Gewalttat auslöste. Vielleicht hatte er aber auch von Monika Lochberger den Auftrag erhalten, ihren Mann umzubringen. Auch das schien mir, nach allem, was ich bisher gelesen hatte, nicht mehr unmöglich.

Ich machte mir jetzt ernsthaft Sorgen, denn wenn meine Gedankenspiele zutreffend wären, dann wäre Alex ein Mörder auf der Flucht. In diesem Fall hätte er keine großen Chancen, das lange durchzustehen. Außerdem könnte man mich in diesem Fall wegen Mithilfe bei der Vertuschung einer Straftat anklagen und das könnte mich womöglich sogar selbst ins Gefängnis bringen.

Diesen Abend verbrachte ich unruhig und dachte hin und her, was ich denn jetzt glauben sollte und wie ich mit Alex Kontakt aufnehmen könnte, ohne die Polizei auf seine Spur zu bringen. Je später der Abend wurde, desto mehr verlor ich die Orientierung. Am nächsten Tag wartete ein normaler Arbeitstag auf mich. Übermüdet ging ich schließlich ins Bett.

In dieser Nacht träumte ich schlecht, es waren chaotische Träume. Einmal sah ich Alexander, wie er mit einem Polizisten ein Streitgespräch führte. Plötzlich sagte er:

„Ja, natürlich habe ich den Direktor getötet. Und *Sie* wollen mich jetzt einsperren? Das wird nicht passieren, schauen Sie her!"

Und damit zog er eine Pistole aus der Hosentasche, zielte auf den Polizisten und drückte ab. Ich hörte einen lauten Schuss und der Polizist fiel um. Schweißgebadet wachte ich auf. Es war halb vier Uhr morgens und ich hatte noch rund drei Stunden Zeit bis zum Aufstehen. Nach einem Schluck Tee aus der Thermoskanne legte ich mich wieder ins Bett und fiel bald in einen unruhigen Schlaf zurück.

21 Indizien und Vermutungen

„Liebe Kollegen", so eröffnete der Kommissar die Dienstbesprechung mit den acht Mitgliedern der neuen *Sonderkommission Schiller*. „Wir sind heute zusammengekommen, um uns über den Stand der Ermittlungen zu informieren. Der Mord an Schuldirektor Lochberger liegt jetzt wenige Tage zurück und wir haben einige erste Ergebnisse vorliegen. Zunächst die Zusammenfassung der gerichtsmedizinischen Untersuchungsergebnisse. Frau Faller, könnten Sie das kurz vortragen?"

Die Angesprochene, eine ungefähr vierzigjährige schlanke Frau mit dunkelbraunem, gewelltem Haar und Hornbrille übernahm das Wort.

„Die Todesursache ist laut Untersuchungsbericht eine Schädelfraktur mit schweren Hirnverletzungen durch Einwirkung eines stumpfen harten Gegenstands auf den Kopf. Das könnte möglicherweise ein Holzprügel oder ein ähnliches Objekt sein.

Der Tod trat mit großer Wahrscheinlichkeit sofort ein. Der Todeszeitpunkt wurde von der Gerichtsmedizin auf den Zeitraum zwischen einundzwanzig Uhr dreißig und zweiundzwanzig Uhr festgelegt. Der Tote wurde allem Anschein nach beraubt, denn es wurden keine persönlichen Gegenstände bei ihm gefunden. Nach Aussagen seiner Ehefrau hatte er immer eine Brieftasche mit Bargeld und Kreditkarten bei sich. Wir gehen bei dieser Konstellation von einem Raubmord aus. Die Spurensicherung hat diverse DNA Spuren an der Leiche sichergestellt. Diese könnten uns zur Überführung des Täters verhelfen, sobald ein Tatverdächtiger festgenommen worden ist. So weit der Bericht der Rechtsmedizin. Gibt es von eurer Seite noch Fragen dazu?"

„Wie aussichtsreich sind denn diese DNA Spuren Ihrer Meinung nach?", wollte der Kollege Kugler wissen. „Wir haben ja oft den Fall, dass diese Spuren von Familienangehörigen oder Personen des täglichen Umfelds stammen."

„Darüber lässt sich noch nichts Abschließendes sagen, es gibt Spuren von mehreren Personen, aber über eine Zuordnung zu einzelnen Individuen, eventuell auch Familienangehörigen, können wir heute noch nichts sagen."

Kommissar Sauer übernahm wieder die Gesprächsführung.

„Unser nächster Tagesordnungspunkt ist die Eingrenzung der verdächtigen Personen. Wir haben rund achtzig Lehrer der Schule vernommen und dabei keine eindeutigen Hinweise auf mögliche Täter erhalten. Es gab allerdings zahlreiche Andeutungen, dass der Getötete ein extrem ehrgeiziger Vorgesetzter war und teilweise gegen den Willen der Mitarbeiter pädagogische Reformen durchführte, die die Mehrheit der Lehrer als Belastung empfanden. Wir können also davon ausgehen, dass es durchaus eine größere Zahl von Lehrern gab, die in deutlicher Gegnerschaft zum Schulleiter standen.

Als mögliche Täter haben wir zwei Personen in die engere Auswahl genommen. Ein Kollege namens Pobler wurde von mehreren Zeugen als jähzornig und gewaltbereit bezeichnet. Wir werden ihn uns etwas näher ansehen. Bei der Vernehmung hat er bisher einen kooperativen Eindruck gemacht. Er ist außerdem ein Jahr vor dem Ruhestand und genießt im Kollegium eine gewisse Narrenfreiheit, da er der dienstälteste Kollege ist. Eine Täterschaft sehe ich unter diesen Vorzeichen als weniger wahrscheinlich an.

Der zweite Kandidat heißt Alexander Strasser. Er hat sich bereits durch relativ heftige Reaktionen gegenüber dem Schulleiter hervorgetan. Offenbar gab es schon mehrere größere Konfrontationen. Herr Strasser hat auch einen bösen Brief an den Direktor geschrieben, in dem er diesen in sehr aggressivem Ton zum vorzeitigen Ruhestand aufgefordert hat. Leider haben wir den Herrn Strasser nicht persönlich vernehmen können. Er hat sich am Montag krank gemeldet und ist von uns daraufhin per E-Mail für den Dienstag vorgeladen worden mit der ausdrücklichen Aufforderung, zu erscheinen oder eine zwangsweise Vorführung zu riskieren.

Auch diese Aufforderung hat er ignoriert. Er ist offenbar untergetaucht. Weder in seiner bisherigen Wohnung in Lundenburg, aus der er gerade ausgezogen ist, noch in seinem neuen Domizil im Allgäu konnten unsere Mitarbeiter ihn ausfindig machen. Die Wohnung in Lundenburg ist bereits leer, Herr Strasser ist ja im nächsten Schuljahr im Ruhestand. Der Mann hätte wie alle anderen Lehrer zu der Vernehmung kommen können. Dass er jetzt sang- und klanglos verschwindet, macht ihn extrem verdächtig. Ich habe deshalb heute Morgen einen internationalen Haftbefehl gegen ihn beantragt. Möglicherweise befindet sich der Verdächtige bereits im Ausland."

Der Kollege Rohloff meldete sich zu Wort.

„Ergänzend kann ich noch hinzufügen: Mit dem Kollegen Widmann war ich diese Woche bei der alten Adresse des Verdächtigen. Wir haben ihn nicht angetroffen, aber ein Nachbar aus dem Haus hat uns in die Wohnung von Strasser gelassen. Sie war leer. Wir könnten natürlich die Wohnung observieren lassen, aber vermutlich geht Strasser gar nicht mehr dorthin zurück. Der Hausbewohner, der uns eingelassen hat, meinte, Strasser hätte sich bereits verabschiedet."

„Eine Observierung der Wohnung halte ich für überflüssig, wir haben nicht genug Leute für solche Extravaganzen", meinte Kommissar Sauer. „Außerdem ist es ja nicht so, dass Strasser der einzig mögliche

Täter ist. Die Kollegin Knoblauch wird uns gleich berichten, welche anderen Verdachtsmomente es noch gibt. Bitte sehr, Frau Kollegin."

„Danke, Herr Sauer. Wir müssen in der Tat außer Lehrern auch noch andere Gruppen von Personen in die nähere Betrachtung ziehen. Erstens Familienangehörige, zweitens wirtschaftliche Konkurrenten und drittens Zufallstäter aus dem kriminellen Milieu, wie sie dort in der Nähe des Tatorts in der Bahnhofsgegend oft anzutreffen sind.

Zu Punkt eins, Familienangehörige: Das Mordopfer hat eine Ehefrau und keine Kinder. Die Ehefrau ist Inhaberin der Lochberger Schul-Software GmbH. Sie vertreibt insbesondere ein Softwarepaket, das in vielen Schulen in verschiedenen Bundesländern zum Einsatz kommt. Der Autor dieser Programme ist ihr Ehemann.

Frau Lochberger kommt durch den Tod ihres Mannes in den Genuss einer größeren Lebensversicherung in Höhe von dreihunderttausend Euro. Das könnte als Mordmotiv in Frage kommen, wir hatten schon Mordfälle wegen wesentlich geringeren Summen. Die Ehegatten haben sich gegenseitig als Alleinerben eingesetzt. Auch unter diesem Aspekt kann man die Ehefrau des Mordopfers als Nutznießerin bezeichnen. Die finanziellen Verhältnisse des Ehepaars sind sehr gut, es gibt Bankguthaben über knapp eine Million Euro."

Diese Information löste ein erstauntes Gemurmel bei den Beamten aus. „Schuldirektor sollte man sein", meinte Inspektor Widmann, und seine Kollegin Faller ergänzte: „Und nebenbei noch eine Firma haben, sonst klappt das kaum mit der Million."

„Beruhigt euch wieder, Kollegen." Frau Knoblauch war noch nicht ganz fertig.

„Frau Lochberger wird also durch den Todesfall ihres Mannes eine deutliche Steigerung ihres Wohlstands erfahren, von daher zählt sie klassischerweise zu den verdächtigen Personen im engeren Sinne."

„Gleich observieren und Telefon überwachen", meldete sich Faller zu Wort.

„Bitte lasst uns über mögliche Maßnahmen zum Schluss sprechen", fuhr die Inspektorin Knoblauch fort. „Wenn wir eine weitere Gruppe verdächtiger Personen mit in die Betrachtung einbeziehen, nämlich wirtschaftliche Konkurrenten, dann ergibt sich eine interessante Konstellation: Lochberger hat nur einen einzigen ernsthaften Wettbewerber, nämlich die Firma Messerschmidt Software. Beide teilen sich denselben Markt. Wir haben festgestellt, dass es in den letzten zwei Wochen zahlreiche Telefonate zwischen Messerschmidt und Lochberger gab, insbesondere vormittags, wo normalerweise Herr Lochberger in seiner Schule war. Es ist also davon auszugehen, dass seine Frau diese Telefonate geführt hat. Es handelt sich um zehn Gesprächsverbindungen. So häufige Gespräche zwischen Konkurrenten sind auffällig, und wir sollten diesen Umstand in eine zukünftige Vernehmung von Frau Lochberger einbeziehen."

„Unbedingt!", unterbrach der Kommissar seine Kollegin. „Bei der letzten Vernehmung hat die Frau nämlich behauptet, nur einmal mit ihrem Konkurrenten telefoniert zu haben. Das ist schon mehr als verdächtig." Frau Knoblauch fuhr mit ihrem Bericht fort.

„Möglicherweise wollen die beiden Firmeninhaber zusammenarbeiten und damit dann den Markt monopolisieren. Und das würde sicherlich die Gewinnerwartungen beider Parteien deutlich erhöhen." Die Referentin machte eine kurze Pause und suchte den Blickkontakt mit ihren Zuhörern, die zustimmende Signale sendeten.

„Ich will nochmals zurückkommen auf Herrn Strasser. Wir haben bei der Überprüfung der Telefonverbindungen festgestellt, dass vom Apparat Lochberger am Morgen nach der Tat, und zwar um sechs Uhr morgens, ein Anruf zu einer Ulla Schulze, getätigt wurde. Da die Frau uns völlig unbekannt war, haben wir nachgeforscht und etwas Überraschendes herausgefunden: Frau Schulze und Herr Strasser sind seit zwei Jahren ein Paar."

Es ging ein Raunen durch die Runde und der Kommissar rief erstaunt aus: „Was? Das gibt's doch nicht!"

Die Kollegin wartete einen Moment, bis sich die allgemeine Erregung wieder gelegt hatte, und fuhr dann fort.

„Doch, das es gibt es, und das ist freilich eine sehr verdächtige Geschichte. Und jetzt halten Sie sich fest! Ein Anruf von Herrn Strassers Mobiltelefon zum Festnetzapparat des Ehepaars Lochberger fand am Abend des Mordes um 21:10 Uhr statt, allerdings dauerte der Anruf nur zwanzig Sekunden."

Die Runde war in hellem Aufruhr. „Das ist ja unglaublich", „Wahnsinn", „Schau mal einer an", waren einige der Ausrufe und der Kommissar brach sofort in helles Lob für die Kollegin aus.

„Hervorragende Arbeit, Frau Kollegin, das nenne ich kriminalistischen Spürsinn."

Inspektorin Knoblauch fühlte sich offenbar durch das Lob des Kommissars geschmeichelt und lächelte zufrieden.

Der Kommissar übernahm wieder. „Frau Lochberger hat gestern bei unserem Besuch zugegeben, dass Strasser sie am Mordabend angerufen hat. Allerdings hat sie uns dazu eine seltsame Geschichte erzählt, nämlich dass Strasser sie beschuldigt habe, sie würde ihren Mann zu lange arbeiten lassen. Das klang ziemlich wirr und wenig glaubhaft. Es sieht aus meiner Sicht eher so aus, als ob Frau Lochberger den Strasser dazu engagiert hat, ihren Mann umzubringen. Wozu hätte sie sonst zweimal mit ihm telefoniert, in absoluter zeitlicher Nähe zur Tat. Was hätte denn diese Frau sonst überhaupt mit diesem

Lehrer zu schaffen gehabt? Das werden wir sie beim nächsten Verhör fragen müssen."

Noch war Frau Knoblauch nicht am Ende ihres Vortrags.

„Liebe Kollegen, beruhigen Sie sich wieder, wir wollen keine voreiligen Schlüsse ziehen, vielleicht ist unser Verdacht unzutreffend. Aber ich sagte vorher, wir haben drei potentiell verdächtige Gruppen, und zur Dritten möchte ich jetzt kommen. Das sind Kleinkriminelle und Drogensüchtige, die dort in der Bahnhofsgegend seit Jahren ihr Unwesen treiben. Es ist nicht ausgeschlossen, dass jemand von diesen Leuten auf der Suche nach Bargeld abends in die Schule eingedrungen ist. Dabei könnte er dann zufällig mit dem Direktor zusammengestoßen sein und ihn getötet und beraubt haben. Dieses Muster ist ja leider bei Drogentätern nicht völlig unbekannt."

Der Kommissar übernahm jetzt wieder die Gesprächsführung.

„Herzlichen Dank, Frau Kollegin Knoblauch. Ich glaube, Sie haben uns da wertvolle Hinweise geliefert. Ich denke, wir werden uns jetzt auf Frau Lochberger und ihre Beziehung zu Strasser und Messerschmidt konzentrieren. Ich werde sofort beim Staatsanwalt beantragen, dass wir alle relevanten Telefone abhören dürfen und auch sämtlichen elektronischen Nachrichtenverkehr. Aus meiner Sicht besteht dringender Tatverdacht auf Beteiligung an einem Mord. Möglicherweise hat Frau Lochberger auch noch Kontakt zu dem flüchtigen Strasser, der ja anscheinend mit ihr zusammengearbeitet hat.

Diese Ergebnisse von heute Abend müssen unbedingt unter uns bleiben. Alles ist streng vertraulich. Bitte auf keinen Fall irgendwelche Informationen weitergeben, schon gar nicht an die Presse. Das könnte unsere gesamte Kampagne gefährden. Wir werden uns am Montagnachmittag um vierzehn Uhr wieder treffen, vielleicht gibt es bis dahin schon neue Aspekte. Ich wünsche Ihnen allen ein schönes Wochenende! Bis Montag."

„Ihnen auch. Tschüss Chef", klang es aus vielen Kehlen, während die Mitarbeiter ihre Sachen zusammenpackten und nach und nach den Raum verließen.

22 Der Vater

Schon gegen fünfzehn Uhr kam ich zurück von meinem Arbeitseinsatz bei einem Kunden in Stuttgart. Ich machte mir einen Kaffee und konnte es kaum erwarten, in den Tagebüchern weiterzulesen. Ich blätterte in dem Buch von gestern, und dabei stach mir die Überschrift „Brief an den Vater" ins Auge. Ich wusste, dass Alexanders Vater vor ungefähr zehn Jahren verstorben war, also konnte es sich nicht um einen Brief im herkömmlichen Sinn handeln. Mit großer Neugier begann ich zu lesen.

Lieber Vater,

du hast immer wieder behauptet, der Mensch könne seine Probleme nicht alleine lösen. Es müsse dazu Gott eingreifen und der würde die apokalyptische Vernichtung bewirken, bevor dann eine völlig neue, paradiesische Welt geschaffen würde. Das war deine Vision vom Gottesstaat, der angeblich in der Bibel vorhergesagt wird. Ich konnte dieser Idee nie etwas abgewinnen und stand deinen alttestamentarischen Ansichten immer sehr distanziert gegenüber. Das war einer der Gründe dafür, dass wir uns nie so ganz verstehen konnten.

Davon abgesehen ist aber unser Leben in allererster Linie etwas, was für jeden Einzelnen von uns mit persönlichen Erlebnissen zu tun hat. Es sind die Erfahrungen der Kindheit, die uns tief prägen als Menschen und die uns bis ins hohe Alter in Erinnerung bleiben.

Manche meiner Kindheitserlebnisse beschäftigen mich heute noch, nach mehr als einem halben Jahrhundert. Es gibt eine Reihe von Dingen, die ich mich nie getraut habe, dir persönlich ins Gesicht zu sagen. Während meiner Kindheit war das nicht möglich, denn du warst als Vater ein Tyrann und hast jedwede Kritik rigoros unterdrückt. Dein drohender Ausruf „Keine Widerrede!", verbunden mit einem grimmigen Gesichtsausdruck, begleiteten mich durch meine gesamte Kindheit und Jugend.

Inzwischen sind viele Jahre vergangen, die Kinderzeit liegt weit zurück. Trotzdem sind manche Bilder und Ereignisse von damals in meiner Erinnerung noch so gegenwärtig, als wären sie erst gestern gewesen. Es sind auch schöne Erinnerungen dabei, beispielsweise an die langen Wanderungen im Sommer und Herbst durch die Weinberge bei Stuttgart, wo wir oft den ganzen Tag unterwegs waren und durch Wiesen und Wälder streiften. Ich war damals erst vier, fünf Jahre alt und wir gingen schon weite Strecken. Manchmal machten wir Rast auf einer Obstwiese unter einem schattigen Baum und stärkten uns für den Heimweg mit einem der frischen Äpfel, die zahlreich unter den

Bäumen lagen. Du selbst hast Dich später manchmal erstaunt darüber geäußert, wie weit ich als kleiner Bub schon laufen konnte. Wenn mich dann doch einmal die Kräfte verließen, dann trugst du mich auf den Schultern oder auf dem Rücken, wie an jenem weit zurückliegenden Tag, als wir bei heißem Wetter den steilen Weg zum Rotenberg hochmarschierten.

Wenn ich heute eines der wenigen Fotos von dem kleinen Knaben sehe, der ich damals war, dann lacht mich da vertrauensvoll ein Kind an, mit Kinderaugen, die anscheinend noch nichts Böses gesehen haben. Das Böse war aber schon in mein Leben getreten und das Urvertrauen des Kindes war bei mir bereits schwer gestört.

Meine ersten beiden Lebensjahre verbrachte ich mit dir und Mutter unter äußerst beengten Verhältnissen in einer Dachkammer, die zur Wohnung deiner Schwiegereltern gehörte. Es war die Nachkriegszeit, Deutschland war noch weitgehend zerstört und Wohnraum war knapp. Das Leben zu dritt auf zwölf Quadratmetern war eine Belastung für uns alle. Vor allem für dich, da du morgens um fünf Uhr aufstehen musstest, um zur Arbeit in die Maschinenfabrik zu kommen.

Als Säugling war ich ein sogenanntes Schrei-Baby. Ich schrie vor allem nachts oft stundenlang, ohne dass mich jemand beruhigen konnte. Die Ursache war nicht klar, man vermutete Verdauungsstörungen. Der dauernde Schlafentzug wurde zum Problem für die Familie.

Du, Vater, hast mir später manchmal von dieser schwierigen Zeit erzählt und wie anstrengend es war, nach einer Nacht mit wenig Schlaf wieder um fünf Uhr aufzustehen. Deine Nerven waren überreizt und deine Einstellung mir gegenüber war nicht sehr liebevoll: „Ich hätte Dich manchmal an die Wand pfeffern können", sagtest du mir später mehrmals wörtlich. Das erste Mal, das ich das aus deinem Munde hörte, war ich dreizehn Jahre alt und es wurde mir auf erschreckende Weise klar, dass mein Vater, dieser Riese von einem Mann, mir eine große Gnade erwiesen hatte, mich schwächliches Würstchen damals nicht einfach auszuradieren.

Ob und inwieweit ich tatsächlich als Kleinkind von dir Gewalt erfahren habe, weiß ich nicht aus eigener Erinnerung. Deine Schwiegermutter, die ansonsten nur anerkennend von dir sprach, erzählte mir aber einmal, als ich schon dreißig Jahre alt war, du hättest mich als kleines Kerlchen mehrmals „grün und blau geschlagen". Die Folge war, dass sogar sie, die eine Anhängerin der Prügelstrafe war, dich eines Tages aufs Schärfste tadelte: „So darf man ein kleines Kind nicht prügeln, das kann ja einen Schaden für immer davontragen."

Mit diesen Worten trat sie dir damals entgegen, um ihr Enkelkind zu schützen.

Ich fühlte mich unangenehm berührt von diesen Schilderungen.

Niemals hatte Alex mit mir über seine Kindheit gesprochen. Ich war immer davon ausgegangen, er sei unter „normalen Umständen" groß geworden. Nachdem ich diese Notizen über seinen Vater gelesen hatte, ergab sich ein anderes Bild.

Offenbar hatte er Kindesmisshandlungen erlebt. Damals gab es weder ein Bewusstsein einer breiten Öffentlichkeit, um solche Eltern in die Schranken zu weisen, noch wirksame Gesetze zum Schutz von Kindern. Ich stand auf, ging zur Kaffeemaschine und holte mir noch eine Tasse Kaffee. Dann las ich weiter.

Mein kindliches Vertrauen in meinen Vater wurde leider allzu früh enttäuscht. Der große mächtige Mann kann sehr böse sein, diese Lektion musste ich beizeiten lernen.

Mit ungefähr vier Jahren habe ich mir einmal im Frühsommer deinen besonderen Zorn zugezogen. Ich wurde sehr früh zum Schlafen ins Bett gelegt, war aber noch nicht müde. Draußen war noch heller Sonnenschein, und die fröhlichen Stimmen der Erwachsenen drangen in mein verdunkeltes Zimmer. Ihr, meine Eltern, vergnügtet euch damals beim Federballspiel mit Nachbarn.

Aus einer Laune heraus fing ich an zu weinen. Ich fühlte mich allein gelassen und wollte gerne auch dabei sein. Niemand reagierte auf mein Schreien, so dass ich schließlich auf die kreative Idee kam, den Rollladen ein Stück hochzuziehen, das Fenster zu öffnen und mein Unglück hinauszuschreien. Jetzt wurde mein Weinen erhört, aber das Ergebnis war anders als von mir beabsichtigt.

Du, Vater, warst sehr verärgert über diese Störung, kamst zornig ins Zimmer und schimpftest mich aus, weil ich mich so unmöglich benommen hatte. Dann schnapptest du mich mit eisernem Griff und legtest mich über die Schulter wie einen der Kartoffelsäcke, die du schon als junger Bursche auf dem väterlichen Bauernhof täglich herumgetragen hast. Zu den Kartoffeln ging es dann auch hinunter, nämlich in den Keller, der feucht und schimmelig roch. Dort stand in unserem Kellerverschlag eine große Kartoffelkiste. Sie war schon fast leer, es waren nur noch die letzten Reste vom Wintervorrat drin. Die Knollen hatten bereits alle ausgetrieben. Es roch nach Fäulnis.

In diese Kiste setztest du mich hinein. All mein frenetisches Schreien und Bitten nützte nichts. Du sagtest sinngemäß: „So, hier kannst du jetzt weiterschreien, solange du willst." Ich brüllte wie am Spieß. Angst vor dem Keller hatte ich schon immer gehabt. Dass es dort Ratten gab, wusste ich. Deine Schritte entfernten sich. Das Licht ging aus. Die Türe fiel laut zu. Ich schrie aus Leibeskräften und in Todesangst und ich war ganz allein in diesem dunklen und moderigen Keller, eingesperrt in der Kiste. Hinausklettern konnte ich nicht. Ich

schrie weiter in Panik. Es war stockfinster. Mit tastenden Händen
suchte ich nach einem Ausweg und fand nichts als die stinkenden Kar-
toffeln mit ihren ekligen Auswüchsen. Es verging eine Ewigkeit, in der
ich nur Angst, Panik und Verlassenheit empfand und verzweifelt brüll-
te.

Später hast du mir das Ganze als gerechte Strafe für meine Unge-
zogenheit erklärt. Meine Angst vor dir und deinem Jähzorn wurde
durch solche frühkindlichen Erfahrungen verfestigt und haben sich
tief bei mir eingebrannt.

Ich war regelrecht schockiert von diesem Eintrag meines Freundes.
Unter so einem Vater war er also aufgewachsen? Und das machte mir
im Hinblick auf den Mordverdacht etwas Sorgen. War es etwa so, dass
Alex durch seine traumatischen Erlebnisse mit seinem Vater einen
Hass entwickelt hatte gegenüber Männern, die sich ihm gegenüber do-
minant verhielten, wie es wohl bei seinem Chef der Fall gewesen war?
Ich hatte kürzlich gelesen, dass solche Fälle gar nicht so selten seien.

Aber ich wollte nicht zu viel spekulieren. Zunächst einmal war ich
wirklich erschreckt über das, was Alex von seinem Vater berichtete
und welche Torturen er als Kind erlebt hatte. Insgeheim war ich froh,
dass ich ohne Vater aufgewachsen war. Es schien mir allemal das kleinere Übel zu sein, keinen Vater zu haben, als einen, der sich so brachi-
al und gefühllos gegenüber seinem kleinen Sohn benahm.

Ich hatte für heute genug gelesen und klappte das Tagebuch zu. Ich
bin kein Mitglied der Psychologenzunft, aber Alexanders Brief an seinen Chef schien mir darauf hinzudeuten, dass er in diesem Direktor
eine Art Vaterfigur sah.

Das Ganze bereitete mir Kopfzerbrechen und ich erkannte jetzt,
dass meine Beschäftigung mit diesen Tagebüchern eine zweischneidi-
ge Sache war und mir die Seelenruhe rauben könnte.

23 Rachegedanken

Monika Lochberger war eine gutaussehende und energische Mittfünfzigerin, auf deren Namen seit zehn Jahren die Softwarefirma LSS angemeldet war. Die „Lochberger Schul-Software" hatte als Unternehmenszweck die Softwareerstellung für die Verwaltung von Schulen. Bisher hatte sie sich nicht allzu intensiv um das Geschäft gekümmert, das im Grunde ja die Firma ihres Mannes war. Reinhard hatte schon früh eine Leidenschaft für das Programmieren entdeckt und ein sehr gutes Programmpaket für Schulen entwickelt. Ein Landesbeamter durfte jedoch keine Nebenbeschäftigung in größerem Stil ausüben. Da lag die Idee nahe, die Firma auf den Namen der Ehefrau Monika anzumelden.

So kam es, dass Monika Lochbergers Firma zu einer der beiden führenden Softwareschmieden des Landes wurde. Seit der Gründung hatte sich der Umsatz vervielfacht und der Gewinn des Unternehmens betrug mittlerweile ein Mehrfaches von Herrn Lochbergers Einkommen als Direktor des Schiller-Gymnasiums.

Allerdings war der Markt kein Monopolmarkt. Die Firma „Messerschmidt Software" bot ein ähnliches Produkt an, und der Konkurrenzkampf um die Schulen tobte heftig. Im letzten Geschäftsjahr konnte Lochberger kräftig expandieren und einige von Messerschmidts Kunden für sich gewinnen. Das lag unter anderem an der wachsenden Unzufriedenheit von dessen Kunden, die durch eine größere Zahl von Fehlern in den Updates der letzten Jahre verärgert waren.

Dies nutzte Lochberger für sich und so verschoben sich allmählich die Marktanteile auf rund sechzig Prozent zugunsten seiner Firma. Außerdem hatte er den besseren Kontakt zu den Kunden und registrierte mit Hilfe eines hervorragenden Außendienstes alle Wünsche und Änderungsvorschläge seiner Kundschaft sehr präzise. Er kündigte dann immer wieder Verbesserungen an, die genau den Erwartungen seiner Kunden entsprachen.

Monika war mit dieser Entwicklung mehr als zufrieden und freute sich mit ihrem Ehemann über die gemeinsamen Erfolge und den wachsenden Wohlstand.

Dies änderte sich schlagartig, als sie unvermittelt und völlig unerwartet einen schockierenden anonymen Brief erhielt, in dem ihr eröffnet wurde, Reinhard habe eine Geliebte und betrüge sie seit einiger Zeit. Zur Untermauerung dieser Behauptung lagen dem Schreiben drei Fotos bei, in denen ihr Ehemann mit einer attraktiven jüngeren Frau in enger Umarmung zu sehen war.

Monika war lange Zeit fassungslos und wusste nicht, wie sie reagieren sollte. Sie beschloss, ihren Mann zunächst nicht zur Rede zu stellen. Wenn diese Beschuldigungen wahr wären, dann würde er sicherlich alles abstreiten. Insgeheim hoffte sie, diese Behauptungen als Verleumdung entlarven zu können. In den folgenden Wochen fand sie jedoch leider mehrere Hinweise darauf, dass ihr Mann tatsächlich fremdging. Daraufhin fasste sie den Entschluss, sich ganz im Stillen zu rächen, ohne sich auf lange Diskussionen mit ihm einzulassen.

Es war ihr inzwischen schmerzhaft bewusst geworden, dass sich ihr Eheleben seit mehreren Jahren immer mehr auf ein Minimum reduziert hatte. Ein Liebesleben gab es praktisch nicht mehr. Reinhard stürzte sich mit unglaublicher Energie und Hartnäckigkeit in seine Arbeit. Selbst in den Ferien verbrachte er viel Zeit in der Schule, so dass sie ihn kaum zu Gesicht bekam. Wenn sie einmal gemeinsam in den Urlaub fuhren, dann logierten Sie meist zwei Wochen in einem Golfhotel, wo sich ihr Ehemann so aktiv beim Sport austobte, dass er abends schon früh müde war und nur noch schlafen wollte.

Sie konnte sich kaum daran erinnern, wie früher ihr eheliches Miteinander im Schlafzimmer gewesen war. Jedenfalls tauschten sie schon lange keine Zärtlichkeiten mehr aus. Das Wichtigste für ihren Mann waren neben seiner Programmierung seine ehrgeizigen Ziele in der Schule, wo er mit den anderen Direktoren der Stadt konkurrierte. Er wollte der erfolgreichste Schulleiter werden, den Lundenburg je gesehen hatte.

Dies alles führte dazu, dass Monika sich mehr und mehr betrogen fühlte. Sie war eine attraktive Frau im sogenannten besten Alter, fünf Jahre jünger als ihr Mann. Ihr derzeitiges Leben empfand sie als unbefriedigend. Materiell mangelte es ihr an nichts. Sie konnte sich im Grunde jeden Wunsch erfüllen, aber nach und nach hatte sich das nagende Gefühl eingeschlichen, dass in ihrem Leben etwas Wichtiges fehlte. Zunehmend fühlte sie sich einsam.

Hin und wieder kam ihr der Roman „Madame Bovary" in den Sinn, den sie erst vor kurzem nochmals gelesen hatte. Gewisse Parallelen zu der Figur der Frau Bovary waren nicht von der Hand zu weisen. Sowohl sie als auch die Protagonistin des Romans fühlten sich zu Recht von ihren jeweiligen Ehemännern vernachlässigt. Allerdings waren diese Ehemänner doch sehr unterschiedlich. Der Karl Bovary des Romans schien ein unbedarfter und etwas träger Mensch zu sein, der es mit etwas Glück zu einer Landarztpraxis gebracht hatte, wo er mehr schlecht als recht seinen Dienst versah. Ihr Ehemann hingegen war keineswegs so ein selbstgenügsamer Mensch, sondern ein erfolgreicher Manager mit viel Ehrgeiz, der offenbar jetzt auf seine alten Tage auch noch Schürzenjäger-Ambitionen entwickelte.

Im Grunde war die einzig denkbare Antwort aus Monikas Sicht, dass auch sie sich einen Liebhaber zulegen musste. Das war wohl die angemessenste Lektion, die sie ihrem Ehemann erteilen konnte. Wenn sie es recht bedachte, dann war die scheinbare Parallele zu Flauberts Roman gar nicht vorhanden, denn dort brach die Frau die Ehe, aber in ihrem eigenen Fall war es ihr Mann. Und sicherlich würde sie nicht wie Emma Bovary am Ende einer Affäre, auch wenn diese unglücklich endete, zum Gift greifen, um sich selbst das Leben zu nehmen. Eher schon würde sie ihrem untreuen Gatten den Giftbecher reichen.

Ach, wie lange war sie schon nicht mehr im Theater gewesen, seufzte sie innerlich. Reinhard war kein Freund von Bühne oder Konzert. Ihre beiden Freundinnen waren Kinogängerinnen, und fürs Theater konnte man sie nicht begeistern. Es wurde höchste Zeit, dass sie ihrem Leben eine neue Richtung gab, diesen Gedanken hatte sie in letzter Zeit schon häufig gehabt.

Schon bald nach der traumatisierenden Enthüllung vom Seitensprung ihres Ehemannes ergab sich für Monika eine Gelegenheit, eine reizvolle Bekanntschaft zu machen. Ihr Mann hatte sie zu einem Vortragsabend an seine Schule mitgenommen, und im Anschluss daran waren einige Kollegen mit der Schulleitung noch zu einem Umtrunk in ein Lokal gegangen. Dort lernte sie den Lehrer Alexander Strasser kennen, der zufällig neben ihr saß. Ihr Ehemann war während des Abends mehr auf die andere Seite des Tisches konzentriert. Er war dort in rege Unterhaltungen verstrickt, während sie mit ihrem Nebensitzer Kontakt aufnahm und bald entdeckte, dass dieser Herr Strasser ein sehr sympathischer Typ war. Sie unterhielten sich den ganzen Abend angeregt und als Monika dann schließlich mit ihrem Mann zurück nach Hause fuhr, hatte sie das prickelnde Gefühl, als ob heute Abend ein von ihr lang ersehntes kleines Abenteuer begonnen habe. Auch bei Alex hatte es an diesem Abend gefunkt und diese charmante Frau, mit der man über Gott und die Welt, sogar über Literatur und Theater reden konnte, ging ihm nicht mehr aus dem Kopf.

Kurze Zeit später ergab sich dann eine neue Gelegenheit für die beiden, sich wiederzusehen, und zwar anlässlich eines Schulkonzerts, bei dem das Schülerorchester des Schiller-Gymnasiums in der Markuskirche spielte. Alex hatte ebenso wie Monika insgeheim gehofft, dass sie sich an diesem Abend sehen würden und in der Tat ging ihr beiderseitiger Wunsch in Erfüllung. Die beiden heimlich Verliebten tauschten schon in der Kirche verstohlene Blicke aus. Wieder traf man sich nach dem Konzert zu einem kleinen geselligen Abschluss in einer nahe gelegenen Gaststätte, an der sich neben der engeren Schulleitung eine Gruppe von fünfzehn Lehrern einfand. Monika und Alex unterhielten sich erneut sehr angeregt und es gelang ihnen gegen Ende des Abends, ihre Telefonnummern sowie ihre Mail-Adressen auszutauschen. Sie vereinbarten ein Wiedersehen zu einem baldmöglichsten Zeitpunkt.

Zwischen den beiden einsamen Herzen wuchs eine Sympathie, die sich rasch zu einer Liebesaffäre steigerte. Monika genoss zum ersten Mal seit vielen Jahren wieder das Gefühl, von einem Mann begehrt zu werden und sich als Frau anerkannt zu fühlen, während Alex fasziniert war von der Intelligenz und der erotischen Ausstrahlung dieses weiblichen Wesens. Er erlebte mit ihr - anders als mit seiner ewig streitsüchtigen Ulla - endlich einmal ein Gefühl von großer Harmonie.

Alex entwickelte eine leidenschaftliche Liebe zu Monika und ließ sie das auch spüren. Sie mussten freilich sehr vorsichtig sein, um ihre Beziehung geheim zu halten. Nach einigen Monaten begannen sie Zukunftspläne zu entwickeln, und Monika dachte laut über eine Scheidung nach. Dann kam ihr die Idee, ihre Programme an die Konkurrenz zu verkaufen.

Rein juristisch war das kein Problem, denn sie war die Inhaberin der Firma. Zwischen den Ehegatten gab es keine Vereinbarungen, die die Verfügungsgewalt der Firmeninhaberin einschränkte. Daran hatte Herr Lochberger nicht gedacht, als er damals die Firma auf den Namen seiner Frau eintragen ließ. Unter normalen Bedingungen hätte sich Monika so etwas niemals einfallen lassen, aber sie wollte Rache nehmen für die Untreue ihres Mannes. Außerdem war sie jetzt in puncto Liebe und Erotik auf den Geschmack gekommen. Sie hatte das Gefühl, endlich nach vielen Jahren aus einem Käfig ausgebrochen zu sein und erneut das Leben genießen zu können. Hin und wieder ertappte sie sich dabei, wie sie mit Alex künftige Reisen plante. Der träumte laut immer leidenschaftlicher von einer gemeinsamen Zukunft, was Monika dann unter Hinweis auf ihre noch bestehende Ehe etwas dämpfte.

Während dieser Zeit nahm sie Kontakt zu Karl-Heinz Messerschmidt auf und ließ durchblicken, sie sei an einer Zusammenarbeit interessiert. Er war anfänglich misstrauisch, aber als er von ihrer geplanten Scheidung erfuhr, erkannte er die Gunst der Stunde und erklärte seine Bereitschaft, mit ihr zu kooperieren.

Er hatte schon davon Wind bekommen, dass Lochberger an einem neuen, stark verbesserten Modul arbeitete, das seinem Produkt einen noch stärkeren Vorteil auf dem Markt verschaffen würde. Einige seiner Kunden machten kein Hehl daraus, dass sie bei zunehmendem technologischen Vorsprung von Lochbergers Software möglicherweise Messerschmidt die weitere Gefolgschaft verweigern könnten. Damit drohte ihm der Verlust weiterer Marktanteile und längerfristig das Ende seiner Firma.

In dieser Situation erschien ihm das Angebot von Frau Lochberger als Rettungsanker und er zögerte nicht lange, darauf einzugehen. Monika machte ihm darüber hinaus deutliche Avancen und ließ kokett durchblicken, dass sie ihr weiteres Leben nach der Scheidung nicht allein zu verbringen gedachte, sondern sich unter Umständen einen Mann wie ihn als Partner vorstellen könnte.

Das neue Modul der Firma Lochberger war weitgehend fertiggestellt, das wusste Monika von ihrem Mann. Noch war es aber ein gut geschütztes Betriebsgeheimnis, denn nur er allein arbeitete daran. Die aktuellen Daten nahm er jeden Abend auf seiner SD-Datenkarte mit nach Hause und legte die Karte sofort nach seiner Ankunft in einen Wandtresor. Niemand außer ihm hatte dazu Zugang.

In den letzten Wochen hatte Monika ihrem Mann gegenüber verstärktes fachliches Interesse gezeigt und sich die Neuerungen in seinem Programmpaket genau erklären lassen. Daher war sie nun in der Lage, detailliert über die neuen Funktionen der künftigen Software Auskunft zu geben. Monika bot Messerschmidt an, ihm dieses Betriebsgeheimnis ihres Mannes zu besorgen und ihn damit in die Lage zu versetzen, schon in wenigen Wochen mit einer ultramodernen Version seines Programms auf den Markt zu kommen. Für die Beschaffung und Übergabe des neuen Moduls verlangte sie eine einmalige Zahlung von dreißigtausend Euro, eine bescheidene Summe, wenn man die notwendige Entwicklungszeit von einem halben Jahr bedenke, so sagte sie ihrem Geschäftspartner. Des Weiteren forderte sie, künftig hälftig am Gewinn der Firma Messerschmidt beteiligt zu werden.

Die beiden wurden handelseinig, denn Messerschmidt versprach sich von dem Deal einiges. Er wollte nicht nur die verlorenen Marktanteile zurückzugewinnen, sondern vor allem künftig den Markt als Monopolist übernehmen. Monika sicherte ihm die Mitarbeit ihrer freien Entwickler zu. Ihre beiden Programmierer hatte sie in intensiven Gesprächen von den exzellenten Einkommensaussichten überzeugen können, die sie zu erwarten hatten, wenn sie nach ihrer Scheidung unter der neuen Firmenkonstellation weiterarbeiteten.

Wochenlang grübelte sie darüber, wie sie in den Besitz der Daten des neuen Programms kommen könnte. Schließlich kam sie auf die Idee, die Datenkarte im Büro ihres Mannes stehlen zu lassen, denn zu Hause sah sie dazu keine Chance. Den Austausch gegen eine Karte gleichen Typs sollte Alex übernehmen. Er akzeptierte diese Aufgabe bereitwillig, zumal ihn ein Honorar in Höhe von zehntausend Euro lockte. Unmittelbar nach der Beschaffung dieser Daten wäre der Weg frei für die Zusammenarbeit mit Messerschmidt und sie könnte die Scheidung einreichen.

Mehrere Tage lang lauerte Alex abends in der Schule in der Nähe des Rektorats und wartete auf eine passende Gelegenheit für den Zugriff. Am Donnerstag, den neunzehnten Juli, war es dann endlich so weit. Der Austausch der Datenkarte gelang.

Die in Lochbergers Rechner eingeschmuggelte SD-Karte war mit einem Virus infiziert, ein kleines Kunststück, auf das Alex besonders stolz war. Auf diese Weise sollte der Rektor abgelenkt werden und möglichst den Austausch der Karte gar nicht erkennen.

Die Übergabe der gestohlenen Daten war später in Alexanders Auto erfolgt. Er hatte in der Nähe der Schule geparkt und nach längerer Wartezeit die Karte gegen Bargeld an Messerschmidts Mitarbeiter Daniel ausgehändigt.

Als später am Abend der Direktor in einer Blutlache gefunden wurde, war die Stadt Lundenburg nicht mehr dieselbe. Dieses schockierende Gewaltverbrechen legte sich wie ein dunkler Schleier über die Stadt und jeder fragte sich, wer wohl eine derart brutale Mordtat hatte begehen können.

24 Abgründe

Die gestrige Tagebuchlektüre hatte mich sehr aufgewühlt und erschreckt und nach Feierabend machte ich mich gleich daran, in dem „Brief an den Vater" weiterzulesen.

Ein anderes meiner ersten schockierenden Erlebnisse hatte ich mit ungefähr fünf Jahren. Wir wohnten damals noch in Waiblingen, also vor dem Umzug nach Stuttgart. Eines Tages hörte ich das laute Weinen und Jammern meiner Mutter aus dem Nebenraum und öffnete alarmiert die Tür. Sie saß auf dem Bett und blutete am Kopf. Du standst neben ihr und hieltest eine Bratpfanne in der Hand. Du versuchtest, mich zu beschwichtigen und zu beruhigen. Ich weiß nicht mehr, was du zu mir gesagt hast, allein die Bilder sprachen für sich und jeder Kommentar war überflüssig.

Eigentlich bin ich nicht bereit, einer solchen Erinnerung zu trauen. Ein absolut surreales Bild: die blutende Mutter und der Vater neben ihr mit einer gusseisernen Bratpfanne in der Hand. Wenn ich nicht später mit eigenen Augen des Öfteren das Ausmaß deiner jähzornigen Gewalttätigkeit erlebt hätte, würde ich diese Erinnerung vermutlich als Hirngespinst abtun. Ich war ja damals noch sehr klein und die Erinnerungsfragmente aus der frühen Kindheit sind nicht immer zuverlässig. Jedoch habe ich im späteren Leben viele Erlebnisse ähnlicher Art mit dir gehabt, und daher gibt es keinen Grund, meinem Gedächtnis und den dort verankerten Bildern nicht zu trauen.

Es wäre nun ungerecht und unredlich, wenn ich behaupten würde, dass du nur negative Seiten hattest. Ganz im Gegenteil, du hast für uns Kinder auch viel Positives bedeutet und bewirkt. Zunächst einmal warst du der Elternteil, der sich überhaupt mit uns beschäftigte, Mutter hatte daran scheinbar kein Interesse. Du nahmst dir Zeit, um bei uns zu sitzen und uns vorzulesen, insbesondere Geschichten aus einer Kinderbibel. Die Erzählungen aus dem Alten Testament waren es, die dich faszinierten und die wir in den gemeinsamen Lesestunden, vor allem an Wochenenden, von dir hörten. Freilich war der Hintergedanke bei dir vorhanden, uns im Sinne deiner strengen religiösen Haltung zu erziehen, aber das steht auf einem anderen Blatt, und das hat ja unsere Mutter durch ihre strikte Ablehnung aller Bigotterie zu verhindern gewusst.

Du warst es auch, der mit uns Kindern Gesellschaftsspiele gespielt hat, und ich kann mich erinnern, dass es immer sehr schön und aufregend für uns war, wenn wir dich im Kinderzimmer bei uns am Tisch hatten, um Mau-Mau, Schwarzen Peter oder Halma zu spielen. Unse-

re Mutter tat das nie, sie war fast immer abwesend. Entweder zog sie sich nach der Hausarbeit zum Fernsehen zurück oder sie verbrachte ihre Zeit mit Lektüre. Mit ihren Kindern zu spielen kam ihr kaum jemals in den Sinn. Sie hatte eine gewisse Kühle, ja sogar Kälte in ihrem Wesen. Es ist schwer für mich, zu beurteilen, ob das ein ursprünglicher Wesenszug von ihr war oder ob erst das jahrelange Erleben deiner rabiaten Gewalt sie dazu brachte, sich vom Familienleben zurückzuziehen. Denn misshandelt hast du sie immer wieder und hast auch nicht davor zurückgeschreckt, uns Kinder zu Augenzeugen davon werden zu lassen.

Ein narzisstischer Mensch warst du, von deiner Umwelt wolltest du bewundert werden. Nach außen hin gabst du gerne den treusorgenden Ehemann und Vater, dem nichts wichtiger war als das Wohl der Seinen. Wenn Verwandte bei uns zu Besuch waren, war dein Lieblingsthema der großartige Erfolg deiner Kinder in der Schule. Lang und breit hast du detailliert alle Noten aufgezählt und damit geprahlt, als wären es deine Noten gewesen. Das war mir oft peinlich. Es war ja im Grunde auch verlogen, denn meine Leistungen in der Schule waren einzig und allein mein Verdienst. Ich habe alles aus eigener Kraft geleistet, trotz der starken psychischen Belastungen durch deine regelmäßig wiederkehrenden Gewaltinszenierungen. Eigentlich hättest du vor den Verwandten sagen müssen: „Es ist wirklich erstaunlich! Mein Sohn hat hervorragende Leistungen in der Schule, obwohl ich mich andauernd und nachhaltig bemühe, ihn psychisch zu zerrütten."

Wichtig war dir immer, dass nach außen hin alles einen guten Eindruck machte. Die Fassade musste stimmen. Weißes Hemd, Anzug mit Krawatte und ein Mercedes vor dem Haus: So hast du den Mittelstandsbürger der damaligen Jahre in idealtypischer Weise verkörpert. Nur die Hausbewohner, die immer wieder die schrillen Schreie der Familie Strasser hörten, erkannten bald, dass sich hinter der glänzenden Kulisse eine traurige Existenz verbarg, in der Gewalt zum täglichen Brot gehörte.

Unter der körperlichen Unterlegenheit dir gegenüber litt ich zeit meines Lebens. Das lag auch daran, dass du deinen Vorteil der größeren Körperkraft zu allen Zeiten rücksichtslos ausgespielt hast. Noch dem schon jugendlichen Sohn drohtest du mit Prügel und gelegentlich hast du dies auch in die Tat umgesetzt, meistens im Jähzorn.

Schlimm erging es mir kurz vor meinem Abitur, zwei Tage vor dem Deutschaufsatz. Seit Wochen tobte bei uns zu Hause der Ehekrieg und an diesem Tag spitzte sich die Lage dramatisch zu. Nach ein, zwei Stunden der üblichen ehelichen Schreierei kamst du, Vater, plötzlich zu mir ins Wohnzimmer und sagtest: „Alex, ich gehe jetzt eine Stunde spazieren. Pass auf deine Mutter auf, sie hat vorhin den Gashahn aufgedreht." Ich war schockiert über diese Offenbarung und sprachlos, aber du warst im Nu verschwunden. Du gingst einfach weg, während die Mutter deiner Kinder in suizidaler Stimmung versucht hatte, sich das Leben zu nehmen. Sie wollte ihrem Leben aus Verzweiflung über die Zerrüttung eurer Ehe ein Ende setzen. Und dein brutales und gewalttätiges Verhalten ihr gegenüber war einer der Hauptgründe dafür.

Am nächsten Tag kamst du auf mich zu und sprachst nicht etwa über den gestrigen Vorfall, sondern darüber, dass ich dringend zum Friseur müsse. Ich sähe mit diesen Haaren furchtbar aus, wie ein „Gammler". Das war damals für deine Generation der Inbegriff eines asozialen Jugendlichen.

Ich verteidigte meine Frisur und wies darauf hin, dass der Geschmack junger Menschen heutzutage anders sei als vor zwanzig Jahren. Du wurdest darauf ungehalten und meintest, es sei nicht in Ordnung, dass ich deine Anweisungen nicht befolgen wolle. Solange ich meine Füße unter deinen Tisch streckte, hätte ich mich gefälligst an die Regeln zu halten, die du für richtig hieltest. Ich antwortete, dass bei uns so manches nicht in Ordnung sei. Dass ich es zum Beispiel gar nicht in Ordnung fand, wie du mir am Tag zuvor in dieser aufgeheizten Situation die Verantwortung für die Mutter zugeschoben hattest und dann einfach aus dem Haus gegangen warst.

Nach diesem Satz geschah es. Die beängstigende Metamorphose zum tollwütig Rasenden, die ich so oft an dir erleben musste, war an diesem Tag besonders eindrucksvoll.

Dein Kopf schwoll in Sekundenschnelle rot an, die Augen stierten mich weit aufgerissen und hasserfüllt an. Du sprangst mit einem gewaltigen Satz auf und brülltest: „Was, du willst mir Vorschriften machen? Das werden wir doch mal sehen!"

Und schon prasselten die Hiebe auf meinen Kopf. Ich saß auf dem Sofa und fiel unter der Wucht deiner ersten Schläge auf den Boden, seitlich nach hinten in die Ecke, wo ich auf dem Rücken liegen blieb. Beide Arme hielt ich zum Schutz vor mein Gesicht, das nützte aber nur wenig, denn du prügeltest in blinder Wut gewaltig auf mich ein. Irgendwann ranntest du wieder aus dem Zimmer und aus der Wohnung. Als ich in den Spiegel sah, blutete ich aus der Unterlippe, sie war aufgeplatzt. Meine gesamte rechte Gesichtshälfte war stark geschwollen und ich erschrak über mein deformiertes Aussehen.

Am nächsten Tag war ich dann trotzdem beim Deutschaufsatz. Natürlich haben alle Mitschüler und auch die Lehrer gefragt, was mir denn passiert sei. Ich habe versucht, möglichst glaubhaft das Märchen vom Treppensturz zu erzählen. Ob das jemand geglaubt hat, weiß ich nicht. Es war mir aber damals ziemlich egal, das Abitur war mir nur noch insofern wichtig, als es den Endpunkt meiner Zeit unter deiner Terrorherrschaft bedeutete, denn für mich war völlig klar, dass mich nach dem Abitur niemand und nichts in deinem Hause halten würde.

Wir haben im späteren Leben über diesen Zwischenfall nie gesprochen. Du hast ja ohnehin über solche Vorkommnisse nie ein Wort verloren. Einerseits ist das verständlich, denn wer redet schon gerne über eigene Schandtaten. Andererseits hätte sich aber dadurch für dich die Chance eröffnet, Reue zu empfinden und vielleicht sogar um Verzeihung zu bitten.

Wenige Jahre vor deinem Tod hast du mir einmal voller Überzeugung gesagt: „Ich habe deine Mutter immer geliebt." Heute bedaure ich schmerzhaft, dass ich damals nicht mutig genug war, dir entschieden zu widersprechen und dich zu fragen, ob du es für ein Zeichen von Liebe hältst, den angeblich geliebten Menschen möglichst oft zu misshandeln. Ich bedaure, die Chance verpasst zu haben, dir das alles ins Gesicht zu sagen und dich mit der Tatsache zu konfrontieren, dass du meine Kindheit mit deinen Gewaltexzessen schwer belastet und Angst in mein Leben gepflanzt hast. Und dass die Brutalität, mit der du Mutter behandeltest, mich noch heute, Jahrzehnte später, gelegentlich im Traum und sogar im Wachzustand verfolgt.

Traumatisch waren viele meiner Erlebnisse und Erfahrungen mit dir. Deine Anfälle von krankhafter Tobsucht und Raserei gingen bis hin zu Morddrohungen. Mehrmals hast du nachts laut durch die Wohnung gebrüllt: „Ich bringe dich um." Du meintest unsere Mutter und einmal hast du sogar die Türe zum Schlafzimmer mit lautem Knall eingetreten, weil sie sich aus Angst vor dir dort eingeschlossen hatte. Dies alles sind traurige Tatsachen und Erinnerungen, unter denen ich noch heute leide. Dir scheint das alles nicht im Gedächtnis geblieben zu sein, aber du warst ja immer ein Meister im Verdrängen, einem verlogenen Verdrängen bis hin zum Leugnen der Realität.

Dein Vater war Landwirt und ein gnadenloser Erzieher, der mit der Reitpeitsche auf seine Söhne eindrosch. Du warst milder gestimmt und hast bei mir anfangs Ruten aus eigenhändig geflochtenen Weiden benutzt, später in Stuttgart nur noch einfache Bambusrohre. Von deinem Vater wurdest du nach deinen eigenen Aussagen oft geschlagen. Dein Kommentar dazu war etwas dümmlich. Ich musste ihn mir so manches Mal anhören:

„Mein Vater hat mich geschlagen, na und? Geschadet hat es mir jedenfalls nicht!" Woher du diese Erkenntnis nahmst, bleibt dein Geheimnis. Du musstest stundenlang zur Strafe im Holzschuppen auf spitzigen Holzscheiten knien und bist von deinem Vater wie ein Tier ausgepeitscht worden. Das alles soll dir nicht geschadet haben? Hat es nicht deine Persönlichkeit verändert, hin zur Gewaltbereitschaft, *zum Sadismus? Hast du etwa gegenüber einem Vater, der dich so sadistisch und willkürlich quälte, keine Rachegedanken gehabt?*

Ich schon. Und auch meine Schwester. Es gab eine Zeit, da haben wir darüber Gespräche geführt, wie man dich beseitigen könnte, welche Art von Mord mit dem geringsten Risiko verbunden wäre und wie so ein Plan aussehen müsste, um zum Erfolg zu führen. Gott sei Dank war unsere kriminelle Energie nicht groß genug und das Phantasieren verlor sich nach einiger Zeit wieder. Aber gedanklich hast du uns zu Vatermördern werden lassen.

An dieser Stelle brach ich die Lektüre ab. Diese letzten Seiten hatten mich innerlich gewaltig in Aufruhr versetzt und erschüttert. Es fiel mir schwer, zu glauben, dass Alexander unter solch extremen Bedingungen aufgewachsen war. Der letzte Abschnitt alarmierte mich ganz besonders.

Er hatte also nach eigenem Bekunden schon als Jugendlicher mit dem Gedanken an Vatermord gespielt? Was bedeutete das für die gegenwärtige Situation? Es drängte sich mir die Frage auf, ob er gegenüber seinem Chef in alte Denk- und Gefühlsmuster zurückgefallen war und womöglich – mir grauste vor dem Gedanken – den Vatermord mit Verspätung nachgeholt hatte.

Ich musste versuchen, Kontakt mit Alex aufzunehmen, mit ihm reden. Allerdings war das momentan schwer möglich, denn ich wusste ja weder, wo er war, noch ob ich ihn per E-Mail erreichen konnte. Aber was sollte ich ihm schreiben?

Dass ich Verständnis für ihn hätte? Dass ich zu ihm halten würde, auch falls er einen Mord begangen hätte? Ich war ratlos.

25 Komplizen

„Du hast mir gefehlt", flüsterte Karl-Heinz Messerschmidt der blonden Frau ins Ohr und hielt sie dabei fest im Arm.

„Du mir auch, mein Liebster", säuselte sie zurück.

Die beiden saßen im Inneren eines luxuriösen Wohnmobils, das Messerschmidt ganzjährig am Waldlacher See stehen hatte und wo er hin und wieder seine Freizeit verbrachte. Vor allen Dingen konnte er hier Monika treffen, ohne befürchten zu müssen, allzu vielen Bekannten aus Lundenburg zu begegnen. Monika war soeben nach kurzer, schneller Autofahrt angekommen.

„Ich habe dich ja seit Ewigkeiten nicht gesehen", brummte Messerschmidt und umarmte seine Geliebte nochmals heftig.

„Das finde ich auch", murmelte sie, „es waren schreckliche Tage ohne dich."

„Tut mir leid, was mit deinem Mann passiert ist. Das ist ja eine furchtbare Geschichte."

„Das kann man wohl sagen. Die Polizei hat mich jetzt unter Verdacht, das haben sie mir ganz offen gezeigt. Es ist klar, ich profitiere vom Tod meines Mannes, erstens durch die Lebensversicherung und zweitens, weil ich das gesamte Vermögen erbe."

„Ja, die werden dich jetzt genau beobachten, deswegen ist es sehr wichtig, dass wir uns nicht gegenseitig anrufen und möglichst nicht zusammen gesehen werden, das würde sonst Aufsehen erregen."

„Wir könnten ja getarnte Geschäfts-Mails austauschen mit Informationen zum Softwaremarkt."

„Ich habe eine bessere Idee, Monika. Ich habe zwei Mobiltelefone, die bis vor kurzem noch von meinen Außendienstlern genutzt wurden. Die Mitarbeiter sind ausgeschieden, wir werden ab sofort diese Telefone exklusiv für unsere Gespräche nutzen."

„Das ist eine fabelhafte Idee, mein Lieber." Sie umarmte ihn und gab ihm einen Kuss.

„Also hier draußen sind wir jedenfalls einigermaßen sicher, ich glaube nicht, dass die Polizei hier herumschnüffelt. Es gibt allerdings einige Leute aus dem Raum Lundenburg, die hier ihre Dauerplätze haben. Aber die sind vor allem am Wochenende hier, und da können wir dann ja woanders hinfahren. Was ist denn jetzt mit dem Strasser?"

„Der ist voll im Visier der Polizei. Die halten ihn womöglich für den Mörder, was ich aber nicht recht glauben kann."

„Warum nicht, du hast mir doch erzählt, dass er deinen Mann hasst? Außerdem war er offenbar bis spät abends in der Schule. Es könnte doch sein, dass er deinen Mann tatsächlich in einem Anfall von

Rachsucht niedergeschlagen hat. Vielleicht ohne Tötungsabsicht, vielleicht wollte er ihm nur einen Denkzettel verpassen und hat dabei etwas zu stark zugeschlagen."

„Also das halte ich für nicht sehr logisch, er hat doch mit viel List und Mühe die Datenkarte aus dem Notebook meines Mannes geklaut, und es war sein Interesse, die zehntausend Euro zu kassieren. Da müsste er ja verrückt sein, wenn er anschließend meinen Mann attackiert hätte. Das erscheint mir unwahrscheinlich."

„Ich gebe dir recht, besonders logisch wäre diese Verhaltensweise nicht. Aber ein Lehrer, der bereit ist, seinem Direktor wichtige Daten zu stehlen, ist eventuell anders gestrickt und folgt dann nicht unbedingt den Gesetzen der Logik."

„Wie dem auch sei, der Mann ist jedenfalls auf der Flucht, die Polizei scheint ihn zu suchen und die haben mich gefragt, ob ich ihn für verdächtig halte. Ich war da eher zurückhaltend. Das Problem für uns: Wenn er gefasst wird und wenn die Geschichte mit dem Diebstahl herauskommt, dann hängen wir mit drin. Dann könnten wir sogar als Anstifter zum Mord gelten."

„Ich weiß, das macht mir auch große Sorgen. Warum ist dieser Strasser nicht nach dem Diebstahl sofort irgendwohin hingegangen, wo er von Leuten gesehen wurde? Dann hätte er jetzt ein Alibi für den Zeitpunkt, als der Mord passiert ist. Überhaupt, warum hat er eigentlich kein Alibi?"

Monika zog die Augenbrauen hoch und warf Messerschmidt einen tadelnden Blick zu.

„Weil er eine Stunde lang in der Nähe der Schule in seinem Auto auf deinen Mitarbeiter Daniel gewartet hat, der erst mit ziemlicher Verspätung bei ihm ankam. Die beiden waren erst gegen elf mit ihrer Übergabe fertig und der Mord soll zwischen halb zehn und zehn passiert sein."

„Wir könnten notfalls vielleicht dem Strasser ein Alibi verschaffen, wenn Daniel aussagen würde, dass er mit ihm zusammen war. Aber das wäre problematisch für uns. Es ist schließlich kein Geheimnis, dass Daniel für mich arbeitet, und dann würde automatisch ein Verdacht auf mich fallen."

„Ja, das ist ein echtes Dilemma. Entweder wir verschaffen dem Strasser ein Alibi und ersparen ihm den Mordverdacht und belasten uns dabei selber, oder wir tun nichts und er wird womöglich verhaftet und angeklagt."

Messerschmidt runzelte die Stirn, ihm war offenbar gerade ein neuer Gedanke gekommen.

„Da kommt ja noch was anderes dazu. Woher wissen wir denn, dass der Strasser tatsächlich eine Stunde lang nur in seinem Auto saß und gewartet hat? Es wäre für ihn doch jederzeit möglich gewesen, mal kurz sein Auto zu verlassen, die paar Meter zu Fuß zur Schule zu gehen und dort den Mord zu begehen, nach dem Motto: Meine Beute ist in Sicherheit, jetzt kommt die Stunde der Rache. Anschließend wäre er schnell wieder zu seinem Wagen zurückgegangen, das hätte doch keiner gemerkt. Oder er hätte den Mord begehen können, bevor er ins Auto stieg und dich anrief."

„Daran habe ich noch gar nicht gedacht. Das heißt, wir würden ihm unter Umständen ein falsches Alibi verschaffen und Daniel würde sich dann wegen Falschaussage oder sogar Meineid strafbar machen."

„Genauso sieht es aus. Wir wissen effektiv nicht, ob Strasser etwas mit dem Mord zu tun hat oder nicht. Wenn er so lange in der Nähe des Tatorts war, dann war es für ihn durchaus möglich, diesen Mord zu begehen."

„Ach du meine Güte, das ist wirklich kompliziert. Jedenfalls ist er auf der Flucht, aber wir müssen uns darauf vorbereiten, dass er wieder auftaucht. Wenn er bei der Polizei ein Geständnis über den Diebstahl ablegen würde, dann müssten wir alles abstreiten."

„Ja, unbedingt. Ich könnte zum Beispiel behaupten, dass ich nur einmal ganz theoretisch mit ihm über die Möglichkeit gesprochen hätte, mir Geschäftsgeheimnisse von deinem Mann zu besorgen. Oder, dass er selbst mir angeboten hat, Informationen zu liefern, und bei mir nachgefragt hat, ob ich das honorieren würde."

„Ja, das wäre plausibel. Wichtig wäre in so einem Fall natürlich, dass keinesfalls unsere enge Beziehung zur Sprache kommt. Wenn die Polizei erfährt, dass wir gemeinsame Sache machen, dann bin ich sofort verdächtig und man würde mir womöglich sogar den Mord anhängen", sagte Monika besorgt.

„Ich weiß, Liebling. Deshalb ist es auch so wichtig, dass wir uns tarnen und nicht zusammen gesehen werden."

„Gut, aber angenommen, er wird tatsächlich verhört und behauptet, in unserem Auftrag die Daten gestohlen zu haben, was sagen wir dann?"

„Ich weiß es im Moment auch nicht, Liebling. Da müssen wir darüber nachdenken, aber jetzt ist es ja noch nicht so weit. Wer weiß, ob die ihn überhaupt finden, vielleicht bleibt uns das erspart."

„Deinen Optimismus kann ich leider nicht teilen. Bei Mordverdacht wird international gesucht. Früher oder später erwischen sie ihn. Außerdem müssen wir schon jetzt damit rechnen, dass die Polizei uns beide nochmals ausgiebig verhört. Da sollten wir uns unbedingt absprechen, damit wir uns nicht in Widersprüche verwickeln."

„Wenn wir gewusst hätten, dass dein Mann so bald das Zeitliche segnet, dann hätten wir uns diese blöde Geschichte mit dem Diebstahl schenken können. Aber jedenfalls haben wir jetzt die Unterlagen und ich kann meine Programmierer drauf ansetzen, dass sie die Module bei uns einbauen und dann wird unsere neue Softwareversion in zwei Monaten fertig sein und ein toller Erfolg werden."

„Ok, aber vorher machen wir noch unseren Vertrag fertig. Ich verkaufe dir die Rechte an meinen Programmen wie abgesprochen für hunderttausend, und du garantierst meiner Firma Einnahmen von fünfzig Prozent vom Gewinn."

„Ja, Liebling, so haben wir das abgemacht und so wird es dann im Vertrag stehen. Jetzt lass uns erst mal ein bisschen entspannen. Das Geschäftliche können wir später erledigen."

Sie umarmten sich und genossen einen langen, leidenschaftlichen Kuss. Draußen auf dem Campingplatz schien prächtig die Sommersonne. Es war eine friedliche Stimmung, durch das Fenster sah man auf den See, auf dem Platz herrschte jetzt Mittagsruhe und die beiden Turteltauben nutzten die Gelegenheit zu einer kleinen Siesta.

26 Ein letzter Ausweg

Es war Freitag Morgen und ich hatte heute einen Home-Office-Tag. Zwar waren keine Besuche bei Kunden geplant, aber ich war in Bereitschaft, denn jederzeit konnte jemand wegen irgendeines Problems anrufen.

Gestern Nachmittag war ich auf der Bestattungsfeier des ermordeten Schulleiters gewesen. Lochberger gehörte zu meinen besten Kunden und von daher war es selbstverständlich, dass ich bei der Abschiedszeremonie anwesend war. Eine große Menschenmenge hatte sich vor dem Nord-Friedhof versammelt, um dem Direktor das letzte Geleit zu geben. Ungefähr fünfzig Lehrer und Lehrerinnen waren von seiner Schule gekommen, einige Schüler der oberen Klassen, viele Eltern und ein paar Amtsinhaber der Stadt Lundenburg. Auch Pressemitarbeiter waren anwesend, Lochberger war ja eine Person des öffentlichen Lebens.

Die schwarzgekleidete Gesellschaft hatte sich am Eingang des Friedhofs versammelt. Frau Lochberger stand zusammen mit weiteren Personen in einer kleinen Gruppe. Die Stimmung war gedrückt, die Mienen ernst.

Nach der Grablegung gingen die Besucher in langer Reihe einzeln vorbei an der Gruppe der Familienangehörigen und kondolierten der Ehefrau und ihrem Gefolge. Ich hatte mich der Reihe angeschlossen und geduldig gewartet, bis auch ich Frau Lochberger mein Beileid aussprechen konnte. An der anschließenden Kaffeetafel in dem nahegelegenen Café Waldesruh hatte ich wegen beruflicher Termine am Spätnachmittag nicht mehr teilgenommen.

Abends besuchte ich dann den Schrotthändler und holte die gefälschten Papiere für Alex ab. Die Qualität der Arbeit war ausgezeichnet, alles sah tadellos aus. Auf den Fotos kam Alex mir etwas fremd vor, ohne den Bart und mit der dunklen Hornbrille statt seiner bisherigen randlosen Brille.

Auf meinem Frühstückstisch lagen nun Pass, Ausweis und Führerschein. Ich würde sie nachher zur Post bringen. Beim Frühstück blätterte ich wieder in Alexanders Tagebuch, ziemlich wahllos, und mein Blick blieb an dem Wort *Werther* hängen. Mir war bekannt, dass Alex literarisch interessiert war, das gehörte sich ja für einen Philologen. Bisher waren mir bei der Durchsicht seiner Aufzeichnungen kaum literarische Bezüge aufgefallen.

Es sei denn, und das kam mir in diesem Augenblick in den Sinn, man würde den ‚Brief an den Vater' als literarischen Bezug auf Franz Kafka sehen, der ja mit einem Text dieses Titels berühmt wurde.

Spontan entschied ich mich für den Werther-Eintrag und begann zu lesen.

15. Oktober 2017

Ich bin von Goethes Werther immer wieder aufs Neue fasziniert. Der Erzähler ist ein junger Mann mit intensiver Gefühlswelt und gleichzeitig einem erstaunlichen Verständnis aller Spielarten menschlicher Existenz. Hier einige Sätze aus seinem ersten Buch:

„Wenn ich sehe, wie alle Wirksamkeit darauf hinausläuft, sich die Befriedigung von Bedürfnissen zu verschaffen, die wieder keinen Zweck haben als unsere arme Existenz zu verlängern, das alles, Wilhelm, macht mich stumm.

Ich gestehe dir gern, dass diejenigen die Glücklichsten sind, die gleich den Kindern in den Tag hinein leben. (...) Das sind glückliche Geschöpfe. Auch denen ist wohl, die ihren Lumpenbeschäftigungen oder ihren Leidenschaften prächtige Titel geben, und sie dem Menschengeschlecht als Riesenoperationen zu dessen Heil und Wohlfahrt anschreiben. Wohl dem, der so sein kann!

Wer aber in seiner Demut erkennt, wo das alles hinausläuft, wer da sieht, wie unverdrossen auch der Unglückliche unter der Bürde seinen Weg fortkeucht und alle gleich interessiert sind, das Licht dieser Sonne noch eine Minute länger zu sehen, ja der ist still. Und dann, so eingeschränkt er ist, hält er doch immer im Herzen das süße Gefühl der Freiheit, und dass er diesen Kerker verlassen kann, wann er will."

Ja, die öffentlichen Wichtigtuer, wie zum Beispiel gewisse aufgeblasene Vorgesetzte mit ihren Lumpenbeschäftigungen, die gab es zu allen Zeiten. Was mich an diesem Text auch fasziniert, ist der Hinweis auf die Freiheit, dass man „diesen Kerker" der irdischen Existenz verlassen kann, wann man will.

Das also war Alexanders Tagebucheintrag vom 15. Oktober des Vorjahres. Seine Bemerkungen waren beunruhigend. Natürlich war mir bekannt, dass Alex viel las und etliche Standardwerke der Weltliteratur kannte. Aber dass er hier nun ausgerechnet diese Stelle herauspickte, wo es um die Vorstellung ging, dem Leben ein vorzeitiges Ende zu setzen, das verunsicherte mich doch erneut. Und auch hier wieder der unverkennbare Seitenhieb auf seinen Chef. Das war kein gutes Omen.

Offensichtlich hatte er gewisse Tendenzen, der Vorstellung von Selbstmord etwas Positives abzugewinnen. Das machte mich zunehmend ratlos und besorgt. Wie konnte man ihm nur helfen? Wahrscheinlich bräuchte er eine Psychotherapie.

Es war höchste Zeit, Kontakt mit ihm herzustellen. Die Frage war nur, wie? Mit seiner Partnerin Ulla musste ich unbedingt sprechen. Sie war zwei Jahre mit Alex zusammen gewesen, vielleicht wüsste sie irgendetwas, was in dieser Situation weiter helfen würde.

27 Der Liebesbrief

Seit vier Tagen war Alex schon unterwegs. Wo war er jetzt wohl? Bei seiner Partnerin Ulla hatte ich angerufen, aber sie war im Urlaub. Ihr Anrufbeantworter teilte mit, sie wäre ab dem fünfzehnten August wieder erreichbar. Von ihr war also momentan nichts zu erfahren.

Als ich mein E-Mail-Postfach kontrollierte, entdeckte ich eine Nachricht meines Freundes, die er gestern Nacht gegen 23 Uhr geschrieben hatte. Ich war wie elektrisiert und las gespannt:

Lieber Winfried, bin gut angekommen. Alles Nähere im Anhang. Bitte bestätige kurz den Erhalt meiner Nachricht. Gruß Alex

Zunächst einmal war ich beruhigt, überhaupt ein Lebenszeichen von ihm zu sehen. Ich öffnete den Anhang und überflog rasch den Text. Alex befand sich in Katalonien, bei Blanes, ungefähr fünfzig Kilometer nördlich von Barcelona. Es gehe ihm gut, alles sei hier extrem voll von Urlaubern und das Wetter könne kaum sommerlicher sein. Bisher habe er immer im Auto übernachtet, aus Angst, bei Vorlage seines Personalausweises in einer Pension oder einem Campingplatz ins Fadenkreuz der Polizei zu geraten. Er bat mich dringend um Zusendung der neuen Personalpapiere. Ich sollte alles per Einschreiben und Express „poste restante" an das Postamt von Blanes senden, er würde es dort abholen.

Dann sprach er über den „Anhang 2", dies sei ein Brief an Monika. Er bat mich, ihr den Brief persönlich und schnellstmöglich zu überbringen. Er traue sich nicht, eine E-Mail direkt an sie zu senden, weil vermutlich ihr Telefon und ihr Mailverkehr überwacht würden. Die Datei sei ebenfalls verschlüsselt, ich sollte sie öffnen, ausdrucken und dann Monika bringen.

Mit großer Neugier öffnete ich diese Datei und las den Text.

Meine liebe Monika,
ich hoffe, es geht dir gut. Mir geht es den Umständen entsprechend gut. Ich bin mittlerweile an der Costa Brava, mitten im Urlaubstrubel. Hier sind derzeit Tausende von deutschen Urlaubern, da fällt ein Deutscher mehr oder weniger nicht auf. Wir haben ein tolles Sommerwetter und die Strände sind voll.
Gibt es was Neues bei euch? War die Polizei da?
Ich vermisse dich. Schreib mir doch, aber nicht per E-Mail, ich fürchte, das wird überwacht. Schicke einen Brief ‚poste restante' an das Postamt von Blanes.

Adresse: Oficina de Correos, En lista de correos, Placa de la Solidaritat 9, E-17300 Blanes, Spanien
Ich umarme dich und sende dir tausend Küsse.
Dein Alex

Ich war perplex und traute meinen Augen nicht. Alexander hatte eine Liebesbeziehung mit der Frau seines Chefs? Aus seinem Tagebucheintrag hatte ich bisher lediglich geschlossen, dass es zwischen den beiden eine freundschaftliche und „geschäftliche" Beziehung gab. Die ganze Sache erschien mir immer verworrener.

Ich beschloss, Frau Lochberger sofort anzurufen. Am anderen Ende der Leitung meldete sich eine Frauenstimme.

„Spreche ich mit Frau Monika Lochberger?"

„Ja, ich bin am Apparat."

„Frau Lochberger, wir haben uns gestern kurz gesehen auf der Bestattungsfeier Ihres Mannes, nochmals mein herzliches Beileid."

„Ich danke Ihnen."

„Ich hatte beruflich mit Ihrem Mann zu tun, mein Name ist Alumno. Ihr Mann hatte einen Wartungsvertrag für seine Schulrechner mit mir abgeschlossen und wir hatten deshalb öfters mal Kontakt. Aber abgesehen davon gibt es da eine Sache, die ich dringend mit Ihnen besprechen sollte. Ich habe auch ein Dokument zur Übergabe an Sie. Kann ich Sie heute irgendwo unter vier Augen sprechen? Ich denke, es ist relativ dringend."

„Sie machen mich neugierig, Herr Alumno. Aber könnten Sie mir dieses Dokument nicht per Post zusenden?"

„Leider geht das nicht, ich muss Ihnen ein paar Worte dazu sagen. Aber ich verspreche Ihnen, wir sind nach fünf Minuten fertig."

Es trat eine kurze Pause ein, sie überlegte offenbar, wie sie sich verhalten sollte.

„Na gut, dann kommen Sie zu mir. Sie haben meine Adresse?"

„Faradaystraße zwölf, das stimmt doch, oder?"

Sie bejahte und wir verabredeten uns für vierzehn Uhr.

Bis dahin hatte ich noch neunzig Minuten Zeit. Ich packte die Personalpapiere für Alex in einen stabilen Umschlag, adressierte ihn und steckte einen kurzen handgeschriebenen Brief dazu. Darin wünschte ich ihm viel Glück und alles Gute auf seiner weiteren Odyssee. Auf dem Weg zu Frau Lochberger würde ich den Brief bei der Post per Einschreiben aufgeben.

28 Die unschuldige Frau

Pünktlich um vierzehn Uhr parkte ich meinen Wagen vor Lochbergers Haus. Ich war noch nie hier gewesen, den Direktor hatte ich ausschließlich in der Schule besucht. Der Mann hatte sich eine exklusive Wohngegend ausgesucht. Vor schmucken Einfamilienhäusern mit gepflegten Vorgärten standen teure Limousinen.

Ich klingelte und kurz danach öffnete sich die Tür und Frau Lochberger lächelte mich an. Ich hatte sie ja bereits bei der Bestattungsfeier gesehen, war aber jetzt trotzdem überrascht, eine so attraktive Frau vor mir zu sehen.

„Sie sind Herr Alumno?"

„Ja, das ist korrekt", antwortete ich etwas unbeholfen, „Ich will Sie wirklich nicht lange aufhalten. Wenn es Ihnen lieber ist, können wir unser Gespräch auch hier an der Tür führen, es ..."

„Nein, nein, ich bitte Sie, das ist doch Unsinn. Kommen Sie bitte herein."

Sie führte mich in ein Zimmer, das wohl das Arbeitszimmer ihres Mannes war.

„So, was haben Sie denn für spannende Neuigkeiten für mich?", fragte sie mit einem Anflug von Ironie in der Stimme.

„Ich habe einen Brief für Sie erhalten, den ich Ihnen überbringen soll, und zwar von meinem Freund Alexander Strasser."

Während ich das sagte, beobachtete ich genau ihr Gesicht. Sie schien etwas beunruhigt über diese Nachricht, aber es gelang ihr gut, ihre Überraschung zu tarnen.

„Wo ist er denn, unser Freund?", fragte sie neugierig.

„Sie wissen ja sicher, dass er in der Mordnacht noch relativ lange in der Schule war und aus diesem Grunde zum Kreis der Verdächtigen gehört."

„Ja, das weiß ich", antwortete sie, und ich bemerkte, dass ihr die Sache offensichtlich unangenehm war.

„Sie haben also einen Brief für mich?", fragte sie dann unvermittelt. „Dann seien Sie doch so nett und geben Sie ihn mir gleich."

Ich hätte ihr gerne vorher noch ein paar Fragen gestellt, aber jetzt wusste ich ihrer direkten Aufforderung nichts entgegenzusetzen und überreichte ihr den gefalteten Briefbogen.

Sie überflog den Brief rasch.

„Also in Spanien ist er. Und den Brief hat er Ihnen per E-Mail geschickt. Ist das nicht riskant für ihn? Was ist, wenn die Polizei mitliest?"

„Wir haben einen Passwortschutz vereinbart."

„Das war eine gute Idee. Aber was macht Alex jetzt in Spanien? Er kann sich ja nicht ewig verstecken." Auf ihrem Gesicht drückte sich ernsthafte Besorgnis aus.

„Ich hätte es viel lieber gesehen, wenn er nicht geflohen wäre. Er hatte aber wohl Angst, er könnte wegen Mordverdachts in Untersuchungshaft kommen. Die entscheidende Frage ist für mich, warum er denn für die Zeit des Mordes kein Alibi hat?"

Frau Lochberger nickte zustimmend.

„Das mit dem Alibi habe ich ihn auch gefragt, aber er hat mir nur ausweichende Antworten gegeben. Er sagte mir noch, dass er versuchen würde, seiner Partnerin den Ernst der Lage zu schildern und hoffte darauf, dass sie ihm ein Alibi geben würde. Das hat wohl leider nicht geklappt. Ich denke, dass er deshalb so überstürzt weggefahren ist. Er hat sich übrigens nicht mehr von mir verabschiedet."

„Alex hat mir das Problem mit dem fehlenden Alibi sehr eindringlich geschildert. Das war ja der Grund für seine Flucht. Was er mir aber nicht verraten hat, war die enge Beziehung zu Ihnen."

Frau Lochberger lächelte verlegen.

„Wir haben das sehr diskret gehandhabt. Ich bin ja noch verheiratet, wenngleich meine Ehe schon seit vielen Jahren gescheitert ist. Mein Mann und ich sind mehr oder weniger pro forma zusammen geblieben. Wir hatten vor, uns bald scheiden zu lassen. Und vor einigen Monaten habe ich dann Ihren Freund Alex kennen gelernt. Wir sind uns näher gekommen und haben uns verliebt. Um so schlimmer ist es, dass er sich jetzt im Ausland verstecken muss. Haben Sie denn irgendeine Idee, wie wir ihm helfen könnten?" Sie sah mich erwartungsvoll an.

„Eigentlich müssten ja solche Ideen von Ihnen kommen", sagte ich etwas gereizt, „denn immerhin haben Sie meinen Freund dazu gebracht, diesen Datendiebstahl zu begehen."

Frau Lochberger war jetzt geradezu entsetzt.

„Woher wollen Sie das denn wissen?" Sie schaute verunsichert.

„Alexander hat mir seine Tagebücher zur Verwahrung hier gelassen. In einem dieser Tagebücher hat er beschrieben, wie der Kontakt zu Herrn Messerschmidt durch Sie vermittelt worden ist. Es ist völlig klar, dass Sie ihn dazu gebracht haben, diesen riskanten Diebstahl zu begehen."

Eine Art widerspenstiger Trotz zeichnet sich auf ihrem Gesicht ab.

„Das sehen Sie falsch. Auch wenn das in seinem Tagebuch so stehen sollte, so ist es trotzdem nicht korrekt. Richtig ist, dass ich mit Alex über meine Zukunftspläne gesprochen habe und über meine Scheidungsabsicht. Für die Zeit nach der Scheidung hatte ich eine Zusammenarbeit mit Messerschmidt geplant. Als Firmeninhaberin darf ich über die Geschicke meiner Firma selbstständig bestimmen. In Absprache mit dem Konkurrenten Messerschmidt bin ich zu der Ansicht gekommen, dass es für uns alle vorteilhafter ist, wenn wir nicht als Gegner, sondern gemeinsam den Markt mit Produkten beliefern. Ich wusste aber, dass mein Mann einer solchen Zusammenarbeit nicht zustimmen würde. Deshalb habe ich mich entschlossen, mich in den Besitz der neuen Softwaremodule zu bringen, die mir ja rechtens als Firmeninhaberin ohnehin zustehen."

Ich war überrascht über die Kaltblütigkeit dieser Frau und konnte momentan ihrer Argumentation wenig entgegensetzen. Dass ihr als Firmeninhaberin alle Produkte ihres Betriebes gehörten, war wohl nicht von der Hand zu weisen. Insofern war das Entwenden einer Datenkarte aus dem Rechner ihres Ehemannes juristisch vielleicht noch nicht einmal als Diebstahl zu werten.

„Was Sie sagen, mag ja alles richtig sein, jedenfalls was Ihre Rolle in der Firma anbetrifft. Aber Sie haben Alex da mit hineingezogen, und er ist nicht Mitarbeiter Ihrer Firma, sondern er ist Mitarbeiter in der Schule Ihres Mannes und Angestellter des Landes. Wenn man ihn festnehmen sollte, wird er wegen Diebstahl angezeigt werden oder wegen Veruntreuung der Arbeitsmittel eines Vorgesetzten. Auf dieser Datenkarte waren ja nicht nur Programm-Module Ihrer Firma, sondern vor allem auch andere für die Schule relevante Informationen gespeichert. Da wird es dem guten Alex kaum weiterhelfen, wenn Sie vor Gericht sagen, Sie hätten ihn gebeten, eine Datenkarte Ihres eigenen Unternehmens zu stehlen. Eine Veruntreuung dienstlicher Informationen ist in jedem Fall ein Straftatbestand."

„Na, jetzt übertreiben Sie mal nicht, auf der Datenkarte waren doch keine Betriebsgeheimnisse der Schule, sondern lediglich einige Arbeitsblätter und Folien für die nächste Lehrerkonferenz."

„Versuchen Sie nicht, die Sache kleinzureden. Aber die Hauptsache ist natürlich, dass ein Mord passiert ist, sonst würden wir ja über die ganze Sache gar nicht sprechen. Und Alex ist schließlich nur aus diesem Grund geflohen, nämlich weil er unter Mordverdacht steht. Die Datenkarte allein hätte ja überhaupt niemanden interessiert."

„Da haben Sie schon recht", sagte sie jetzt zaghaft. „Ich weiß, dass ich an diesem Schlamassel schuld bin."

Ich unterbrach sie.

„Und was das Alibi anbelangt, so ist völlig klar, dass ihm das nur deshalb fehlt, weil er zur Tatzeit im Auto auf Messerschmidts Mitarbeiter Daniel gewartet hat und während dieser Zeit von niemandem gesehen werden wollte."

Frau Lochberger war die Angelegenheit zunehmend peinlich.

„Gut, ich will versuchen, ihm zu helfen. Überhaupt, ich vermisse ihn sehr und kann mir nicht vorstellen, wochenlang hier zu sitzen, ohne ihn zu sehen."

„Und ich mache mir ernsthafte Sorgen um ihn", sagte ich nach einer kurzen Pause. „Im Moment muss er das Gefühl haben, alles verloren zu haben. Seine bürgerliche Existenz, sein Recht auf Ruhestand, seine Freiheit. Er ist ganz allein und auf der Flucht. Falls die Polizei ihn festnimmt, befürchte ich bei ihm Kurzschlusshandlungen. Aus der Lektüre seiner Tagebücher habe ich den Eindruck, dass er psychisch bei weitem nicht so stabil ist, wie es nach außen scheinen mag. Meinen Sie nicht, dass Sie ihm vielleicht doch irgendwie ein Alibi verschaffen könnten?"

„Ja, das wird wohl der einzige gangbare Weg sein", meinte Frau Lochberger nachdenklich. „Ich werde mir überlegen, wie wir das plausibel darstellen können."

„Dann sollten wir uns beeilen, vielleicht finden wir zusammen irgendeine kreative Lösung", sagte ich.

„Ja, da haben Sie recht. Geben Sie mir doch Ihre Telefonnummer, dann melde ich mich in Kürze bei Ihnen. Falls es irgendwelche Neuigkeiten gibt, können wir uns kurzschließen."

Ich stimmte ihrem Vorschlag zu und gab ihr meine Visitenkarte.

„Es hat mich gefreut, Sie kennenzulernen. Ich hoffe, dass wir bald einen Weg finden, wie wir unseren Freund aus seiner schlimmen Lage befreien können."

„Ja, das hoffe ich auch", sagte sie. „Jetzt, wo mein Mann nicht mehr da ist, fehlt mir Alex mehr denn je. Wir hatten schon gemeinsame Zukunftspläne gemacht und das alles ist jetzt in Gefahr. Das belastet mich außerordentlich", meinte sie mit betrübtem Gesicht. „Rufen Sie mich an, wenn Sie etwas Neues von ihm hören. Ich werde ihm auch heute sofort einen Brief schicken, damit er das Gefühl bekommt, dass er nicht allein und vergessen ist."

„Das ist nett von Ihnen", sagte ich mit einem Anflug von Rührung und wir verabschiedeten uns mit der Aussicht, uns möglichst bald wieder telefonisch zu verständigen.

Auf der Rückfahrt dachte ich über das Gespräch nach. Die Frau machte einen zwiespältigen Eindruck auf mich, aber wenn sie Alex tatsächlich liebte, dann würde sie es auch schaffen, für ihn ein Alibi aus dem Hut zu zaubern. Ich war seit Tagen zum ersten Mal zuversichtlich und fühlte mich erleichtert. Außerdem freute ich mich jetzt darauf, Susanne heute Abend wiederzusehen und mit ihr alles zu besprechen, was mir so durch den Kopf ging.

29 Eine nette Begegnung

Bei einem Kaffee rief ich Susanne an, die schon im Intercity Express von Hamburg saß und bald ankommen sollte. Der Zug sei pünktlich abgefahren, bestätigte sie und sie freue sich, mich endlich wiederzusehen. Ich sagte ihr, dass ich es kaum erwarten könnte. Um neunzehn Uhr zehn würde ich sie am Stuttgarter Hauptbahnhof abholen.

Ich beschloss, noch eine kleine Radtour zu machen und fuhr hinaus über die Felder. Eine knappe Stunde später kam ich verschwitzt und zufrieden wieder zu Hause an. Nach einer erfrischenden Dusche verblieben mir bis zu Susannes Ankunft noch rund zwei Stunden Zeit. Die wollte ich nutzen, um nochmals einen Blick in die Tagebücher zu werfen, wenngleich ich zunehmend weniger Lust dazu verspürte. Zu düster und beunruhigend erschienen mir die Enthüllungen meines Freundes über seine Vergangenheit und seinen seelischen Zustand. Ich griff zu dem Buch mit dem aktuellsten Datum und schlug es aufs Geratewohl auf. Der erste Satz, der mir ins Auge fiel, sprach mich positiv an und ich begann zu lesen.

15. Mai 2017

Gestern hatte ich eine nette Begegnung. Das Wetter war warm und sonnig und ich war mit einem Buch in den Park spaziert und hatte mich auf einer Bank niedergelassen. Es ist eine schöne Jahreszeit, alles blüht und grünt und das Vogelgezwitscher lässt einen den Alltag vergessen.

Eine junge Frau und ihre schätzungsweise achtjährige Tochter setzten sich auf die Bank neben mir. Meine Enkelin Corinna wird jetzt ungefähr genauso alt sein, dachte ich bei mir. Seit meine Tochter nach Australien ausgewandert ist, habe ich sie nicht mehr gesehen. Das ist jetzt schon wieder viele Jahre her. Ich werde sie nach meiner Pensionierung besuchen, das habe ich mir fest vorgenommen.

Die beiden neben mir unterhielten sich angeregt über dies und das, und die Mutter beantwortete geduldig alle Fragen ihres Töchterleins. Die Kleine verlangte nach einiger Zeit ihren Ball und begann damit wild im Park herumzurennen. Die Mutter rief sie gleich zu sich und erklärte ihr ruhig, aber bestimmt, dass sie keinesfalls in die Blumenbeete rennen dürfe, und schickte sie auf ein Rasenstück ohne Blumen.

Später kam das Mädchen wieder zur Mutter zurück und wollte eine Geschichte vorgelesen bekommen. Ihre Mutter holte ein Märchenbuch aus dem Rucksack und begann vorzulesen. Es tat gut, den beiden zuzusehen in ihrem friedlichen und harmonischen Beisammensein.

Nach einiger Zeit verlangte das Mädchen ein Eis, was die Mutter jedoch ablehnte, denn sie hätte doch heute schon ein Eis bekommen. Trotz allem blieb der Wortwechsel der beiden ruhig.

Die Kommunikation der beiden war wohltuend für mich, ich spürte deutlich die Liebe der Mama bei jeder ihrer Äußerungen, auch wenn sie ihrem Kind den einen oder anderen Wunsch abschlug.

Insgeheim beneidete ich dieses Mädchen um ihr Glück mit einer so liebevollen Mutter. Die meisten Eltern verstehen heute inzwischen, dass ihre Kinder Menschen sind, keine Sachen, die es zu verwalten gilt. Und dass diese kleinen Menschen das Recht haben auf Anerkennung, Zuwendung und Liebe und dass es ein Verbrechen ist, sie zu demütigen, zu ängstigen und ihr Selbstvertrauen zu beschädigen.

Man braucht nur Romane des neunzehnten Jahrhunderts zu lesen, wie zum Beispiel „Oliver Twist" oder „David Copperfield", um zu erkennen, dass die gesamte sogenannte zivilisierte Welt noch vor kurzem ihre Kinder auf abscheuliche Weise misshandelt hat.

Das Prügeln von Kindern war noch in meiner eigenen Kindheit ganz normal und auch ich selbst habe genügend Kostproben davon genießen dürfen.

Meine Mutter hätte in dieser harten Kindheit eine Beschützerin sein können. Stattdessen erinnere ich mich schmerzhaft an sie als ständig nörgelnde, kritisierende und schimpfende Instanz. Der jähzornige, aber im Grunde auch warmherzige Vater war letzten Endes trotz seiner gewalttätigen Ausfälle eine leichter zu ertragende Bürde als die lieblos und kaltschnäuzig herumkommandierende Mutter mit ihren verletzenden und herabsetzenden Kommentaren, die den Alltag meiner Kindheit prägten.

Freilich lassen sich mildernde Umstände zugunsten einer Mutter finden, die selbst eine harte Kindheit hatte und Kriegsjahre mit schweren Traumata erleben musste. Aber als Kind wusste ich davon nichts und habe lediglich gefühlt, dass die Mutter mich wohl als ein unwürdiges Nichts empfand, da sie mich permanent so kalt, hart und demütigend behandelte.

Sie war später, als ich schon erwachsen war, völlig unwillig und unfähig zu jeder auch nur minimalen Auseinandersetzung mit diesem Thema. Regelmäßig hat sie alle Versuche meinerseits, mit ihr über meine Kindheitserfahrungen und Gefühle zu reden, durch sofortiges eisiges Schweigen und Beleidigtsein im Keim erstickt.

Sie hätte sich doch früher tagaus, tagein für uns Kinder aufgeopfert und das sei nun der Dank dafür! Diese Haltung behielt sie bis zu ihrem Lebensende bei und hat es nie zu einer offenen Aussprache kommen lassen.

Ich klappte das Tagebuch zu und war wieder einmal bedrückt über das Gelesene. Alles in diesen Aufzeichnungen meines Freundes war bleiern schwer und deprimierend. Die „nette Begegnung" am Anfang des Eintrags hatte mich hoffen lassen, etwas Angenehmes und Erfreuliches zu finden. Aber für Alex war es lediglich ein Anlass, seinen trüben Erinnerungen an seine Kindheitsverletzungen nachzugehen.

Das Ganze machte auf mich den Eindruck, als sei er psychisch instabil, vielleicht sogar krank. Jedenfalls schien es mir ratsam, ihm eine psychotherapeutische Betreuung zu empfehlen.

Dass ein erwachsener Mensch in fortgeschrittenem Alter nichts Besseres zu tun hat, als sich ständig mit seinen Kindheitstraumata und den schrecklichen Eltern zu beschäftigen, das konnte ich beim besten Willen nur als schwerwiegende Störung auffassen. Vor diesem Hintergrund stellte ich mir auch erneut die Frage, ob er wohl selbstmordgefährdet sei.

Das Thema wollte ich gleich nachher mit Susanne besprechen, immerhin war sie ja vom Fach und arbeitete seit nunmehr zwanzig Jahren in ihrer eigenen psychotherapeutischen Praxis. Ich war gespannt darauf, wie sie die Sache beurteilen würde.

30 Susanne ist schockiert

Schon zehn Minuten vor der planmäßigen Ankunft des Intercity Express aus Hamburg war ich am Bahnhof, denn die Parkplätze dort waren immer knapp. Ich hatte Glück, fand gleich eine Parklücke, stieg aus und warf Münzen in die Parkuhr. Die Bahnhofshalle war um diese Zeit voll. Die Anzeigetafel für die ankommenden Züge verriet mir, dass Susannes ICE offenbar fünf Minuten Verspätung hatte.

Auf das Wiedersehen freute ich mich sehr. Wir hatten uns vor drei Wochen zum letzten Mal getroffen. Letztes Wochenende konnte sie nicht kommen wegen einer beruflichen Verpflichtung und in der Woche vorher war sie durch den überraschenden Besuch einer alten Freundin aus Frankreich verhindert gewesen.

Allein in den letzten zehn Tagen war so viel passiert, es war fast schwindelerregend. Ich ließ nochmal die Ereignisse Revue passieren, den Mord an Herrn Lochberger, die Enthüllungen über den Datendiebstahl, dann Alexanders Hilferuf wegen des fehlenden Alibis, seine Trennung von Ulla, und schließlich seine überstürzte Flucht, zu der ich ihm durch Beschaffung gefälschter Personalpapiere verholfen hatte.

Es war im Grunde unglaublich, in welch abenteuerliche Geschichte ich da plötzlich hineingezogen worden war. Im Nachhinein kamen mir jetzt erhebliche Zweifel, ob ich meinem Freund damit wirklich einen guten Dienst erwiesen hatte. Und falls er womöglich doch der Mörder seines Chefs war, dann hatte ich mich selbst durch die Fluchthilfe strafbar gemacht. Das beunruhigte mich zunehmend.

Dann gab es aber wieder Momente, wo ich von der Unschuld Alexanders vollkommen überzeugt war. Ernsthafte Sorgen jedoch machte mir sein Geisteszustand. Was ich in seinen Tagebüchern gelesen hatte, war aus meiner Sicht äußerst alarmierend. Ich war froh, in Susanne eine Partnerin zu haben, die hierzu fundierte Aussagen aus ihrer beruflichen Perspektive machen konnte.

Ein Blick auf die Uhr zeigte mir, dass der Zug aus Hamburg gleich einfahren müsste. Menschenmengen strömten an mir vorbei, es war die übliche Hektik von rennenden und hastenden Menschen in Bahnhöfen. Meine Geduld wurde auf eine längere Probe gestellt. Endlich sah ich Susannes markantes Gesicht auf mich zukommen. Ich winkte ihr zu und sofort hatte auch sie mich erkannt. Augenblicke später lagen wir uns in den Armen und begrüßten uns mit einem leidenschaftlichen Kuss. Ich nahm ihr den Rollenkoffer ab und führte sie zum Auto.

„Schön, dass du endlich da bist" sagte ich glücklich. Sie lächelte vergnügt und zufrieden.

„Wir haben uns ja ewig nicht gesehen."

„Ja, weil du mich vor zwei Wochen hast sitzen lassen zu Gunsten deiner französischen Freundin", brummte ich und spielte den Gekränkten.

„Oh, mein Liebling", sagte sie mit ebenfalls gespielter Überschwänglichkeit. „Ich bedauere das sehr, und ich werde dich dafür heute mehr als entschädigen."

„Das hört sich schon mal gut an", meinte ich augenzwinkernd und wir stiegen in den Wagen.

Wir umarmten uns nochmals stürmisch und fuhren dann los. Trotz des starken Feierabendverkehrs waren wir nach dreißig Minuten zuhause.

Ich hatte schon vorher ein kleines Abendessen vorbereitet und wir setzten wir uns damit hinaus auf den Balkon, genossen die letzten Strahlen der Abendsonne und die angenehme Sommerstimmung. Es war jetzt gegen acht Uhr noch immer dreiundzwanzig Grad warm und bei einem Glas Rotwein erzählten wir uns gegenseitig, was in den letzten Wochen alles vorgefallen war.

Susanne berichtete von einer Patientin, die seit zwei Jahren bei ihr in der Psychotherapie war und vor kurzem einen Selbstmordversuch begangen hatte. Das hatte sie sehr belastet. Sie fragte sich im Nachhinein, ob die therapeutischen Schritte bei dieser Patientin angemessen waren oder sie vielleicht überfordert hatten.

Ich hörte mir diesen Fall aufmerksam an und kam dann auf Alex zu sprechen.

„Ich habe dir schon kurz am Telefon davon berichtet", sagte ich und sprach leiser, damit die Nachbarn durch die überall offenen Fenster nicht alles mithören könnten. „Alexander ist Hals über Kopf weggefahren und versteckt sich zur Zeit in Spanien, weil er unter Mordverdacht steht. Sein Direktor wurde ermordet."

„Ja, von dem Mord hast du mir erzählt, eine schreckliche Geschichte. Aber dass Alex jetzt weggefahren ist, das ist mir neu", sagte sie erstaunt.

„Es kann sein, dass ich im Eifer des Gefechts vergessen hatte, dir das zu sagen. Jedenfalls hatte er für die Tatzeit kein Alibi. Da er am Abend des Mordes noch bis spät in der Schule war, fiel der Verdacht sofort auf ihn. Aber es kommt noch was anderes dazu. Er hat an diesem Abend eine Dummheit begangen, bevor der Direktor ermordet wurde. Er wollte ihm einen Streich spielen und hat seine Datenkarte gestohlen und gegen eine andere ausgetauscht. Das hatte er als Racheaktion gegen den von ihm gehassten Chef betrachtet und er hat offenbar diese Daten an die Konkurrenzfirma verkauft."

„Was? Das ist ja unglaublich. Wieso macht er so was?" Susanne war bestürzt.

„Tja, das habe ich ihn auch gefragt. Er hat sich dann abends nach dem Weggehen aus der Schule mit seinen Auftraggebern getroffen, die verständlicherweise unerkannt bleiben wollen. Deshalb hat er jetzt kein Alibi für die Tatzeit, die war so zwischen halb zehn und zehn Uhr."

„Er hat wirklich die Daten von seinem Direktor gestohlen? Das ist ja Wahnsinn!", rief Susanne entsetzt aus.

„Das hat er von mir auch zu hören bekommen, als er mit dem Geständnis herausgerückt ist. Er hat wohl zehntausend Euro für die geklauten Daten kassiert."

„Also das hätte ich deinem Freund nicht zugetraut, das ist ja schon echt kriminell."

„Ja, du hast vollkommen recht, ich bin auch sehr enttäuscht von seinem Verhalten. Er hat das anscheinend auch bereut, so hat er sich mir gegenüber jedenfalls ausgedrückt. Für die Tatzeit hat er also kein Alibi und mit seiner Partnerin hat er sich zerstritten. Sie war nicht bereit, ihm ein Alibi zu verschaffen. So hat er schließlich beschlossen, zu fliehen, bis die Polizei den Mörder finden wird."

„Das ist ja eine wilde Geschichte", meinte Susanne nachdenklich. Wir sprachen weiterhin leise mit gedämpfter Stimme.

„Hast du jetzt Kontakt mit ihm?"

„Ich habe gestern eine E-Mail von ihm bekommen, in der er mir schreibt, dass er in Katalonien ist. Da fühlt er sich im Moment sicher, weil das Land von Touristen nur so wimmelt."

„Glaubst du denn, dass er mit dem Mord irgendetwas zu tun hat?", fragte Susanne.

„Eigentlich nicht", antwortete ich vorsichtig, „aber so ganz sicher bin ich mir nicht. Alex ist inzwischen aus seiner Wohnung ausgezogen und hat alle seine Sachen bereits in sein Bauernhaus in Dörflingen gebracht. Seine Wohnung in Lundenburg ist leer, aber er ließ einen Karton mit Tagebüchern dort und hat mich gebeten, die abzuholen. Er hatte Angst, die Polizei könnte sie bei einer Hausdurchsuchung beschlagnahmen. Er wollte auf jeden Fall verhindern, dass seine Aufzeichnungen in fremde Hände fallen."

„Und du hast diese Tagebücher geholt?"

„Ja, ich war am Montag in seiner alten Wohnung und habe den Karton mitgenommen. Ich habe auch schon ein bisschen in den Büchern geblättert. Er hat mich ja ausdrücklich aufgefordert, seine Notizen zu lesen. Ich muss aber sagen, dass mich diese Lektüre sehr beunruhigt hat."

„Inwiefern beunruhigt?", fragte Susanne mit skeptischem Blick.

„Er schreibt viel über seine unglückliche Kindheit, seinen Hass auf seinen Vater, der ihn wohl als Kind und Jugendlicher oft geschlagen hat und auch die ganze Familie misshandelte, vor allem die Mutter."

„Das ist natürlich furchtbar", sagte Susanne mitfühlend.

„Und ich könnte mir vorstellen, dass diese Erfahrung ihn übermäßig sensibilisiert hat gegenüber autoritären Vaterfiguren. Seinen Chef hat er wohl als solche Figur gesehen. Jedenfalls hatte er eine äußerst negative Einstellung zu seinem Vorgesetzten."

„Es wäre interessant, wenn du mir diese Stellen im Tagebuch mal zeigen könntest."

„Ja, klar, das machen wir nachher. Etwas anderes, was mich beunruhigt, ist ein gewisses Selbstmitleid, das ich aus seinen Eintragungen herauslese. Seine Klage über das unverdient harte Schicksal, das er erleiden musste. Das alles hat mich auf die Idee gebracht, dass er möglicherweise suizidgefährdet sein könnte, vor allem dann, wenn diese Fluchtsituation lange andauert oder wenn ihn gar die Polizei festnimmt."

„So eine traurige Familiengeschichte im Hintergrund ist immer eine Hypothek und ein Risiko. Hat er denn bisher schon einmal eine psychologische Betreuung gehabt?"

„Davon hat er mir nie etwas erzählt, ich glaube nicht."

„Hast du den Eindruck, dass er im Moment wirklich in Gefahr ist, sich das Leben zu nehmen?"

„Momentan wohl nicht, nein. Ich fürchte nur, er könnte bei dieser aussichtslosen Lage bald einmal an den Punkt kommen, wo er nicht mehr weiter weiß. Vor allem, falls die Polizei ihn festnimmt und ihn wegen Mord anklagt und er monatelang in Untersuchungshaft sitzen muss. Dann sehe ich schwarz für ihn."

„Ich verstehe schon, was du meinst", meinte Susanne nachdenklich. „Gibt es denn eine Frau in seinem Leben? Du sagtest, er hätte sich von seiner Partnerin getrennt?"

„Ja, das ist wohl auseinandergegangen. Seine Freundin Ulla und er waren zwei Jahre zusammen, aber er war mit ihr nie so ganz glücklich, wie er mir erzählt hat. Aber offenbar hat er sich vor kurzem in eine verheiratete Frau verliebt."

„Oh je, auch das noch! Und wer ist diese Frau?" Susanne konnte ihre Neugier kaum verbergen.

„Jetzt halte dich fest, diese Dame ist die Ehefrau des ermordeten Direktors."

„Wie bitte? Das ist ja ein dicker Hund!", meinte Susanne beeindruckt. „Sehr eigenartig, das Ganze. Kennst du sie?"

„Ich habe sie gestern kurz besucht, weil Alex mir per E-Mail einen Brief für sie geschickt hatte. Ich sollte ihn ausdrucken und ihr bringen.

Natürlich habe ich ihn gelesen. Er schreibt, dass er sie liebt, und dass er sich in Sehnsucht nach ihr verzehrt."

„Und wie hat diese Frau auf den Brief reagiert?"

„Sie heißt übrigens Monika. Diese Monika hat mir gegenüber eingeräumt, dass sie mit Alex ein Verhältnis hat. Sie hat außerdem behauptet, dass ihre Ehe seit Jahren zerrüttet sei und dass sie und ihr Mann vorhatten, sich scheiden zu lassen."

„Also, sie wollte ihren Mann loswerden und Alex hatte einen Hass auf diesen Mann. Das riecht schon etwas verdächtig, oder? Womöglich haben die beiden gemeinsame Sache gemacht?"

„Ich weiß nicht, das will ich mir lieber nicht vorstellen", antwortete ich zögernd. „Das ist alles in allem eine sehr rätselhafte Lage. Mir schwirrt schon der Kopf davon."

„Das kann ich verstehen, Winfried", meinte Susanne und legte besänftigend ihre Hand auf meine. „Ich werde mir nachher mal die Tagebuchstellen anschauen, von denen du gesprochen hast. Vielleicht kann ich mir ja ein Bild machen von dem, was im Kopf deines Freundes vor sich geht."

„Weißt du was", sagte ich, „es ist ein lauer Sommerabend, lass uns jetzt den Abend genießen und verschieben wir dieses ganze Thema auf morgen."

Susanne war mit meinem Vorschlag einverstanden und ich füllte die Rotweingläser. Wir saßen noch lange in der sommerlichen Abendstimmung und plauderten über dies und das, machten Urlaubspläne für den Herbst und genossen es, nach der langen Trennung wieder beieinander zu sein.

31 Ein Alibi

Monika Lochberger drückte die Taste der Fernbedienung und das Tor vor dem Villenanwesen von Messerschmidt schob sich langsam auf. Sie fuhr die hundert Meter durch den kleinen Park bis vor das moderne, überwiegend aus Glas gebaute Haus. Monika klingelte, der Türöffner wurde betätigt, sie drängte hastig ins Haus und schloss die Tür hinter sich. Messerschmidt kam ihr aufgeregt entgegen.

„Was ist denn passiert? Warum kommst du hierher? Du weißt doch, dass das riskant ist!"

„Wir müssen dringend reden, Karl-Heinz", sagte sie mit einem nervösen Tonfall, der ihn beunruhigte.

„Was ist denn los, Liebling?", fragte er und führte sie ins Wohnzimmer, wo sie beide auf dem Ledersofa Platz nahmen.

„Kennst du einen Herrn Alumno?", fragte Monika.

„Nein, der Name sagt mir nichts", meinte Messerschmidt relativ gleichgültig. „Warum, was ist mit ihm?"

„Ich kannte ihn bisher auch nicht, aber er ist offenbar ein guter Freund von Alexander und er hat mich vorher besucht."

„Ach ja? Und was wollte er?"

„Er hat mir einen Brief von Alex gebracht. Der ist inzwischen auf seiner Flucht in Spanien angekommen, weil er Angst hat, dass man ihn hier wegen Mordes verhaften wird. Und er hat per E-Mail einen Brief an seinen Freund Alumno geschrieben und ihn beauftragt, mir diesen Brief persönlich zu überbringen."

„Na, schau mal an, das ist ja fast ein Grund, um eifersüchtig zu werden. Was will denn dieser Strasser von dir?"

„Jetzt lass die Scherze, Karl-Heinz, du weißt doch, dass ich dem Alex ein bisschen was vorgeflunkert habe, damit er bei unserer Aktion mitmacht. Aber das Problem ist, dass jetzt auch dieser Alumno Bescheid weiß. Er hat nämlich Tagebücher von Alex in Verwahrung. Darin hat er gelesen, dass sein Freund die Datenkarte gestohlen und dir verkauft hat. Jetzt macht er mir Vorwürfe, ich sei schuld daran, dass Alex auf der Flucht ist, weil ich die Sache ja eingefädelt habe."

„Das ist ärgerlich", meinte Messerschmidt mit kritischem Gesichtsausdruck. „Und was will dieser Alumno jetzt? Er will uns doch hoffentlich nicht erpressen?"

„Nein, davon war nicht die Rede. Aber er will, dass ich dem Alex helfe, ein Alibi für die Tatzeit zu finden, damit er seine Flucht beenden kann. Er will seinem Freund helfen, das ist alles."

„Und wie willst du jetzt ein Alibi für den Strasser zustande bringen?"

„Ich muss das irgendwie schaffen, sonst kommen wir in Schwierigkeiten. Wenn sie den Strasser schnappen, dann wird er sicher aussagen und alles kommt ans Licht. Am Ende stehen wir dann womöglich als Auftraggeber des Mordes da. Das wäre die schlechteste aller denkbaren Möglichkeiten."

„Allerdings. Aber was willst du dagegen tun?"

„Die einzig plausible Aussage wäre, dass er in der fraglichen Zeit bei mir war. Ich werde sagen, er ist direkt von der Schule zu mir gekommen und wir haben die nächsten zwei Stunden zusammen verbracht."

„Aber das gibt ja einen Skandal, wenn man erfährt, dass du mit einem Lehrer aus der Schule deines Mannes ein Verhältnis hast!"

„Ich habe nicht vor, das an die große Glocke zu hängen. Die Polizei wird meine Aussage bekommen und ich werde darauf drängen, dass sie die Sache diskret behandeln. Am besten wird es sein, wenn ich auch meinen Anwalt einschalte, dann kann er dafür sorgen, dass die Polizei nichts nach draußen dringen lässt."

„Das heißt, du willst der Polizei wirklich sagen, dass du mit dem Strasser ein Verhältnis hast? Ich finde das nicht so eine gute Idee." Messerschmidt verzog das Gesicht zu einer Grimasse.

„Das scheint mir momentan die einzige Lösung. Wo soll er sonst ein Alibi herkriegen? Deinen Mitarbeiter Daniel können wir ja nicht ins Spiel bringen, weil wir damit alles aufdecken würden. Alex wird aber, sobald er ein Alibi hat, der Polizei nichts mehr erzählen. Und ich glaube auch nicht, dass sein Freund Alumno deswegen zur Polizei geht, denn er will wohl kaum seinen Freund belasten."

„Damit hast du vielleicht recht", meinte Messerschmidt mit nachdenklicher Miene. „Es gefällt mir allerdings nicht, dass du der Polizei diese intime Story erzählen willst. Da besteht immer die Gefahr, dass etwas an die Öffentlichkeit kommt. Und das kann dann zu Tratsch und Gerüchten über uns beide führen, und wenn wir später heiraten, wäre das nicht so vorteilhaft für unser Renommee."

„Deswegen will ich ja meinen Anwalt einschalten, damit er den nötigen Druck auf die Polizei ausübt. Die sollen wissen, dass mein Alibi eine sehr persönliche Sache ist und dass wir von vornherein mit Schadenersatzklage drohen, falls diese privaten Aussagen nicht mit der nötigen Diskretion behandelt werden."

„Also gut, wenn du meinst. Aber was hast du jetzt konkret vor?"

„Ich will schnellstens den Strasser aus Spanien zurückholen".

„Was, du willst hinfahren, um ihn zu holen? Das ist doch wohl nicht dein Ernst?"

„Es gibt keine andere Möglichkeit. Ich kann ihn momentan ja nicht erreichen. Sicher ist schon ein internationaler Haftbefehl rausgegangen und er sitzt da in Katalonien in einem Touristenkaff. Da wird es nicht lange dauern, bis ihn die Polizei findet und ausliefert. Und wenn er dann verhört wird und womöglich im Eifer des Gefechts zu viel redet, dann sind wir geliefert. Das darf auf keinen Fall passieren, deshalb will ich ihn schnellstens zurückholen."

„Also, mir gefällt das Ganze nicht. Wo genau ist er überhaupt?"

„Ich weiß nur, dass er sich in Blanes bei Barcelona aufhält. Als Postanschrift hat er das Postamt von Blanes angegeben, wo er Briefe postlagernd in Empfang nehmen will."

„Das heißt aber, du kannst ihn gar nicht dort treffen, weil du nicht weißt, wo er sich aufhält."

„Das stimmt, aber ich werde den Alumno bitten, ihm eine E-Mail zu schicken und ihm zu schreiben, dass ich komme und ein Alibi für ihn habe."

„Sei vorsichtig mit E-Mails, die Polizei könnte mitlesen!"

„Den Brief an mich hat Alex in einer verschlüsselten Mail geschrieben und auch Alumno schreibt nur mit Verschlüsselung."

„Aha. Und was willst du dann machen, wenn du dort bist?"

„Dann fahr ich mit ihm zurück und wir gehen zur Polizei, um unsere Aussage zu machen, und er kann damit seine Unschuld beweisen. Dann ist die Fluchtgeschichte beendet und wir müssen nicht Angst haben, dass er etwas ausplaudert."

„Das klingt alles etwas abenteuerlich, was du da vorhast", meinte Messerschmidt und runzelte die Stirn. „Und wann willst du losfahren?"

„So bald wie möglich, vielleicht schon morgen. Das alles wollte ich zuerst mit dir besprechen, bevor ich irgendwelche Entscheidungen treffe."

„Es ist gut, dass du solche wichtigen Schritte vorher mit mir besprichst. Immerhin sind wir ja bald im heiligen Stand der Ehe. Da ist es nur recht und billig, dass man alles Wichtige immer gemeinsam beredet, bevor man entscheidet."

„Aber freilich, Karl-Heinz", sagte Monika schmeichelnd, beugte sich zu ihrem Partner, küsste ihn und strich ihm zärtlich über das Gesicht.

„Lass uns jetzt ein bisschen den Stress vergessen und ausspannen. Aber sei mir bitte nicht böse, wenn ich am Nachmittag wieder heimfahre, um alles Notwendige zu organisieren."

32 Erschreckende Enthüllungen

Beim Frühstück klagten wir beide über einen leichten Muskelkater. Gestern hatten wir den Tag mit einer schönen, aber etwas weiten Wanderung im Schwarzwald verbracht und waren erschöpft nach Hause gekommen. Heute wollte Susanne gerne einen Blick in die Tagebücher werfen. Ich zeigte ihr einige der Stellen, die ich bereits gelesen hatte. Sie war ziemlich schockiert. Wir blätterten dann weiter und stießen gegen Ende des letzten Tagebuchs auf die Überschrift „Alpträume". Mit Susannes Einverständnis las ich vor.

Ich fühle mich bedroht und werde immer noch von Alpträumen verfolgt. Immer wieder erlebe ich Träume, in denen plötzlich mein Vater auftaucht und unsere ganze Familie in Angst und Schrecken versetzt. So wie in dem Traum heute Nacht. Ich sah mich als Jugendlichen im Kreise meiner früheren Familie und aus heiterem Himmel bedrohte mein Vater uns alle. Ich hatte große Angst. Als sich die Situation zuspitzte und immer gefährlicher wurde, beschloss ich, ihn niederzuschlagen.

Auf der Suche nach einem geeigneten Schlagwerkzeug sah ich mich verstohlen im Raum um. Es war mir klar, dass er nur durch einen sehr harten Schlag auszuschalten wäre. Nur so könnte ich die Gefahr beseitigen, dass er uns in einem Anfall von Wut und Tobsucht alle umbringen würde. Ich fühlte mich verantwortlich dafür, die Gefahr abzuwenden. Leider fand ich keinen geeigneten Gegenstand und spürte lähmende Hilflosigkeit und Ohnmacht.

Meine Kindheit liegt inzwischen ein halbes Jahrhundert zurück und immer noch werde ich verfolgt von solchen Träumen. Die Angst, von jemandem plötzlich und grundlos angegriffen zu werden, ist bei mir ständig mehr oder weniger vorhanden. Vor Jahren schon habe ich mir deshalb ein Springmesser besorgt, das ich immer bei mir trage.

Über die Anschaffung einer Pistole habe ich auch schon ernsthaft nachgedacht, aber bisher blieb es bei Überlegungen. Ich muss meine Angst in Schach halten. Die Angst davor, dass jemand plötzlich aus dem Nichts auftaucht und gegen den ich keine Chancen habe, mich mit bloßen Händen zu verteidigen. Eine Schusswaffe wäre beruhigend und wenn ich in den USA leben würde, hätte ich mir längst eine besorgt.

Sich gegen Gewalt im Alltag durch Räuberbanden und Kriminelle zu schützen, war zu allen Zeiten notwendig. Noch zu Friedrich Schillers Zeiten war es völlig normal, auf Reisen oder bei Wanderungen eine geladene Pistole bei sich zu führen. Die moderne Gesellschaft hat uns das Recht zum Waffentragen genommen und das mit dem Gewalt-monopol des Staates begründet. Wenn aber der Staat mir nicht hilft, wenn ich bedroht werde, was dann? Wie oft bin ich in meiner Jugend geprügelt worden oder musste zusehen, wie meine Mutter misshandelt wurde, aber ein Polizist war weit und breit nie zu sehen. Ich bin kein Krimineller und kein Gewalttäter, aber ich will nie wieder in die Situation kommen, hilflos von jemandem Gewalt erdulden zu müssen.

Ich schlug das Buch zu und sah Susanne beunruhigt an. Auf ihrem Gesicht zeichnete sich ein Ausdruck des Entsetzens ab, den ich so noch nie bei ihr gesehen hatte.

„Um Gottes willen", stieß sie hervor, „dein Freund ist gestört, das ist echt gefährlich."

„Na, jetzt übertreibe mal nicht gleich", versuchte ich sie zu beruhigen, „er will nichts weiter als seinen eigenen Schutz garantieren. Nach allem, was er erlebt hat, kann man das doch verstehen, oder?"

„Freilich kann ich ihn verstehen. Er ist schwer traumatisiert seit frühester Kindheit. Er bräuchte dringend eine Therapie, aber stattdessen läuft er mit einem Messer in der Gegend herum und phantasiert von Schusswaffen. Das ist allen Ernstes eine Gefahr, gerade jetzt, wo die Polizei nach ihm sucht. Er hat wohl zu viele Krimis gesehen und leidet unter Verfolgungswahn."

„Da gebe ich dir recht, mir gefällt das auch nicht. Ich hatte keine Ahnung, dass er ein Messer bei sich hat."

„Nicht immer wissen wir alles über unsere Freunde. Dieser Traum, von dem er da berichtet, beunruhigt mich sehr. Es gibt offenbar bei ihm einen Gewaltimpuls, der jahrzehntelang unterdrückt worden ist. In dem Traum äußert sich das in seinem Wunsch, den Vater niederzuschlagen. Ich musste dabei sofort an den Mordfall denken. Du sagtest ja, der Direktor sei von hinten durch einen harten Schlag getötet worden."

„Ja, das stimmt, und mir ist beim Lesen dieser Traumsequenz auch etwas mulmig geworden, das muss ich zugeben. Gut, dass die Tagebücher nicht der Polizei in die Hände gefallen sind, die würden daraus glatt ein Indiz für den Mord ableiten."

„Wenn ein psychologisches Gutachten in Auftrag gegeben wird, dann kann so etwas leicht dabei herauskommen", meinte Susanne. „Solche Gutachten habe ich schon des Öfteren gelesen."

„Das Ganze ist ein furchtbarer Schlamassel", stöhnte ich.

„Ich hoffe, dass diese Frau Lochberger ihr Versprechen wahr macht und ein Alibi für ihn findet, damit er zurückkommen kann und nicht noch irgendwas Schlimmes anstellt."

„Ja, das können wir nur hoffen", sagte Susanne etwas mechanisch.

„Aber selbst wenn das klappen sollte, so wissen wir noch lange nicht, ob er wirklich unschuldig ist. Nach allem, was ich da heute gelesen habe, bin ich zumindest skeptisch."

„Ich werde heute Nachmittag mit Frau Lochberger sprechen. Mal hören, ob sie schon irgendeine Idee hat."

„Ich bin ja gespannt, wie sich das weiterentwickelt. Du musst mich auf dem Laufenden halten. Aber ich werde in fünf Stunden schon wieder im Zug sitzen. Lass uns noch ein bisschen rausgehen ins Grüne. Ein kleiner Waldspaziergang wäre jetzt schön, was meinst du?"

Ich war einverstanden und wenig später genossen wir die frische Waldluft auf unserem sonntäglichen Rundgang.

33 Uneigennützige Hilfe

Ich hatte Susanne nachmittags gegen vier Uhr zum Stuttgarter Hauptbahnhof gefahren und sie verabschiedet. Für das nächste Wochenende waren wir in Hamburg verabredet. Als ich zuhause ankam, leuchte die Signallampe meines Anrufbeantworters. Monika Lochberger hatte angerufen und bat mich dringend um Rückruf. Sie war gleich im Apparat.

„Hallo, Herr Alumno", sagte sie, „ich will morgen zu Alex fahren und hätte Sie gerne vorher noch gesprochen. Geht's heute noch bei Ihnen?"

„Wenn Sie gleich Zeit haben, dann könnten wir zusammen einen Kaffee trinken. Wie wär's auf dem Marktplatz?"

„Gut, ich kann sofort kommen. Treffen wir uns im Café Papillon?"

Mir war das recht und schon zwanzig Minuten später saßen wir gemeinsam auf dem sonnigen Marktplatz von Lundenburg.

„Sie wollen also jetzt tatsächlich nach Spanien fahren?", fragte ich ungläubig. „Haben Sie denn ein Alibi für Alex gefunden?"

„Ja, ich habe mich zu der Aussage entschieden, dass Alex zwischen neun und elf Uhr abends die Zeit bei mir verbracht hat. Das wird natürlich Fragen aufwerfen und Klatsch und Tratsch auslösen, aber das ist mir jetzt egal."

„Das wird dann so aussehen, als hätten Sie ein heimliches Verhältnis mit ihm, und das schon zu Lebzeiten Ihres Mannes."

„Das ist mir klar, deshalb hatte ich bisher eine solche Möglichkeit gar nicht in Betracht gezogen. Es werden sich sicher alle hier am Ort das Maul zerreißen und man wird mich gesellschaftlich schneiden. Aber ich sehe keine andere Möglichkeit. Ich will nicht, dass Alex von der Polizei gefasst wird und im Gefängnis sitzen muss."

„Das ist ja eine erstaunlich positive Wendung", sagte ich einigermaßen verblüfft. „Natürlich bin ich froh, wenn er seine Flucht beenden kann, aber ..."

„Was für ein Aber sehen Sie denn jetzt noch?", fragte sie mich etwas ungehalten.

„Also, sagte ich zögernd, ich will ja nichts Schlechtes über meinen Freund sagen, aber ... falls er jetzt doch irgendwas mit dem Mord an Ihrem Mann zu tun hätte, was dann?"

Frau Lochberger reagierte ungehalten.

„Ich verstehe Sie wirklich nicht, Herr Alumno! Zuerst wollten Sie mit aller Gewalt Ihren Freund retten und jetzt halten Sie ihn gar für einen Mörder! Das passt wirklich nicht zusammen! Was wollen Sie damit überhaupt sagen?"

Ich erkannte, dass ich zu weit gegangen war, denn ich konnte und wollte nicht darüber sprechen, was ich erst vor kurzem in den Tagebüchern gelesen hatte.

„Es war nicht so gemeint", sagte ich entschuldigend, „aber nach wie vor weiß ja niemand, was sich in dieser Mordnacht genau abgespielt hat."

„Das mag schon sein, aber Sie sollten aufhören, Ihren Freund zu verdächtigen. Was ich eigentlich hier mit Ihnen besprechen wollte", fügte sie dann in ruhigerem Tonfall hinzu, „war eine Bitte. Nämlich, dass Sie Alex per E-Mail mitteilen, dass ich komme und ihn abholen will. Und vor allen Dingen, dass ich ein wasserdichtes Alibi für ihn habe und dass er sich auf seine Heimfahrt vorbereiten soll. Und dann müssen wir noch das Problem lösen, wo und wann ich ihn treffe."

„Ja, natürlich", sagte ich, „das könnte etwas schwierig werden. Freilich kann ich ihm E-Mails schicken, aber ich weiß nicht, wie oft er die tatsächlich liest. Er wird das wohl in öffentlichen Internetcafés tun, denn sein Mobiltelefon hat er nicht in Betrieb."

„Das dachte ich mir schon, man könnte ihn dann zu leicht orten. Also, ich fahre morgen früh los, übernachte einmal in Frankreich und bin dann am Dienstag gegen Nachmittag in Katalonien, so gegen fünf aller Voraussicht nach. Das wäre der früheste Zeitpunkt, um ihn zu treffen, am besten in meinem Hotel."

Sie überreichte mir eine kleine Visitenkarte, auf die Rückseite hatte sie die Daten des Hotels geschrieben.

„Hoffentlich liest er seine Mails und kommt zu mir ins Hotel."

„Sicher wird er das tun. Ich freue mich, dass Sie sich zu diesem Schritt entschlossen haben. Das wird die ganze Situation verändern und vor allen Dingen für Alex wieder ein normales Leben ermöglichen."

„Hoffen wir mal, dass alles klappt wie geplant. Dann sind wir ja schon wieder in ein paar Tagen hier und die Sache ist erledigt."

Wir sprachen noch über dies und das, tranken unseren Kaffee und verabschiedeten uns dann. Ich versprach, die Nachricht von Monikas Fahrt nach Spanien sofort an Alex zu übermitteln und erledigte es gleich nach meiner Ankunft zuhause.

34 Herzlicher Abschied

Am Montagmorgen gehe ich normalerweise nicht zum Einkaufen. Heute aber hatte ich eine Ausnahme gemacht und war schon um acht Uhr im Supermarkt. Während des Einkaufs waren meine Gedanken ständig bei Alex und bei Frau Lochberger, die sich heute auf die Fahrt nach Barcelona begeben wollte. Vom vielen Grübeln war ich beim Einkaufen so zerstreut, dass ich mehrfach Artikel in den Wagen legte, die ich gar nicht kaufen wollte.

Gestern Abend hatte ich Alex eine E-Mail gesandt und ihm alle wesentlichen Neuigkeiten mitgeteilt. Als ich eine knappe Stunde später eine Antwort bekam, war ich erleichtert. Er schrieb mir, dass er sich sehr freue und dass er diese Wendung der Ereignisse später zuhause mit mir gebührend feiern wolle.

Ich war einerseits froh darüber, dass sich jetzt offensichtlich eine Lösung der angespannten Situation ergab. Andererseits war ich noch nicht sicher, ob das Alibi, das Monika ihm versprochen hatte, auch tatsächlich akzeptiert würde. Aber es war jetzt nicht der Zeitpunkt, um mir den Kopf darüber zu zerbrechen. Ich beeilte mich, den Einkauf möglichst zügig zu beenden.

Kurz vor neun war ich an der Kasse vorbei, verstaute die eingekauften Artikel im Kofferraum und setzte mich dann ans Steuer. Jetzt fiel mir spontan ein, dass Frau Lochberger gar nicht weit von hier wohnte. Ohne lange zu überlegen beschloss ich, kurz bei ihr vorbeizufahren. Ich wollte ihr sagen, dass Alex meine E-Mail erhalten hatte und sich freute, sie bald wiederzusehen.

Mit etwas Glück könnte ich sie noch zuhause antreffen, falls sie nicht schon abgefahren war. Drei Minuten später befand ich mich in der Faraday-Straße in der Nähe ihres Hauses. Als ich sie schon von weitem vor ihrem Auto stehen sah, freute ich mich zunächst. Aber als ich neben ihr einen Mann sah, stutzte ich und war alarmiert. Ich fuhr den Wagen rechts heran und parkte hinter einem anderen Fahrzeug, um nicht gesehen zu werden.

Noch war ich ungefähr hundertfünfzig Meter von Frau Lochberger und dem Unbekannten entfernt. Die beiden schienen sich zu streiten, der Mann redete wild gestikulierend auf sie ein. Ich hatte den Eindruck, als wolle er ihr die Fahrt ausreden. Sie schüttelte den Kopf und machte abweisende Gesten. Schließlich schaute sie auf ihre Uhr und umarmte ihn. Sie küssten sich zum Abschied, bevor sie hastig ins Auto stieg und den Motor startete. Der Mann stand neben dem Wagen, winkte ihr noch nach, als sie schon losgefahren war. Gleich würde sie bei mir vorbeikommen. Ich duckte mich seitwärts auf den Beifahrersitz und hoffte, unerkannt zu bleiben. Tatsächlich brauste das Fahrzeug an mir vorbei. Frau Lochberger hatte mich offenbar nicht bemerkt. Ich richtete mich wieder auf und sah nach der Stelle, wo sie sich eben noch von diesem mir unbekannten Mann verabschiedet hatte. Er stieg jetzt ebenfalls in ein Fahrzeug. Es war ein blauer BMW, dessen Kennzeichen ich von meiner Position aus nicht erkennen konnte. Das Fahrzeug fuhr los, in meiner Fahrtrichtung, es entfernte sich rasch von mir. Ich startete meinen Wagen und folgte ihm. Es interessierte mich brennend, wer der unbekannte Mann war. Ich fuhr relativ schnell und die Distanz zwischen uns wurde geringer. Schließlich hielt er an einer roten Ampel. Ich kam direkt hinter ihm zum Stehen. Die Aufschrift auf seinem Fahrzeug war jetzt überdeutlich zu lesen: „Messerschmidt Datentechnik."

Erschreckt atmete ich tief durch. Hatte Monika Lochberger ein intimes Verhältnis mit ihrem Konkurrenten? Warum die beiden sich gerade gestritten hatten, war mir unklar. Ich ahnte aber, warum Monika Alex zum Diebstahl der Datenkarte angestiftet hatte. Vermutlich war sie schon lange mit Messerschmidt liiert. Dann war es wohl auch eine Lüge, dass sie in Alex verliebt war. Warum sie denn jetzt überhaupt nach Spanien fuhr, fragte ich mich. Wahrscheinlich hatte sie Angst, dass Alex bei seiner Verhaftung alles ausplaudern würde. Dann allerdings würde sie als Drahtzieherin hinter dem Mord an ihrem Mann verdächtigt werden.

Aber das Ganze könnte doch unmöglich gut gehen, denn Alex würde früher oder später bemerken, dass Monika ihm ihre Liebe nur vorspielte und ihn betrog. Oder war es möglich, dass sie beide Männer gleichzeitig liebte? Wie würde Alex reagieren, wenn er von seinem Nebenbuhler erfuhr? Und wenn er dann aus Ärger womöglich sein Schweigen zu brechen drohte, wie würde sie reagieren? Falls sie hinter dem Mord an ihrem Mann steckte, würde sie dann davor zurückschrecken, Alex auch umzubringen? In diesem Moment lief es mir kalt über den Rücken. Was wäre, wenn sie jetzt genau aus diesem Grund nach Spanien gefahren wäre, nämlich um ihn dort zu ermorden?

Die Ampel schaltet auf Grün, Messerschmidt bog nach links ab, ich fuhr nach rechts. Zuhause schrieb ich sofort eine E-Mail an Alex mit der eindringlichen Warnung, er solle dieser Frau nicht allzu sehr vertrauen. Ich verriet ihm auch, dass Monika offenbar Beziehungen zu Messerschmidt unterhielt, die über das rein Geschäftliche hinausgingen. Hoffentlich würde er diese Nachricht noch rechtzeitig lesen!

35 Beschattung

Nach der Polizeikonferenz vom Mittwoch der vergangenen Woche wurden die Telefonleitungen von Lochberger und Messerschmidt überwacht. Außerdem fand eine persönliche Observierung statt. Je ein Zivilfahrzeug der Polizei parkte in der Nähe von Lochbergers Haus und vor dem Anwesen von Messerschmidt. Heute Nachmittag um fünfzehn Uhr war die nächste Konferenz der Sonderkommission Schiller geplant. Inspektor Donner saß mit der Kollegin Klar übermüdet in dem zivilen Volkswagen Passat. Sie hatten seit heute Morgen vier Uhr Lochbergers Haus beobachtet. Jetzt war es kurz vor neun Uhr und bisher war nichts Auffälliges passiert.

„Ich weiß nicht, ob sich dieses ganze Theater hier wirklich lohnt", sagte Inspektor Donner schlecht gelaunt zu seiner Kollegin Inge. Die machte aber ein ganz vergnügtes Gesicht.

„Jetzt sei mal nicht so miesepetrig, Egon. Ist doch ganz gemütlich, hier mal so eine Sechs-Stunden-Schicht zu schieben. Wir sitzen bequem im Auto und brauchen uns nicht mit Betrunkenen oder anderen gestörten Leute herumzuärgern. Also ich finde diese Art von Einsatz sehr nett."

„Mir ist das auf Dauer zu langweilig, ich bin froh, dass das nicht so oft vorkommt."

„Ich glaube, wir kriegen was zu tun", sagte die Kollegin plötzlich und nahm ihre Kamera mit Teleobjektiv zur Hand. Soeben war ein blauer PKW vor das Lochbergersche Haus gefahren. Ein Mann stieg aus und ging durch das Gartentor zum Hauseingang. Die Kollegin Klar knipste mehrmals hintereinander.

„Von wegen langweilig", sagte sie tadelnd zu Egon, „du siehst doch, dass hier was passiert, gleich geht's los."

„Na, das wird aber auch Zeit, und hoffentlich beeilen die sich! Ich will gerne um zehn Uhr meine Schicht beenden."

„Sei nicht so bürokratisch, Mann, du kannst ja Überstunden aufschreiben und das dann wieder abfeiern. Wir wollen jetzt doch mal sehen, wem diese Autonummer gehört", sagte Inspektorin Klar und gab über Funk an ihre Einsatzleitung das Kennzeichen des blauen BMW durch. Eine Minute später kam schon die Antwort: Das Auto war auf eine gewisse Firma Messerschmidt Datentechnik zugelassen. Kollegin Inge grinste triumphierend.

„Na, Egon, was sagst du jetzt, wir haben einen Volltreffer gelandet. Unsere beiden Verdächtigen treffen sich schon am frühen Morgen. Das wird heute Nachmittag unsere Kollegen interessieren, meinst du nicht?"

„Ja sicher, du hast mal wieder recht," sagte der Angesprochene widerwillig. „Aber mir knurrt schon der Magen. Ich muss jetzt bald was frühstücken, sonst halt ich das nicht mehr lange aus."

„Jetzt sei kein Weichei", ermahnte ihn Inge. „Im Kampf gegen das Verbrechen muss das Auge des Gesetzes auch mal ohne Frühstück auskommen. Aber ich kann dir eine Banane geben, bevor du vor Hunger stirbst."

„Ach Inge, du mit deinen flotten Sprüchen, komm du erst mal in mein Alter, dann werden wir weiter sehen."

„Übertreib mal nicht, Egon ... ach schau mal, da kommen sie."

Beide Polizisten beobachteten jetzt äußerst angespannt und aufmerksam die Szene. Frau Klar knipste Fotos am laufenden Band.

„Der Mann scheint sich über irgendwas aufzuregen. Ich glaube, es passt ihm nicht, dass sie wegfährt.", meinte Inspektor Donner.

„Wir werden jedenfalls ein Stückchen hinterherfahren müssen, mein Lieber, das wird wohl nix mit Schichtende um zehn Uhr", sagte Inspektorin Klar spöttisch.

„Das hat mir gerade noch gefehlt, dass die hier am frühen Morgen so einen Zirkus veranstalten. Also, ich glaube, die Frau will allein verreisen."

„Ja, das sieht ganz nach Abschied aus", stimmte Inspektorin Klar zu und machte wieder eifrig Fotos. „Wenn sie jetzt tatsächlich zu einer längeren Reise aufbricht, dann sollten wir den Sauer informieren. Aber schauen wir erst mal, was passiert."

„Ja, das sollten wir machen. Mir wär's lieber, wenn die Zentrale ein anderes Fahrzeug zur Verfolgung schickt, ich habe keine Lust, noch stundenlang in der Gegend herumzufahren. Womöglich will die Frau nach Hamburg, dann sind wir den ganzen Tag unterwegs."

„Was habe ich für einen Miesepeter als Kollegen!", seufzte Inge. „Hamburg wär doch nicht schlecht, dann könntest du mal über die Reeperbahn spazieren und ein bisschen was von der Welt sehen. Du hängst wohl auch das ganze Jahr nur immer in Lundenburg herum und versauerst hier."

„Red doch keinen Quatsch, ich war im Frühjahr erst auf Mallorca. Ich mach jedes Jahr eine Auslandsreise, hab wahrscheinlich schon mehr von der Welt gesehen als du."

„Das kann ja sein", meinte die Inspektorin etwas geistesabwesend, denn sie schaute immer noch durch den Sucher der Kamera und drückte hin und wieder auf den Auslöser. „Ich glaube, es geht los, Egon," meinte sie dann, „die beiden verabschieden sich und sie steigt jetzt ins Auto ein. Bist du fertig zum Durchstarten?"

„Ja klar, ich bin immer bereit. Hab schon mehr Einsätze in meinem Leben gehabt, als du dir vorstellen kannst", sagte der Polizist am Steuer und legte den Sicherheitsgurt an.

„Sie ist eingestiegen. Der Typ winkt ihr nach. Also los, worauf wartest du noch?", fragte die Kollegin ungeduldig.

Inspektor Donner zog eine Grimasse, startete das Fahrzeug und brauste hinter dem Mercedes von Monika Lochberger her.

„Ruf sofort mal den Sauer an, er muss das gleich erfahren. Wir können nicht warten bis heute Nachmittag. Wir wissen ja noch nicht mal, ob wir zu der Konferenz um drei Uhr da sein werden."

„Ja, da hast du recht." Klar wählte die Nummer von Kommissar Sauer. Donner erstattete Meldung.

„Hallo Thomas, hier Donner und Klar, wir sind seit vier Uhr morgens eingeteilt für die Observierung von Frau Lochberger. Jetzt ist Bewegung in die Sache gekommen. Die Frau hat eben noch Besuch gehabt von Messerschmidt. Gerade haben sie sich verabschiedet und sie ist losgefahren. Es sieht so aus, als ob sie in Urlaub fahren will. Was sollen wir tun?"

„Morgen Egon, auf jeden Fall dran bleiben. Wir wollen wissen, wohin sie fährt."

„Das habe ich mir schon gedacht", sagte Donner, „aber es kann natürlich sein, dass sie eine längere Strecke fahren wird. Wie weit sollen wir denn hinter ihr herfahren?"

„Jetzt bleibt mal dran. Falls sie auf eine Autobahn fährt, schalten wir Kollegen ein und ihr werdet abgelöst."

„Das hoffe ich doch, hab keine Lust bis Berlin oder Hamburg hinter der Tante herzugondeln."

„Das braucht ihr auch nicht. Macht euch keine Sorgen, wichtig ist nur, dass ihr so lange dran bleibt, bis die andern Kollegen übernehmen können. Ich werde mich gleich mal umhören, wer da in Frage käme. Aber ich muss natürlich zuerst wissen, wohin sie überhaupt fährt. Seid ihr sicher, dass es der Messerschmidt war, der sie verabschiedet hat?"

„Ja, wir haben seine Fahrzeugkennzeichen durchgegeben, das Auto gehört seiner Firma."

„Gut. Das könnte zwar auch einer seiner Mitarbeiter sein, aber wahrscheinlich hast du recht. Wir haben die beiden schon letzte Woche am Donnerstag beobachtet, wie sie sich auf einem Campingplatz getroffen haben."

„Na so was, das ist ja interessant" sagte Inspektor Donner ins Telefon.

„Und haben die Überwachungen sonst noch was ergeben?", fragte jetzt Inspektorin Klar neugierig.

„Ja, über die Kontrolle der Gesprächsverbindungen haben wir was Interessantes entdeckt. Der Winfried Alumno, ein Freund von dem flüchtigen Alexander Strasser, hat zweimal Kontakt gehabt mit Frau

Lochberger. Ich habe den Eindruck, dass da irgendwas läuft. Und es könnte sein, dass sie jetzt zu einem Rendezvous mit Strasser fährt. Also bleibt bitte dran, ihr dürft sie auf keinen Fall verlieren. Und gebt mir noch ihr Kennzeichen durch."

Inspektorin Klar tat das sofort und erwähnte außerdem, sie habe gerade jede Menge Fotos geschossen von dem Treffen zwischen Lochberger und Messerschmidt, die könne sie heute Nachmittag mitbringen.

„Super. Meldet euch in etwa zwanzig Minuten wieder und sagt mir dann, wie die Lage ist und wohin sie fährt, ok?"

Inspektorin Klar bestätigte und legte auf.

Zwanzig Minuten später fuhr der zivile Polizei-Passat auf der Autobahn A8 in Richtung Pforzheim. Ungefähr zweihundert Meter vor ihnen rollte das weiße Mercedes Coupé von Monika Lochberger auf der rechten Spur mit mäßiger Geschwindigkeit.

„Jetzt ruf nochmal den Sauer an", sagte Donner zu seiner Kollegin, die die Verbindung herstellte.

„Hallo Thomas, wir sind jetzt auf der A8 Richtung Pforzheim. Wohin die Frau fahren wird, ist noch unklar. Entweder nach Norden Richtung Frankfurt oder nach Süden Richtung Basel."

„Okay", sagte Sauer. „Bleibt dran und ich alarmiere die Einsatzkräfte in Karlsruhe. Die sollen auf beiden Seiten der Autobahn je einen Wagen bereitstellen, dann können wir sie weiterverfolgen, egal ob sie nach Norden oder Süden fährt. Und sobald die Kollegen übernommen haben, könnt ihr zurückfahren und Feierabend machen."

„Das hört sich gut an," sagte Donner erleichtert.

„Also, meldet euch kurz vor Karlsruhe, so fünf Minuten vorher, damit wir die Übergabe möglichst reibungslos erledigen können."

„Gut, wird gemacht, also bis gleich."

Beim Autobahndreieck schlug der weiße Mercedes die Richtung nach Süden ein und die Karlsruher Kollegen übernahmen die Verfolgung wie geplant. Donner und Klar fuhren zurück nach Lundenburg, nicht ohne vorher einen Abstecher nach Karlsruhe zu machen und ausgiebig in einem kleinen Café der Innenstadt zu frühstücken.

Gegen zwölf Uhr klingelte bei Kommissar Sauer das Telefon und die Besatzung des Karlsruher Einsatzwagens meldete sich.

„Hallo, Herr Sauer, hier Mehldorfer vom Standort Karlsruhe, wir verfolgen Frau Lochberger und wir sind momentan hinter Freiburg. Sie biegt jetzt ab auf die Strecke nach Mulhouse in Frankreich. Was sollen wir machen? Sollen wir über die Grenze fahren?"

„Nein, aber fahrt hinter ihr her, bis ihr seht, dass sie tatsächlich Deutschland verlässt. Dann werde ich die französische Polizei um Amtshilfe bei der Observierung bitten. Aber nach Frankreich verfolgt ihr sie nicht. Momentan haben wir gar nichts gegen die Frau in der Hand. Verdachtsmomente sind keine Beweise. Also, falls sie Deutschland verlässt, informiert ihr mich sofort und fahrt dann zurück zu eurem Standort."

„Verstanden. Alles klar."

36 Das Wiedersehen

Monika Lochberger war sich darüber im Klaren, dass eine lange und anstrengende Autobahnstrecke vor ihr lag. In ihrem bequemen Mercedes Coupé hatte sie allerdings alle Annehmlichkeiten, die man sich als Autofahrer wünschen konnte. Mit der automatischen Klimaanlage war sie weitgehend unempfindlich gegen die sommerliche Hitze, die sich schon jetzt am Vormittag bemerkbar machte. Es war Ende Juli und der Wetterbericht hatte für Mitteleuropa hohe Temperaturen von knapp vierzig Grad vorhergesagt.

Neben ihr in einer geräumigen Tasche befand sich Monikas Reiseproviant für kleine Mahlzeiten zwischendurch. Außerdem hatte sie eine ganze Serie von Podcasts dabei, vor allem zum Thema Ernährung, einem ihrer Interessengebiete. Auf der Autobahn A8 vor Pforzheim verlor sie fünfzehn Minuten in einem Stau. Sie war bereits eine Stunde unterwegs und erst siebzig Kilometer gefahren! Aber heute war Geduld angesagt, und außerdem hatte sie sich ja für diesen Tag nur die Hälfte der Strecke bis Spanien vorgenommen. In der Stadt Orange würde sie einen Zwischenstopp einlegen, ein Hotelzimmer hatte sie reserviert.

Es herrschte reger Verkehr und sie kam nur relativ langsam voran. Aufmerksam hörte sie einen Podcast über Arzneipflanzen. Für Medizin und Naturheilkunde hatte sie sich schon immer interessiert und hatte dafür oft den Spott ihres Mannes geerntet, der sie manches Mal als Kräuterhexe bezeichnete. Er hatte nie verstanden, wie man sich für ein solches Thema erwärmen konnte. Sein Interesse galt ausschließlich harten Fakten und Zahlen und auch dieser Umstand hatte in ihrer Ehe zunehmend für eine Distanzierung gesorgt.

Nun war ihr Mann nicht mehr da, aber sie konnte eigentlich keine wirkliche Trauer darüber empfinden, allenfalls ein gewisses Bedauern. Ihre Zukunft mit Karl-Heinz Messerschmidt sah sie dagegen in leuchtenden Farben vor sich. Er war ein Mann von Format, hatte ein breites Spektrum eigener Interessen und war keineswegs so engstirnig wie ihr Ehemann. Mit ihm konnte sie über alles reden, auch über alternative Medizin. Vor allem aber war er ein zärtlicher Mann, der selbst bei großer Arbeitsbelastung immer offen blieb für den liebevollen Kontakt mit ihr. Das machte ihn für sie sehr attraktiv. Während sie an ihn dachte, lächelte sie vergnügt vor sich hin.

Dann fiel ihr wieder ihre jetzige Mission ein. Was sollte sie mit diesem Alex anfangen? Am besten wäre es, wenn er für alle Zeiten verschwinden würde. Er hatte sich ja selbst auf die Flucht begeben und im Grunde damit den Weg gewählt, der ihrer Meinung nach der beste für alle Beteiligten war. Der Mann war ihr eine Last, er wähnte sich jetzt in der Rolle des Liebhabers und glaubte allen Ernstes, dass sie ihr zukünftiges Leben mit ihm verbringen wollte. Wie sie ihn davon abbringen konnte, war ihr noch nicht klar. Würde ein offenes Gespräch mit ihm schon genügen, um ihm die Augen zu öffnen? Es war jedoch damit zu rechnen, dass er diese Zurückweisung mit Wut und Empörung, vielleicht auch mit Aggression beantworten würde. Aber Gewalt würde sie von ihm nicht akzeptieren, da hatte sie schon vorgesorgt. Er sollte ja nicht auf die Idee kommen, ihr zu drohen oder sie zu irgendetwas zwingen zu wollen!

Gegen halb zwölf Uhr fuhr sie an Freiburg vorbei. Bis zur Abzweigung nach Mulhouse war es nicht mehr weit. Plötzlich bemerkte sie den beigen Audi, der schon seit einiger Zeit in immer gleichem Abstand hinter ihr fuhr. Wurde sie etwa verfolgt? Sie beschleunigte den Wagen auf hundertvierzig, obwohl hier nur einhundertzwanzig Stundenkilometer erlaubt waren. Der Audi tat dasselbe und blieb in etwa gleicher Distanz hinter ihr. Monika wurde nervös. War womöglich die Polizei hinter ihr her? Sie wollte es jetzt genau wissen und verlangsamte ihr Tempo auf einhundert, dann auf achtzig. Der Audi hinter ihr tat immer genau dasselbe und hielt konstant seinen Abstand.

Das konnte doch kein Zufall sein! Während Dutzende Fahrzeuge sie überholten, fuhr der Audi beständig hinter ihr. Monika bekam Panik. Was sollte sie tun? Sie beschleunigte wieder auf hundertzwanzig und redete sich ein, das Ganze sei ohne Bedeutung. Vielleicht ein ängstlicher Fahranfänger, der sich nicht traute, sie zu überholen? Gegen zwölf Uhr passierte sie schließlich die französische Grenze und sah mit großer Erleichterung, dass der vermeintliche Verfolger vor der Grenze die Autobahn verließ und auf den Parkplatz einbog.

Gott sei Dank, die Sache war also harmlos gewesen! Sie atmete tief durch. Sie musste aufpassen, nicht einem Verfolgungswahn zum Opfer zu fallen! Die Ereignisse der letzten Tage hatten sie offenbar mehr belastet, als sie sich selbst bisher eingestanden hatte. Wenig später kam sie an Mulhouse vorbei und erreichte dann nach stundenlanger Fahrt und einigen kleinen Pausen gegen achtzehn Uhr die Stadt Orange. In ihrem Hotel gönnte sie sich vor der Nachtruhe ein exquisites Menü und ging früh zu Bett.

Am nächsten Morgen strahlte schon früh die Sonne von einem makellosen Himmel. Es würde wieder so heiß werden wie gestern, ja sogar noch heißer. Für den Süden Frankreichs sagte die Radiostimme Temperaturen bis zu zweiundvierzig Grad Celsius voraus.

Gegen halb drei überquerte Monika die französisch-spanische Grenze bei La Junquera. Durch eine längere Baustelle im Grenzbereich gab es einen Rückstau von beachtlicher Länge. Trotzdem sah sie schon bald in der Ferne die Küstenlinie der Costa Brava und kam ge-

170

gen vier Uhr erschöpft in Blanes an. Der livrierte Hotelmitarbeiter des *Plaza Paris Spa* fuhr ihren Wagen in die Tiefgarage und brachte ihren Koffer nach oben. An der Rezeption gab sie die Anweisung, sie sei die nächsten zwei Stunden für niemanden zu sprechen. Man solle eventuellen Besuchern die Auskunft geben, sie käme voraussichtlich gegen achtzehn Uhr an. Nach einer erfrischenden Dusche telefonierte sie mit Karl-Heinz und informierte ihn über ihre Ankunft. Danach legte sie sich müde ins Bett.

Sie war tatsächlich eingeschlafen und hatte eine halbe Stunde erholsamen Schlaf genossen. Es war halb sechs, als sie auf die Uhr sah. Monika machte sich bereit zum Ausgehen. Alex würde wohl bald auftauchen. Bei der Rezeption erkundigte sie sich telefonisch, ob jemand nach ihr gefragt habe. Der Rezeptionist teilte ihr in flüssigem Englisch mit, gegen siebzehn Uhr sei ein Herr erschienen, der sie sprechen wollte. Er habe auftragsgemäß geantwortet, dass Frau Lochberger gegen achtzehn Uhr erwartet würde. Alex hatte also die Mail bekommen und müsste bald hier sein.

Als kurz nach sechs ihr Telefon klingelte, meldete ihr der Mann von der Rezeption die Ankunft eines Herrn. Sie gab die Anweisung, den Besucher in der Hotellobby warten zu lassen, sie würde herunterkommen.

Beim Eintritt in die mit roten Teppichen ausstaffierte Lobby sah sie Alex sofort unweit der Rezeption in einem der wuchtigen Sessel sitzen. Sobald er sie bemerkte, sprang er erfreut auf, eilte auf sie zu und erdrückte sie fast mit seiner Umarmung. Er versuchte, sie zu küssen, aber sie wehrte ihn ab und flüsterte:

„Nicht hier, bitte, lass uns warten, bis wir draußen sind."

„Ich bin so froh, dich zu sehen" sagte er überglücklich. Sie umarmte ihn und flüsterte ihm ins Ohr:

„Ich auch, mein Lieber. Lass uns ein bisschen spazieren gehen. Ich bin den ganzen Tag im Auto gesessen, ich brauche jetzt Bewegung."

„Aber mit dem größten Vergnügen", antwortete er, und sie verließen zusammen Hand in Hand das Hotel und spazierten eng umschlungen durch Nebenstraßen hinunter zum Strand.

In einiger Entfernung vom Hotel blieb Alex plötzlich stehen und küsste Monika leidenschaftlich. Sie war überrascht von seinem Gefühlsausbruch, leistete aber keinen Widerstand.

„Wie lange habe ich auf diesen Moment gewartet!", sagte er.

„Mir geht es genauso", seufzte sie, „aber lass uns weitergehen, da kommen Leute".

Sie waren bereits in Sichtweite des Strands. Es wimmelte von Menschen in Badekleidung, die an diesem heißen Sommertag Abkühlung im Meer suchten.

„Du hast doch sicher eine Badehose dabei?", fragte sie Alex. Er nickte.

„Wir könnten nachher noch ein bisschen schwimmen gehen, bei dieser Hitze würde das gut tun."

„OK, dann gehen wir erst ein bisschen spazieren und danach schwimmen", meinte Alex. „Und dann kenne ich ein sehr nettes Restaurant hier, wo man schön zu Abend essen kann."

„Das hört sich gut an", sagte Monika „ich habe nämlich einen ordentlichen Hunger. Unterwegs habe ich nur etwas Obst gegessen."

„Ich kann's noch gar nicht glauben, dass du wirklich hier bist", sagte Alex und schaute sie verliebt an. „Und du hast tatsächlich ein Alibi für mich?", fragte er unsicher. Sie zog ihn zu sich, umarmte ihn und gab ihm einen Kuss.

„Ich habe lange darüber nachgedacht. Wir werden sagen, dass du nach dem Verlassen der Schule direkt zu mir gekommen bist und dass wir den ganzen Abend zusammen verbracht haben."

„Das ist toll", sagte Alex gerührt, „ich bin dir sehr dankbar dafür."

„Nichts zu danken, mein Lieber, wir sind ja schließlich beide daran interessiert, dass du nicht hier in der Gegend herumirrst und dich verstecken musst."

„Du hattest ja ursprünglich Bedenken wegen deines guten Rufes."

„Natürlich wird es ein schlechtes Licht auf mich werfen. Vor allen Dingen müssen wir aufpassen, dass wir nicht womöglich als Komplizen bei der Ermordung meines Mannes angesehen werden. Aber andererseits wird die Polizei ja auch herausfinden, dass meine Ehe schon seit Jahren zerrüttet war und dass ich Scheidungsabsichten hatte. Da ist es dann auch kein großer Schritt mehr zum Eingeständnis einer außerehelichen Beziehung."

„Das leuchtet mir ein. Natürlich bin ich sehr froh darüber, dass du dich so entschieden hast", sagte Alex freudestrahlend.

„Ich hätte es doch gar nicht länger ohne dich ausgehalten", flötete Monika ihm zärtlich ins Ohr, „du hast mir sehr gefehlt."

„Du mir auch, ich habe jeden Tag, jede Stunde an dich gedacht. Das Schlimmste war, dass ich dich gar nicht erreichen konnte."

„Das haben wir jetzt ja Gott sei Dank hinter uns. Ich schlage vor, dass wir uns heute einen schönen Abend machen. Und morgen einen Ausflug, vielleicht in die Berge, die sollen hier sehr idyllisch sein. Und übermorgen fahren wir dann zusammen zurück."

„Wunderbar", sagte Alex, „heute bin ich der glücklichste Mann der Welt!" Die beiden spazierten am Strand entlang, später gingen sie schwimmen. Der Strand war immer noch voll, doch waren gegen halb acht schon deutlich weniger Menschen beim Baden. Das Wasser war angenehm temperiert und sie genossen diese kurze Erfrischung, bevor sie anschließend in der Abendsonne nebeneinander im Sand lagen. Alex fühlte sich wie im siebten Himmel und machte sich Hoffnungen, diese Nacht mit seiner Geliebten verbringen zu können. Als er sie darauf ansprach, raubte sie ihm allerdings diese Illusion.

Sie habe leider nur noch ein Einzelzimmer bekommen, alles andere sei ausgebucht gewesen, sagte sie. Aber morgen hätten sie ein Doppelzimmer zur Verfügung, das sei schon gebucht. Sie bat ihn um Verständnis dafür, dass sie ihre gemeinsame Nacht um einen Tag verschieben müssten. Alex war zwar enttäuscht, das zu hören, aber er wollte andererseits Monikas Vorschlag nicht widersprechen.

Gegen acht Uhr führte Alex sie in ein kleines Restaurant, wo er bereits in den vergangenen Tagen gegessen hatte. Er hatte einen Tisch reserviert, der ihnen einen freien Blick auf ein herrliches Panorama eröffnete, mit Strand, Meer und Segelbooten, die in der Dämmerung kreuzten. Es war ein sehr warmer Sommerabend, die Temperatur lag noch immer bei über dreißig Grad. Die kühlende Brise, die jetzt gelegentlich aufkam, empfanden sie als überaus angenehm. Sie ließen sich eine Fischplatte bringen und genossen einen wunderbar entspannten Abend. Monika hielt sich beim Wein zurück und trank nur wenig. Auch sie wirkte entspannt und zufrieden. Nichts deutete darauf hin, dass sie nicht ganz so glücklich und zufrieden war wie Alex.

Als sie gegen elf Uhr abends nach einem Espresso das Lokal verließen und sich kurz darauf dem Hotel näherten, machte Alex noch einmal einen Versuch, Monika umzustimmen. Er fragte unverfänglich, ob sie ihm denn nicht ihr Zimmer zeigen wollte. Sie lächelte ihn zärtlich an und meinte, sie hätte Kopfschmerzen und einen anstrengenden Tag hinter sich, die lange Autobahnfahrt habe sie erschöpft. Er möge bitte verstehen, dass es jetzt ungünstig sei, zumal sie morgen ein Doppelzimmer hätten. Alex gab sich damit zufrieden, sie verabschiedeten sich unweit des Hotels mit einem zärtlichen Kuss. Monika verschwand im Hotel, während Alex ein paar hundert Meter weiter zu seinem Fahrzeug ging.

Er verbrachte auch diese Nacht im Auto, wie schon die Nächte zuvor. Auf den nahegelegenen Campingplatz traute er sich nicht, solange er keine neuen Personalpapiere besaß. Er befürchtete zu Recht, dass er bei einer Kontrolle der Anmeldeunterlagen durch die Polizei in der Fahndungsliste entdeckt und verhaftet werden könnte.

37 Schwere Entscheidungen

Monika Lochberger ging auf ihr Zimmer im *Plaza Paris Spa* und schloss die Tür hinter sich ab.

Sie war froh, Alex so einfach losgeworden zu sein. Die Geschichte mit dem Doppelzimmer von morgen hatte sie frei erfunden. Keineswegs hatte sie vor, mit ihm auch nur eine einzige Nacht zu verbringen. Obendrein zweifelte sie jetzt daran, ob es überhaupt richtig gewesen war, nach Spanien zu fahren. Alex war offensichtlich Hals über Kopf in sie verliebt und sie musste sich Gedanken darüber machen, wie sie sich wieder von ihm frei machen konnte.

Aus der Minibar holte sie sich ein Bier und trank einen Schluck. Dann nahm sie das Handy von Karl-Heinz und rief ihn an.

„Hallo, mein Liebes", hörte sie ihn sagen, „Na, wie ist der Abend gelaufen?"

„So la la", meinte sie seufzend, „der Mann ist extrem verliebt in mich. Ich weiß nicht mehr, ob meine Idee, hierher zu kommen, wirklich so gut war."

„Ich bin auch nicht mehr so sicher", sagte Karl-Heinz mit sorgenvoller Stimme. „Die Polizei war heute am Nachmittag bei mir. Kurz nachdem wir telefoniert hatten, kamen zwei Beamte der Kriminalpolizei in Zivil. Sie fragten mich, ob ich fünf Minuten Zeit für ein paar Fragen hätte. Ich wollte sie nicht wegschicken, das hätte verdächtig ausgesehen. Also ließ ich sie herein."

„Und was wollten sie?", fragte Monika nervös.

„Sie haben anscheinend von den Telefongesellschaften Unterlagen angefordert und wissen jetzt, dass wir in letzter Zeit häufig telefoniert haben. Sie wollten wissen, warum. Ich habe ihnen erklärt, dass es geschäftliche Telefonate waren und dass wir uns darüber unterhalten haben, wie wir bei der Entwicklung einer noch besseren Software zusammenarbeiten können."

„Ja, das ist gut, das müssen sie doch schlucken, oder?"

„Na ja, nicht so ganz, sie haben nämlich gefragt, ob es zwischen uns private Beziehungen gäbe. Das habe ich kategorisch verneint. Dann wollten sie ja noch wissen, wo ich in der Mordnacht zur Tatzeit war. Das wird ja immer schöner!"

„Aber du hast doch hoffentlich ein Alibi für diese Zeit, Karl-Heinz?"

„Ja, freilich. Bis neun Uhr war ich in der Sauna, danach hab ich noch mit einem Bekannten ein Bier getrunken und fuhr um Viertel nach zehn heim."

„Das ist gut. Das hätte uns noch gefehlt, dass die bei dir und mir herumschnüffeln und uns verdächtigen!"

„Wenn du jetzt aber mit dem Alex hier ankommst und bei der Polizei aussagst, dass er in der Tatnacht bei dir war, dann wird das schon etwas Staub aufwirbeln."

„Warum, wie meinst du das?"

„Na, ich weiß nicht, ob das wirklich plausibel ist, dass du mit einem Lehrer aus der Schule deines Mannes ein Verhältnis hast. Das ist die eine Sache. Übrigens sehr riskant, denn wenn Strasser verdächtig ist, dann seid ihr es beide zusammen umso mehr. Aber die andere Sache ist die: Wenn dieser Kerl jetzt tatsächlich so in dich verknallt ist, wird er kaum stillhalten, wenn du ihn wieder loswerden möchtest. Was willst du dann tun?"

„Ja, darüber habe ich mir auch schon den Kopf zerbrochen, das ist ein echtes Problem. Ich könnte ihm zwar den Laufpass geben. Aber wenn er später feststellt, dass ich mit dir zusammen bin, dann befürchte ich, dass er von Rachegedanken getrieben wird. Und dann ist er eventuell unberechenbar."

„Das sehe ich genauso. Der Mensch wird in so einem Fall womöglich zur Polizei gehen und alles offen legen. Und wenn herauskommt, dass ich die Daten angekauft habe, die er gestohlen hat, dann wird's brenzlig. Solange man keinen Mörder gefunden hat, würden wir automatisch unter Mordverdacht kommen."

„Ja, du hast recht, aber was soll ich jetzt tun? Ich weiß im Moment wirklich nicht, wo mir der Kopf steht."

„Wie wäre es denn, wenn du ihm sagen würdest, dass das mit dem Alibi jetzt doch nicht klappt? Dann müsstest du dir natürlich eine Begründung überlegen. Du könntest ja behaupten, eine Nachbarin hätte dich an diesem Abend stundenlang allein im Garten gesehen und das bereits bei der Polizei ausgesagt."

„Da hast du vielleicht eine brauchbare Idee, da muss ich mal drüber nachdenken. Aber trotz allem, wenn ich ihn jetzt nicht mit zurücknehme, dann weiß ich nicht, wie er reagieren wird. Er hat sich an die Idee geklammert, von mir gerettet zu werden und wieder heimzukommen. Davon wird er nicht so schnell ablassen."

„Das kann ich mir vorstellen. Aber wie sollen wir das Problem nur lösen?" Er machte eine längere Pause.

„Wie wäre es denn, wenn er einen Unfall hätte?"

„Jetzt machst aber zwielichtige Vorschläge, Karl-Heinz."

„Das war ja kein Vorschlag, sondern nur eine Überlegung. Nimm ihn doch mit auf eine Bergwanderung in die Pyrenäen, vielleicht wird er leichtsinnig und stürzt irgendwo an steilen Felsen ab."

„Das reicht jetzt! Ich verstehe, was du sagen willst, aber momentan gehen mir solche Überlegungen zu weit. Lass uns morgen wieder telefonieren, ich muss jetzt meinen Kopf frei machen und ein bisschen nachdenken über die ganze Situation und dann überlegen, wie ich morgen vorgehe."

„Aber Liebling, ich will dich doch nicht in Stress bringen. Du wirst das schon machen. Ich wünsche dir jetzt erst mal eine gute Nacht und schicke dir einen Kuss."

„Ich dir auch, mein Lieber. Wir reden morgen weiter, vielleicht auch erst morgen Abend, wenn ich das Schwierigste hinter mir habe."

„Gut. Schlaf gut, Monika."

Sie schaltete das Telefon aus. Eine schwierige Aufgabe lag vor ihr. Die Andeutungen von Karl-Heinz fand sie einerseits empörend. Was dachte er sich eigentlich? Sie war doch keine Auftragskillerin! Andererseits hatte er unter Umständen nicht unrecht mit seinen boshaften Ideen, denn wenn Alex die Trennung von ihr nicht akzeptierte, dann bestand immer die Gefahr, dass er sie erpressen könnte oder aus Rache bei der Polizei aussagen würde. Das war ein nicht zu unterschätzendes Risiko.

Womöglich hatte Karl-Heinz sie instinktiv richtig eingeschätzt, was ihre Fähigkeit zu einem Mord anbetraf, dachte sie. Immerhin hatte sie vorsichtshalber ihre alte, von der Mutter ererbte Damenpistole auf die Reise mitgenommen. Man konnte ja nie wissen. Ihre Mutter war Inhaberin eines kleinen Schmuckwarengeschäfts gewesen und hatte diese Pistole stets bereit liegen. Nur ein einziges Mal hatte sie die Waffe wirklich benutzt, als ein mit einem Messer bewaffneter Mann in ihren Laden gekommen war und die Herausgabe von Schmuck und Bargeld verlangte.

Der Räuber lachte angeblich nur dümmlich, als ihre Mutter plötzlich die Pistole aus einer Schublade nahm und auf ihn zielte. Er soll noch gesagt haben: „Nimm die Spielzeugpistole weg, Oma." Als er dann auf ihre Mutter zuging, fiel ein Schuss und der Mann brach sterbend zusammen. Die Presse feierte damals die Mutter als Heldin, die beherzt und entschlossen dem Verbrechen gegenübergetreten war. Monika war zu dem Zeitpunkt zehn Jahre alt und sehr stolz gewesen auf ihre Mutter.

Diese Waffe hatte sie nun bei sich, sie war geladen und funktionsfähig. Das hatte sie anlässlich einer Einladung bei einem Schützenverein vor einigen Monaten im Schießstand getestet. Sie wollte aber Alex nicht erschießen. Nein, das wollte sie auf keinen Fall.

Sie würde ihm morgen die Wahrheit sagen, nämlich dass sie ihn nicht mehr liebte und auch keine Zukunft mit ihm plante, ihm jedoch mit diesem Alibi die Rückkehr nach Hause ermöglichen wollte. Dann würde sie seine Reaktion abwarten und sich entsprechend darauf einstellen. Eine friedliche Lösung wäre möglich, wenn er ihr Geständnis akzeptierte und keine Forderungen erhob. Dann könnten sie als Freunde nach Deutschland zurückfahren und alles könnte wieder in Ordnung kommen.

Falls er ihr aber Vorwürfe machte, sie gar beschimpfte oder gewaltsam reagierte? Falls er damit drohte, belastende Aussagen bei der Polizei gegen sie zu machen? Was sollte sie dann tun? Lange gingen ihr alle möglichen Gedanken im Kopf herum, ohne dass sie auf ihre Fragen eine Antwort fand.

Es war schon kurz nach Mitternacht, als sie schließlich zu einer Entscheidung kam. Sie würde ihm morgen reinen Wein einschenken darüber, dass ihre Gefühle für ihn nur freundschaftlicher Art waren. Wenn er das akzeptierte, war es gut. Wenn nicht, so müsste sie sich für immer von ihm verabschieden.

38 In den Bergen

Der Morgen fing so schlecht an wie die Nacht gewesen war. Monika erwachte früh, es war erst kurz nach sechs und sie fühlte sich wie gerädert nach einem unruhigen und von Alpträumen unterbrochenen Schlaf.

Das Frühstück wurde erst ab halb acht serviert, deshalb hatte es keinen Sinn, schon aufzustehen. Sie überlegte, was heute alles anstand. Mit Alex wollte sie in die Berge fahren, aber welche Strecke genau und wohin? In die Pyrenäen war es wohl etwas weit, sie wusste es nicht genau. Kurz entschlossen nahm sie ihr Tablet und fing an, im Internet nach Ausflugszielen in der Umgebung zu suchen. Ein paar Ziele, die ihr lohnend erschienen, notierte sie sich und machte Bildschirmkopien von den entsprechenden Seiten. Gegen sieben Uhr stand sie auf und ging nach der Morgentoilette hinunter in den Frühstücksraum, wo sich bereits zwei andere Gäste eingefunden hatten. Das Buffet war gut bestückt, genau so, wie sie es bei einem Hotel der gehobenen Preisklasse erwartete.

Entgegen ihren sonstigen Gewohnheiten frühstückte sie etwas mehr als sonst. Allmählich füllte sich der Raum mit weiteren Gästen. Dem Anschein nach waren es überwiegend Urlauber. Bevor sie wieder auf ihr Zimmer ging, fragte Monika einen Kellner nach Empfehlungen für einen Ausflug in die Berge. Es sollte allerdings etwas sein, was nicht touristisch überlaufen sei. Sie würde gern mit einem Freund einen romantischen Ausflug durch Berge und Wälder erleben. Insbesondere suchte sie nach einem Ort mit spektakulärer Aussicht.

Der Kellner lächelte verständnisvoll und überlegte. Dann nannte er ihr zwei Ziele, die er offenbar persönlich kannte und die nicht weiter als etwa siebzig Kilometer entfernt waren. Beide Ausflugsziele böten wunderbare Panoramen und man hätte einen herrlichen Blick weit über das Land. Dabei, so betonte er, seien diese Orte nur den Einheimischen bekannt, es würden sich kaum ausländische Touristen dorthin verirren. Monika bedankte sich für die Hinweise und gab dem Kellner ein großzügiges Trinkgeld.

Als Alex gegen zehn Uhr dreißig wie verabredet an der Hotel-Rezeption stand und sich nach Frau Lochberger erkundigte, da waren ihre Ausflugspläne bereits fertig. Eine der Empfehlungen des Kellners deckte sich mit ihren eigenen Recherchen von heute früh. Die Strecke führte über kurvenreiche Straßen und ging an mehreren Aussichtspunkten vorbei.

In der Hotelhalle angekommen, ging sie geradewegs auf Alex zu, nahm ihn in den Arm und führte ihn hinaus ins Freie, wo sie ihm einen

Begrüßungskuss gab.

„Schön, dass du schon da bist, mein Lieber. Ich habe über unser Tagesprogramm nachgedacht. Du magst doch die Berge, oder?"

„Aber sicher", sagte Alex. „Da sieht man mehr vom Land. Hier am Strand ist ja alles immer das Gleiche. Und wohin genau wollen wir heute fahren?"

„Am besten setzen wir uns kurz irgendwo auf eine Bank, dann kann ich dir auf der Karte zeigen, was ich geplant habe."

„Da drüben ist doch eine." Alex deutete auf eine fünfzig Meter entfernte Sitzbank im Schatten eines Pinienbaums.

„Na wunderbar, dann können wir uns ja die Strecke gleich anschauen." Monika erklärte dem erstaunten Alex das Ausflugsziel, das sie ausgesucht hatte. Er war angenehm überrascht, wie gut sie schon alles geplant hatte.

„Wann machst du denn eigentlich den Umzug von deinem Einzelzimmer in unser Doppelzimmer?", fragte er einmal beiläufig.

„Das erledigen die Zimmermädchen nachher, sie tragen meine Sachen ins neue Zimmer. Ich habe schon alles im Koffer. Wenn wir zurückkommen, können wir das Doppelzimmer beziehen, es wird ab zwei Uhr nachmittags fertig sein."

„Schön", sagte Alex, aber etwas im Gesichtsausdruck von Monika schien auszudrücken, dass sie darüber nicht ganz so glücklich war, wie er gehofft hatte.

„Es ist dir doch recht, wenn wir das so machen, oder?", fragte er verunsichert.

„Aber freilich, lieber Alex", sagte Monika etwas gezwungen, „wir haben es so ausgemacht und ich will doch, dass du zufrieden bist."

„Und ich will natürlich, dass auch du zufrieden bist. Wenn es dir nicht recht ist, muss es nicht unbedingt sein", sagte Alex in einem leicht gekränkten Tonfall.

„Komm, Alex, reden wir doch nicht solchen Unsinn. Selbstverständlich freue ich mich auf die Nacht mit dir, aber jetzt gibt es erst einmal einen Ausflug. Es ist tolles Wetter heute und wir werden wunderschöne Landschaften sehen." Sie lachte ihn aufmunternd an.

„Fahren wir mit meinem oder deinem Wagen?", fragte Alex.

„Wenn es dir nichts ausmacht", sagte Monika langsam, als müsse sie erst darüber nachdenken, „dann lieber mit meinem. Der Wagen hat ein Navigationsgerät, das ist nützlich auf so einer Fahrt. Wenn du Lust hast, darfst gerne du ans Steuer. Ich wäre sogar froh darüber. Die zwei Tage Autobahn waren anstrengend."

Alex war einverstanden. Zwanzig Minuten später saßen sie in Monikas Mercedes und fuhren los.

Das Gespräch zwischen ihnen schien sich heute Vormittag nicht so richtig entwickeln zu wollen. Alex glaubte, einen abweisenden Zug in Monikas Gesichtsausdruck zu entdecken. Da er heute Morgen gegen neun Uhr in einem Internetcafé die neueste Mail von Winfried gelesen hatte, war er ohnehin beunruhigt.

In dieser Nachricht hatte Winfried sein Misstrauen gegenüber Monika geäußert, ihn sogar vor ihr gewarnt und behauptet, er habe sie zusammen mit Messerschmidt in einer intimen Situation gesehen. Sie hätten sich bei der Abfahrt von Monika geküsst. Diese Enthüllung hatte Alex schockiert, er war zunächst gar nicht bereit, das zu glauben. Aber die Sache ging ihm jetzt andauernd im Kopf herum, so dass er seine alte Ungezwungenheit im Umgang mit Monika verloren hatte. Sie bemerkte das und fragte ihn irgendwann:

„Was ist denn los mit dir, du bist ja heute so schweigsam?"

„Tut mir leid, ich habe schlecht geschlafen, die letzten Tage waren zu aufregend. Und jetzt, wo du gekommen bist und wir endlich wieder zurück können, da…" Sein Satz blieb halbfertig stecken. „Die letzten Tage waren stressig für mich, und ich bin noch ziemlich müde."

„Das kann ich gut verstehen" meinte Monika, „ich hab auch nicht gut geschlafen. Wahrscheinlich die anstrengende Fahrt und die Aufregung. Und natürlich die Freude, dich endlich wiederzusehen!"

Sie lächelte ihm zu und setzte dabei das verführerischste Lächeln auf, zu dem sie in der Lage war.

Das blieb nicht ohne Wirkung auf Alex.

„Ach Monika, ich freue mich sehr, dass du hier bist und dass wir morgen dann gemeinsam heimfahren. Ich bin …, ich kann dir gar nicht sagen, wie froh ich darüber bin."

„Mir geht es auch so, Alex. Es wird jetzt alles gut werden."

Ihre letzten Äußerungen klangen für Alexander wieder erstaunlich beruhigend und vertrauenerweckend. Vielleicht waren seine Befürchtungen und sein Misstrauen völlig fehl am Platz, vielleicht hatte Winfried ja etwas falsch interpretiert. Diesen wunderschönen Tag wollte er sich nicht verderben lassen und beschloss, alle düsteren Gedanken beiseitezuschieben.

Es war ein azurblauer Sommermorgen und es würde ein heißer Tag werden. Eine leichte, kühle Brise wehte vom Meer her und brachte eine angenehme Erfrischung. Die beiden fuhren nordostwärts Richtung Tordera, die Landstraße führte über hügeliges Gelände und quer durch eine grüne, üppige Landschaft. Hin und wieder waren Traktoren auf den Äckern zu sehen. Hinter Tordera wurde die Gegend zunehmend bergig und kurvenreich.

Zehn Minuten später kamen sie in ein Längstal, das durch eine Autobahn und die parallel verlaufende Schnellstraße C35 dominiert wurde. Alex fuhr auf diese Straße und nach fünf Minuten erreichten sie die Ausfahrt Hostalric, wo er nach Monikas Anweisung in Richtung Norden abbog.

„Wir fahren jetzt nach San Feliu de Buixalleu. Das war ein Geheimtipp von dem Kellner in meinem Hotel. Es soll dort sehr schöne Wanderwege geben mit einer tollen Aussicht über die Berge."

„Das finde ich prima, dass du alles so gut vorbereitet hast, Monika", meinte Alex anerkennend.

„Du sollst ja unseren Ausflug in guter Erinnerung behalten, Alex. Und wenn wir schon mal hier sind, müssen wir auch etwas von den Schönheiten des Landes sehen, oder nicht?"

„Du hast vollkommen recht. Die Landschaft hier ist unglaublich reizvoll. Ich bin gespannt auf unser Ziel."

„Lass uns jetzt mal eine kurze Pause machen", meinte Monika, „ich würde gerne eine Zigarette rauchen."

„Kein Problem", meinte Alex und sie stiegen aus.

Während der bisherigen Fahrt waren sie schweigsamer gewesen als sonst. Alex dachte immer wieder an die E-Mail von heute Morgen. Er war schon um halb acht aufgestanden, das heißt, er hatte sich in seinem Auto mühsam aus dem Schlafsack herausgewunden. Nach einem Spaziergang hatte er in einem kleinen Café ein Frühstück mit Kaffee und Croissants eingenommen. Anschließend las er in einem Internetcafé seine elektronische Post und entdeckte dort die ernüchternde Mail von Winfried, die in den Sätzen gipfelte:

„Ich weiß nicht, was diese Monika plant und beabsichtigt, aber sei vorsichtig. Sie erscheint mir immer undurchsichtiger. Steckt sie womöglich sogar hinter dem Mord an ihrem Mann? Bitte halte die Augen auf und rechne mit allem."

Was sein Freund ihm da schrieb, bestürzte ihn. Was sollte das alles bedeuten? War Monika womöglich nicht mit ehrlichen Absichten gekommen? War es möglich, dass sie mit diesem Messerschmidt ein Verhältnis hatte? Er beschloss, auf der Hut zu sein, aber er wollte sie andererseits nicht brüskieren. Immerhin hatte sie ihm ein Alibi versprochen.

Er ließ nochmal den heutigen Morgen Revue passieren. Nach dem Besuch im Internetcafé war er beim Postamt vorbeigegangen und hatte sich nach eingegangenen Briefen erkundigt. Der Beamte war nach einem Blick auf seinen Personalausweis kurz im Nebenraum verschwunden, bevor er mit einem gefütterten Umschlag zurückkam. Alex erkannte sofort Winfrieds Handschrift. Mit dem Briefkuvert hatte er das Postamt verlassen und war zu seinem Wagen zurückgegangen, in der freudigen Erwartung seiner neuen Ausweisdokumente. Äußerst gespannt riss er den Briefumschlag auf und fand darin ein kleines Päckchen mit einem Zettel mit Winfrieds Handschrift:

Hier sind die gewünschten Unterlagen. Alles Gute für dich! Melde dich bald mal! Gruß Winfried.

Er zerriss das kleine Päckchen und heraus kamen die lang ersehnten Ausweise, ein Führerschein, ein Reisepass und ein Personalausweis, alle auf den Namen Peter Müller.

„Jetzt heiße ich also Müller, Peter Müller", sagte er zufrieden zu sich selber und wusste, dass damit ein neues Kapitel seines Lebens begann. Ab heute Nacht brauchte er nicht mehr im Auto zu übernachten, sondern konnte jederzeit ohne Angst vor der Polizei ein Hotel buchen. Peter Müller war eine unverdächtige neue Identität und die versprach ihm eine Rückkehr zu einem normalen Leben.

Mittlerweile war es fast zehn Uhr geworden und bald würde er Monika treffen. Er war mit Badehose und Badehandtuch hinunter zum Strand gegangen, wo er ein kurzes morgendliches Bad nahm. Mit einem Gefühl von Frische und Sauberkeit, wie sie nur ein Bad im Meer erzeugt, war er zu seinem Fahrzeug zurückgekehrt, hatte sich rasiert und war dann kurz vor halb elf aufgebrochen. Der Fußweg zum Hotel dauerte nur drei Minuten und er war pünktlich im Hotel angekommen.

Jetzt standen Sie auf diesem kleinen Parkplatz in den Bergen, Monika rauchte und ihr Gesichtsausdruck erschien ihm kalt und abweisend. Ihm war unwohl zumute, die Stimmung zwischen ihnen war schon den ganzen Morgen merkwürdig. Irgendetwas Schweres lag in der Luft. Sein Verdacht gegenüber dieser Frau wuchs von Minute zu Minute.

Der unbefestigte Parkplatz von rund zwanzig Metern Durchmesser lag im Schatten von Eukalyptusbäumen und war leer bis auf ein geparktes Fahrzeug, das auf der anderen Seite des Platzes links von ihnen in der prallen Sonne stand. Vor ihnen öffnete sich eine malerische Aussicht auf die grüne katalanische Berglandschaft mit ihrem Mischwald und dazwischenliegenden Äckern. Während Monika noch rauchte, schlenderte er zum Rand des Platzes in Richtung auf den Abhang. Es ging dort über hundert Meter weit steil hinab über felsiges und teilweise mit Gestrüpp bewachsenes Gelände.

„Nicht sehr schön, dieser Steilhang hier. Lass uns wieder einsteigen und ein Stück weiterfahren", meinte er, als Monika ihre Zigarette austrat.

Sie stiegen in den Wagen und schnallten sich an. Alex fuhr aber nicht los, sondern drehte sich zu Monika um und sagte mit ernstem Ausdruck: „Ich glaube, wir sollten mal offen reden."

Monikas Gesichtsausdruck hellte sich auf, so als ob sie genau darauf gewartet hätte und froh war über die anstehende Aussprache.

„Gut", sagte sie, „lass uns reden."

„Ich weiß nicht, ob du es ehrlich mit mir meinst."

„Wie kommst du denn auf diese Idee?"

„Kann es sein, dass du mit Herrn Messerschmidt eine ähnlich enge Beziehung hast wie zu mir?"

Sie stieß einen leichten Seufzer aus und schien nachzudenken.

„Darüber wollte ich auch schon mit dir sprechen, Alex. Ich habe mich tatsächlich gegen Ende meiner Ehe sehr einsam gefühlt und ungefähr zur gleichen Zeit dich und Karl-Heinz kennengelernt. Man könnte sagen, dass ich mich gleichzeitig in euch beide verliebt habe."

„So was soll ja vorkommen", sagte Alex mit leicht ironischen Ausdruck. „Aber wie ist dein Verhältnis zu ihm und zu mir heute? Ich bin bisher davon ausgegangen, dass wir eine gemeinsame Zukunft planen? Ist das tatsächlich immer noch so oder hat sich da etwas geändert?"

„Kein anderer Mann hat für mich so eine Bedeutung wie du", sagte sie und lächelte ihm zu.

„Aber ist es nicht wahr, dass sich Messerschmidt vorgestern mit Küssen von dir verabschiedet hat?"

Monika wurde blass und gleich danach rot.

„Woher willst du das wissen?", fragte sie entgeistert.

„Winfried hat euch zufällig gesehen, er wollte dir noch etwas mitbringen für die Reise. Da wurde er zufällig Zeuge von eurer inbrünstigen Verabschiedung."

„Ich finde, dein Freund mischt sich übermäßig in unser Privatleben ein. Karl-Heinz war tatsächlich morgens vor meiner Abfahrt bei mir und hat mir noch etwas vorbeigebracht. Wir haben uns dann wie Freunde verabschiedet, mit einem Kuss auf die Wange."

„Ich weiß nicht, warum ich dir nicht mehr trauen kann, Monika", sagte Alex mit finsterem Gesicht. „Mein Bauchgefühl sagt mir, dass irgendetwas nicht stimmt und dass du mir nicht die Wahrheit sagst."

„Also jetzt mal langsam! Was wäre denn, wenn unsere Beziehung sich nicht so glücklich entwickeln würde, wie wir beide mal angenommen haben? Wir sind doch erwachsene Menschen und wissen, dass man in der Anfangszeit der Verliebtheit manches rosarot sieht. Manchmal stellt sich bei genauerer Prüfung dann heraus, dass man für ein gemeinsames Leben auf Dauer doch nicht so geeignet ist."

„Also das ist es, was du mir sagen willst!", sagte Alex zunehmend gereizt und in leicht aggressiven Ton. „Dann stimmt es also, dass du ein intimes Verhältnis mit Messerschmidt hast?"

„Und wenn es so wäre, was dann? Ich bin schließlich nicht dein Eigentum, sondern ein freier Mensch. Du benimmst dich zunehmend wie ein Pascha, der meint, er könnte eine Frau herumkommandieren."

„Das ist doch völliger Quatsch", sagte er aufgebracht. „Tatsache ist aber, dass du mich offenbar angelogen hast. Du hast mir noch vor kurzem weismachen wollen, du seist in mich verliebt, aber in Wirklichkeit hast du schon längst Zukunftspläne mit Messerschmidt gemacht. Die Frage ist jetzt, warum du überhaupt gekommen bist."

„Ich wollte dir helfen, aus dieser verflixten Situation herauszukommen."

„Eine Situation, in die du mich letzten Endes hineinmanövriert hast. Vermutlich war das von Anfang an ein abgekartetes Spiel. Du hast mich überredet zu diesem Diebstahl, der letztlich zu Gunsten von Messerschmidt passiert ist. Er wird ja jetzt die Programme deines Mannes weiterführen und er wird keine Konkurrenz mehr haben. Euch beiden steht eine glorreiche Zukunft bevor. Das Bauernopfer bin ich. Und wenn es euch in den Kram passt, könntet ihr mich sogar bei der Polizei anzeigen und dann würde ich unter Mordverdacht stehen."

Monika unterbrach ihn wütend. „Jetzt lass doch diesen Unsinn, du redest ja völlig kopfloses Zeug."

„Ich traue dir nicht mehr, Monika und ich glaube nicht, dass du es ehrlich meinst. Und ich werde auch nicht mit dir zurückfahren, wer weiß, was du wirklich vorhast. Am Ende lande ich noch in Untersuchungshaft, weil ihr beide euch gegen mich zusammen tut und entsprechende Aussagen bei der Polizei macht. Aber ich könnte natürlich auch meine Aussagen machen und mein Freund Winfried weiß inzwischen ja auch Bescheid."

„Ich glaube, es reicht jetzt", sagte Monika mit kaltem Gesichtsausdruck und zog aus ihrer Handtasche ihre kleine Pistole.

„Du bist ein Dummkopf und willst offenbar die goldenen Brücken, die man dir baut, nicht annehmen. Ich bin hergekommen, um dir zu helfen und dir ein Alibi zu besorgen. Ansonsten will ich mein Leben zuhause nach meinen Vorstellungen weiterführen. Wir sind uns gegenseitig nichts schuldig. Du hast mir die Daten aus dem Rechner meines Mannes besorgt, du bist dafür bezahlt worden und als zusätzliche Gegenleistung bin ich bereit, dir ein Alibi zu geben. Damit sind wir quitt, kapiert? Weder liebe ich dich, noch werde ich in Zukunft für dich da sein. Wenn wir zurückkommen, sind wir alte Bekannte und nichts weiter. Hast du das verstanden?"

Alex starrte entgeistert auf die Waffe in ihrer Hand und war einen Augenblick lang sprachlos.

„Willst du mich etwa erschießen? Und meinen Freund Winfried, der alles weiß, willst du den auch umbringen?"

„Wenn ihr mich dazu zwingt und es nicht anders geht, dann kann es so kommen. Außerdem weiß ich bis heute nicht, ob nicht DU meinen Mann umgebracht hast. Dann wäre es nur die gerechte Strafe für deine Tat."

„Du bist ja vollkommen verrückt, ich habe mit dem Mord an deinem Mann nichts zu tun, aber du hast ihn womöglich umbringen lassen, um in den Besitz seiner Firma und seiner Software zu kommen. Und um anschließend ungehindert deine Eskapaden mit Messerschmidt genießen zu können. Du bist doch eine Schlange!"

„Es ist besser, wenn du jetzt den Mund hältst, sonst vergesse ich meine gute Erziehung", sagte Monika, als sie plötzlich von hinten ein lautes Geräusch von quietschenden Reifen aufschreckte. Alex sah im Rückspiegel ein grün-weißes Polizeifahrzeug der Guardia Civil.

„Wir haben Besuch von der Polizei, steck die Pistole lieber weg", raunte Alex ihr zu. Sie verbarg die Waffe in ihrer Handtasche und legte diese vor sich auf den Boden. Schon klopfte es von außen an die Scheibe der Fahrertür, ein korpulenter Polizist stand neben dem Fahrzeug und sah Alex auffordernd an. Alex ließ die Scheibe herunter, und der Polizist sprach ihn auf Englisch an.

„Passports please." Alex antwortete ihm auf Spanisch: „Ich verstehe Ihre Sprache, podemos hablar español." Die Miene des Polizisten hellte sich auf.

„Sehr gut, dann zeigen Sie mir bitte Ihre Fahrzeugpapiere und die Ausweise. Was tun Sie hier in dieser Gegend?"

„Wir sind Touristen und machen einen kleinen Ausflug. Die Berge hier sind ja sehr schön", sagte Alex in flüssigem Spanisch, während er nach seinem Personalausweis tastete, den er aber nicht in der Brusttasche seines Hemdes fand.

„Gibst du mal die Fahrzeugpapiere heraus, Monika?", fragte er sie, aber sie war bereits damit beschäftigt, diese im Handschuhfach zu suchen.

„Und bitte auch den Ausweis der Señora", sagte der Polizist. Inzwischen war der zweite Beamte aus dem Streifenwagen ausgestiegen, ein schlanker jüngerer Mann. Er stand mit prüfenden Blick neben seinem älteren Kollegen. Alex tastete seine Hosentaschen ab, er fand seinen Ausweis nicht.

„Ich muss kurz aussteigen, meine Papiere sind hinten im Kofferraum."

„Gut", sagte der dicke Polizist, „dann steigen Sie aus."

Monika beobachtete ihn beim Aussteigen argwöhnisch.

Er ging nach hinten und öffnete die Kofferraumklappe, die ihn jetzt verdeckte, so dass er für Monika nicht sichtbar war. Alex nahm seinen Rucksack heraus. Gleichzeitig winkte er dem Polizisten zu und gab ihm zu verstehen, dass seine Begleiterin nichts bemerken sollte. Der Polizist kam auf ihn zu und Alex sagte leise zu ihm:

„Sie müssen mir helfen, diese Frau hat eine Pistole bei sich und sie will mich erschießen, nehmen Sie sie fest."

Der Polizist schaute ihn ungläubig an, er hielt das offensichtlich für einen Scherz.

„Ich meine es absolut ernst", sagte Alex eindringlich, „das ist nicht meine Frau, es ist eine flüchtige Bekannte. Ich kenne sie erst seit gestern und sie hat mich zu dieser Fahrt eingeladen. Aber jetzt bin ich in Gefahr. Ziehen Sie Ihre Pistolen, denn sie wird schießen."

Der Polizist sagte leise zu seinem jungen Kollegen:

„Hör mal, Jaime, dieser Tourist will uns wohl auf den Arm nehmen. Er behauptet, die Lady im Auto will ihn erschießen. Ich glaube, er hat zu viel Sonne abgekriegt."

Der Jüngere machte eine ärgerliche Grimasse.

„Juan, lass uns doch hier verschwinden, wir verschwenden nur unsere Zeit mit diesen ausgeflippten Touris, ich will rechtzeitig zum Mittagessen daheim sein", brummte er schlecht gelaunt.

Alex hatte das gehört und sagte schnell: „Nein es ist kein Scherz, glauben Sie mir doch. Die Waffe ist in ihrer Handtasche, seien Sie vorsichtig, die Frau ist gefährlich."

Der Beamte war noch immer nicht überzeugt, aber er ging jetzt widerwillig nach vorne zur Fahrertür, lehnte sich nach vorn und sagte ins Auto zu Monika hinein:

„Señora, salga por favor!"

Monika hatte nicht verstanden und rief durchs Fenster hinaus.

„Was hat der Polizist gesagt, Alex?"

„Du sollst aussteigen, hat er gesagt."

„Come out of the car", übersetzte der Polizist jetzt und Monika machte Anstalten, dieser Aufforderung Folge zu leisten.

„Give me your bag, please Señora", forderte der Guardia Civil, zeigte auf ihre Handtasche und machte eine Geste der Übergabe.

„Hast du etwa geplaudert, du Dummkopf", rief Monika wütend in Richtung auf Alex, der hinter den beiden Polizisten stand, als wolle er sich verstecken.

„Vorsicht!", sagte Alex zu den Polizisten, „ich habe Ihnen gesagt, sie hat die Pistole in der Handtasche."

„Give me your bag, please", sagte der dicke Polizist jetzt energisch zu Monika.

Mit einer Geste des Einverständnisses schien sie nachzugeben. Sie nahm die Tasche in die linke Hand, als wolle sie sie übergeben, griff dann blitzschnell mit der Rechten hinein und zog die Waffe heraus. Ihre Pistole war jetzt auf die drei Männer gerichtet.

„Hands up", schrie sie energisch. „Hands up or I shoot!"

„Maldito sea", fluchte Juan, „verdammt, Jaime, die Frau ist verrückt."

„Keine Unterhaltungen. Do not talk!", schrie Monika wütend und zielte weiterhin mit der Pistole auf die Gruppe.

„Alex, du steigst jetzt ins Auto."

„Was sagt sie?", fragte der ältere Polizist Alex leise.

„Ich soll ins Auto steigen", antwortete Alex.

Der Polizist redete jetzt in seinem mageren Englisch auf Monika ein und versuchte, sie zu besänftigen.

„Señora, we are Spanish police, no pistol contra police please."

„Erspart mir euer Gequatsche, hold your hands up, Hände hoch", schrie Monika. Als der Polizeibeamte seine Arme sinken ließ, feuerte sie einen Schuss ab, über seinen Kopf hinweg. Der Mann erkannte, dass mit dieser Dame nicht zu spaßen war und nahm sofort die Hände wieder hoch.

Plötzlich war ein lauter werdendes Motorengeräusch zu hören, ein schweres Motorrad kam um die Kurve, bremste ab und fuhr langsam am Parkplatz vorbei. Es war eine Polizei-BMW. Der Fahrer hatte mit einem einzigen Blick den Ernst der Lage verstanden. Seine Kollegen waren offenbar in höchster Gefahr. Monika hatte nur kurz nach links hinüber gesehen, sie musste die beiden Polizisten in Schach halten. Sie hörte nur noch, dass der Motorradfahrer wieder Gas gab und weiterfuhr. Dass er nach einigen Metern hinter der nächsten Kurve anhielt und seine Maschine abstellte, bemerkte sie nicht. Mit seiner Dienstpistole im Anschlag rannte der Motorradfahrer geduckt zurück zum Parkplatz, wobei er die Deckung von Büschen und Bäumen nutzte.

„Alex, ins Auto jetzt oder ich erschieße euch alle", schrie Monika, die allmählich in einen Zustand von Hysterie geriet. „Put that guy into the car", schrie sie wütend den Polizisten zu. In diesem Augenblick stand plötzlich der Motorradpolizist in der Parkplatzeinfahrt, zielte mit seiner Pistole auf Monika und schrie laut: „Manos arriba! Hands up!"

Monika erschrak, ihre Nerven waren zum Zerreißen angespannt. Reflexartig drehte sie ihren ausgestreckten bewaffneten Arm nach links in die Richtung dieses urplötzlich aufgetauchten Mannes und schoss. Der Schuss des Motorradpolizisten ging zeitgleich los. Blitzschnell hatten die beiden anderen Polizisten ebenfalls ihre Waffen gezogen und das Feuer auf Monika eröffnet. Alles passierte rasend schnell. Monika taumelte und sackte zusammen, dann lag sie rücklings auf dem Boden, von mehreren Kugeln getroffen. Auch der Motorradpolizist war offensichtlich getroffen worden und lag am Boden.

Jaime, der jüngere Polizist trat mit prüfendem Blick zu der am Boden liegenden Frau. Er ging neben ihr in die Hocke, besah ihre Schussverletzungen und fühlte ihren Puls. Sein Kommentar war knapp und kühl.

„Sie ist tot."

Juan kniete bereits neben seinem Kollegen und sprach ihm zu. Es war Pedro, er arbeitete im Nachbarort, sie kannten sich gut. Pedro atmete und war bei Bewusstsein. Er hatte aber einen Schock und starke Schmerzen im linken Arm. Der Ärmel seiner Motorradjacke war von der Kugel zerfetzt worden. Kurzzeitig wurde er bewusstlos, kam aber dann wieder zu sich.

„Mann, da hast du Schwein gehabt", sagte Juan.

„Ja, ich glaube, ich bin okay, es ist nur der Arm", meinte Pedro, „Sie hat mir in den Arm geschossen. Was ist mit dieser Frau?"

„Sie ist tot. Wir mussten schießen, sonst hätte sie uns alle umgebracht. Ein Glück für uns, dass du in dem Moment gekommen bist, sonst würden wir jetzt die Radieschen von unten sehen. Diese Deutsche muss verrückt gewesen."

Der jüngere Kollege Jaime mischte sich ein: „Versuche mal, aufzustehen, Pedro. Wir sollten jetzt klären, ob man dich in einem Auto transportieren kann oder ob wir einen Hubschrauber brauchen."

Sie halfen dem verletzten Kollegen vorsichtig auf die Beine. Er konnte zum Glück allein stehen und sogar einige Schritte gehen. So weit von außen zu sehen war, hatte er keine sonstigen schweren Verletzungen erlitten, klagte aber über Schmerzen im Arm.

„Gut, wir rufen jetzt einen Arzt." Jaime ging zum Streifenwagen und rief über Funk die Zentrale. „Hallo, hier ist Jaime Montero. Wir brauchen dringend einen Krankenwagen, der Kollege Pedro hat eine Schussverletzung am Arm und es gibt eine tote Frau. Sie hat auf uns geschossen, wir haben in Notwehr zurückgeschossen."

Er gab die notwendigen Informationen zum Standort und Hergang des Zwischenfalls durch und ging dann zurück zu den Kollegen. „Die Sanitäter werden gleich da sein."

Alex stand während der ganzen Zeit neben Monikas Auto. Kofferraum und Fahrzeugtüren waren offen und hinter dem Wagen lag Monika in einer Blutlache. Der Schock über diese unvorhersehbaren Ereignisse stand ihm ins Gesicht geschrieben. Diese Frau muss wahnsinnig gewesen sein, dachte er. Ich habe sie geliebt, aber sie hätte mich erschossen, ohne mit der Wimper zu zucken. Wie hatte es so weit kommen können? Er war tief enttäuscht. Gestern noch hatte er von einer gemeinsamen Zukunft mit ihr geträumt, und jetzt war sie tot. Es war nicht zu fassen! Ein einziger Augenblick hatte sein Leben völlig verändert. Die Frau, die er so sehr geliebt hatte, hatte ihn hintergangen und wollte ihn umbringen. Ihn fröstelte und es lief ihm kalt den Rücken hinunter.

Die Rückkehr nach Deutschland war damit unmöglich geworden, ohne Alibi würde er weiterhin auf der Flucht sein.

Die Polizisten rauchten Zigaretten und riefen Alex zu ihrem Fahrzeug, um ihn zu befragen und seine Daten zu notieren.

Sie wollten wissen, in welcher Beziehung er zu dieser Frau gestanden hatte und wie es zu der ganzen Sache gekommen war. Er antwortete ausweichend und sagte nur, sie sei eine flüchtige Bekannte und er habe sie in Blanes am Strand zufällig kennengelernt. Sie hätte ihn dann gestern zu einem Tagesausflug in die Berge eingeladen. Hier auf diesem Parkplatz habe sie ihn schlagartig bedroht und von ihm Geld verlangt. Offensichtlich sei sie eine Kriminelle. Vielleicht auch geistesgestört. Mehr könne er nicht sagen, er kenne diese Frau nicht.

„Wir müssen noch Ihre Personalien aufnehmen", sagte der Polizist, geben Sie mir bitte Ihren Personalausweis. Alex überreichte ihm seinen neuen Ausweis und der Polizist notierte die Daten und gab ihm das Dokument zurück.

„Muchas gracias, Señor Müller. Und danke für Ihre Warnung, wir haben das zuerst nicht glauben können, das kommt ja nun wirklich nicht jeden Tag vor."

Alex antwortete langsam und wie geistesabwesend, als wäre er immer noch gelähmt von der Erinnerung an die dramatischen Ereignisse.

„Ich habe das ja selber nicht glauben können, dass diese Frau auf einmal mit einer Pistole auf mich gezielt hat."

„Schauen Sie sich in Zukunft die Frauen genauer an, bevor Sie mit ihnen ins Auto steigen", frotzelte der Polizist Juan.

„Ich steige zu keiner fremden Frau mehr ins Auto, das können Sie mir glauben", antwortete Alex mit resigniertem Gesichtsausdruck.

„Wir werden Sie noch als Zeugen brauchen, Señor Müller, können Sie nachher für eine Aussage mitkommen?"

„Selbstverständlich", sagte Alex und bemerkte mit einer gewissen Genugtuung, dass er jetzt zum Glück mit einer neuen Identität unterwegs war und daher keine Angst vor einer Verhaftung zu haben brauchte.

40 Schlechte Nachrichten

Als ich gegen neunzehn Uhr zuhause ankam, blinkte der Anrufbeantworter. Zu meiner Überraschung war ein Anruf von Alex dabei. Der Text war kurz: „Ich muss dich dringend sprechen, möglichst noch heute. Es sind schlimme Dinge passiert. Ruf mich bitte an, unter der Nummer, die ich dir per E-Mail geschickt habe. Gruß Alex."

Das klang besorgniserregend. Ich setzte mich sofort an den Schreibtisch und startete meinen PC. Es war eine Mail von einem mir bislang unbekannten Absender „Pedro Molinero" eingegangen. Ich schmunzelte, denn das war die spanische Übersetzung von ‚Peter Müller‘. Alex hatte also einen spanischen E-Mail-Account eröffnet.

Im Anhang fand ich seine neue Telefonnummer. Ich wählte die Nummer, er war sofort am Apparat.

„Hallo Winfried! Toll, dass du anrufst", seufzte er erleichtert.

„Hallo Alex. Was ist passiert? War Monika da? Erzähl schon."

„Ach Winfried, es ist alles aus!", sagte er mit deprimierter Stimme und er erzählte mir die ganze Geschichte in allen Einzelheiten, von Monikas Ankunft in Blanes, über ihre Planung des Ausflugs bis zu der Szene im Auto, als sie ihn mit der Pistole bedroht hatte und wie sie schließlich im Kugelhagel der Polizisten starb.

„Ich habe sie geliebt, aber sie hat mich in übler Weise hintergangen. Sie hätte mich wohl erschossen, wenn nicht die Polizei plötzlich aufgetaucht wäre. Ich wollte mit ihr gemeinsam meine letzten Jahre erleben und jetzt ist alles geplatzt wie eine Seifenblase."

Ich war sprachlos und gleichzeitig erleichtert darüber, dass Alex noch lebte.

„Das alles tut mir wahnsinnig leid. Aber ich bin froh, dass du noch am Leben bist", sagte ich. „Allerdings hast du jetzt kein Alibi, und dein Plan mit der Heimreise liegt wohl erst mal auf Eis, oder?"

„Leider ist es genau so", sagte Alex „ich muss jetzt vorläufig hierbleiben, vielleicht findet man ja den Mörder bald. Vorher werde ich nicht zurückkommen. Wenn du gelegentlich die Visakarte etwas auffüllen würdest, wäre das gut. Ich werde ja vermutlich noch einige Zeit ausharren müssen."

„Wird erledigt, ist doch klar. Und was hast du jetzt weiter vor?"

„Ich bleibe vorerst in Spanien, eventuell fahr ich weiter nach Süden. Jetzt kann ich mir ja wieder eine ordentliche Übernachtung leisten, das war bisher nicht möglich. Ohne einen neuen Ausweis habe ich bis zum heutigen Tag lieber im Auto geschlafen. Übrigens, ich wäre froh, wenn du gelegentlich mal nach meinem Haus sehen könntest."

„Okay Alex, wird alles erledigt. Ich hoffe nur, dass die Polizei endlich den Mörder findet und dass du bald wieder zurückkommst."

„Schön wär's, aber das kann noch Monate dauern. Es hat wenig Sinn, darüber zu spekulieren. Wir werden sehen."

„Ich drück dir die Daumen und wünsch dir eine sichere Fahrt."

„Wir können ja bei Bedarf telefonieren. Aber wirklich nur in ganz dringenden Notfällen. Man wird sicher auch deine Kommunikation überwachen."

„Gut, Alex, so machen wir's. Halt, noch eine Frage, soll ich mit dem Messerschmidt Kontakt aufnehmen?"

„Lieber nicht. Du müsstest ihm ja dann von meiner neuen Identität erzählen. Das wäre riskant für mich. Die ganze Sache ist überhaupt riskant. Wenn die deutsche Polizei versuchen sollte, mit dem echten Peter Müller Kontakt aufzunehmen, wegen einer Zeugenaussage beispielsweise, dann sehe ich schwarz. Ich weiß nicht mal, ob der Mann tatsächlich existiert und wenn ja, ob er noch lebt. Das könnte noch unangenehm werden. Lass mal lieber den Messerschmidt aus dem Spiel, der wird sich früh genug einen Reim auf die Sache machen. Falls er dich kontaktieren sollte, behaupte am besten, dass du nichts weißt."

„Gut, ich verstehe, wahrscheinlich hast du recht. Mensch, Alex, mach's gut und pass auf dich auf. Bis bald!"

„Das hoffe ich. Ade, alter Junge!"

Den Abend verbrachte ich mit Grübeleien. Auf jeden Fall war damit zu rechnen, dass die spanische Polizei einen ausführlichen Bericht an die deutschen Kollegen senden würde. Und dann war vermutlich auch zu erwarten, dass dieser Peter Müller als Zeuge vorgeladen würde. Dabei würde sich schnell herausstellen, dass dieser Mann gar nicht zur fraglichen Zeit in Spanien gewesen war. Dann würde der Verdacht schnell wieder auf Alex fallen. Die ganze Sache ging mir stundenlang im Kopf herum und ich sah keinen Ausweg aus der verworrenen Situation.

Als ich am nächsten Morgen zum Frühstück die Tageszeitung vom Briefkasten holte, sah ich auf den ersten Blick die große Schlagzeile mit dem ausführlichen Artikel auf Seite eins:

Lochberger-Witwe erschossen!
Nur zwei Wochen nach dem bisher nicht aufgeklärten Mord an dem Schuldirektor Reinhard Lochberger ist nun auch seine Ehefrau eines gewaltsamen Todes gestorben. Nach Recherchen unserer Zeitung verbrachte die Frau einen Kurzurlaub an der Costa Brava. Auf einer Fahrt durch das katalanische Küstengebirge bei Tordera kam sie in eine Polizeikontrolle und wurde dabei von Polizisten erschossen. Laut Berichten spanischer Medien soll Frau Lochberger während der Polizeikontrolle eine Pistole gezogen und die Beamten damit be-

droht haben. In ihrer Begleitung befand sich angeblich ein Deutscher, dessen Name mit Peter M. angegeben wurde.

Das Frühstück wollte mir nicht mehr so recht schmecken. Ich trank meinen Kaffee aus und fuhr danach zu einem geschäftlichen Termin, so dass ich auf andere Gedanken kam und nicht weiter über den Fall nachgrübelte.

Nachmittags gegen fünfzehn Uhr war ich wieder zuhause. Ein Anruf von Messerschmidt war eingegangen, er bat um Rückruf. Am Telefon sagte er mir, er würde mich gerne unter vier Augen sprechen. Es ginge um den Tod von Frau Lochberger.

Dieses Gespräch hatte ich eigentlich vermeiden wollen, aber es würde mir jetzt wohl nichts anderes übrig bleiben, als mit ihm zu reden. Wir verabredeten uns für den nächsten Tag um dreizehn Uhr im Restaurant des Intercityhotels im Stuttgarter Hauptbahnhof.

41 Der traurige Gewinner

Einige Minuten früher als vereinbart ging ich langsamen Schrittes in das Restaurant hinein. In der linken Hand hielt ich die BILD-Zeitung, deren Titelzeile *Witwe stirbt in spanischem Kugelhagel!* mich zum Kauf verleitet hatte.

Ich schaute mich um. Ungefähr die Hälfte aller Tische war besetzt. Mir fiel jetzt ein, dass ich gar keine genaue Vorstellung vom Aussehen des Herrn Messerschmidt hatte. Die einzige Begegnung bei der Verabschiedung von Monika hatte mir nur einen flüchtigen Eindruck aus der Ferne verschafft. Am Telefon hatte ich es versäumt, ein Erkennungszeichen zu vereinbaren, aber irgendwie würden wir uns hoffentlich erkennen.

Ich ging langsam durch das Lokal und schaute sorgfältig nach links und rechts, sah aber keinen einzelnen Herrn, der in Frage gekommen wäre. Schließlich setzte ich mich an einen freien Tisch, mit Blick zum Eingang.

Der Kellner kam, ich bestellte einen Kaffee und überflog den Zeitungsbericht. Wie erwartet, war dieser dramatisch und sensationslüstern aufgemacht. In Ruhe lesen konnte ich nicht, denn ich wollte ja den Eingang im Auge behalten. Keine drei Minuten später kam ein größerer Mann herein, der sich suchend umschaute, um die sechzig Jahre, mit sportlicher Figur, schwarzem Haar und ernstem Gesichtsausdruck. Das könnte Messerschmidt sein. Ich gab ihm ein Zeichen, indem ich mit der Zeitung winkte. Er kam langsam näher.

„Sind Sie Herr Alumno?"

Ich bejahte, wir begrüßten uns und er setzte sich. Der Kellner brachte meinen Kaffee, mein Besucher bestellte ebenfalls einen.

„Ich habe Sie angerufen, weil es sehr dramatische und traurige Nachrichten aus Spanien gibt. Ich nehme an, Sie wissen davon?", begann er das Gespräch.

„Ja, ich habe heute Morgen den Zeitungsartikel gelesen. Das ist eine furchtbare Geschichte. Mein herzliches Beileid! Ich weiß ja, dass Sie zu Frau Lochberger in einer engen Beziehung standen."

„Danke, das ist wahr. Es trifft mich sehr hart. Wir hatten schon eine gemeinsame Zukunft geplant." Er hielt kurz inne. „Da sind wir ja gleich beim Thema. Ich will es kurz machen, unsere Unterhaltung sollte nicht allzu lange dauern. Wir wissen beide, dass Monika Lochberger auch zu Ihrem Freund Alex eine enge Beziehung hatte."

„Nun ja, das scheint aber eine etwas einseitige Beziehung gewesen zu sein. Ich glaube nicht, dass es von Frau Lochbergers Seite sehr ernst gemeint war."

„Lassen wir das einmal auf sich beruhen", meinte Messerschmidt in ernstem Ton. „In dem Zeitungsartikel ist davon die Rede, dass Monika von einem Peter M. auf ihrer Fahrt in Katalonien begleitet wurde. Ich kenne keinen solchen Herrn M. Aber ich weiß, dass Monika nach Spanien gefahren ist, um sich mit Alexander Strasser zu treffen. Sie wollte ihm ein Alibi anbieten, damit er nicht länger unter Mordverdacht steht und wieder nach Deutschland zurückkommen kann. Das ist Ihnen ja alles bekannt, oder nicht?"

„Ja, das ist mir soweit bekannt. Mir ist auch bekannt, dass der Mordverdacht gegen Alex niemals entstanden wäre, wenn er nicht diese Datenkarte auf Ihre oder Monikas Veranlassung aus dem Notebook seines Direktors gestohlen hätte."

Herr Messerschmidt machte ein betroffenes Gesicht.

„Was gedenken Sie mit diesem Wissen zu tun? Monika hatte mir schon gesagt, dass Sie offenbar Tagebücher Ihres Freundes verwahren und auf diesem Wege an Informationen gekommen sind, die er besser für sich behalten hätte."

„Ich gedenke gar nichts zu tun", sagte ich. „Allerdings habe ich die Informationen, von denen Sie gerade sprechen, bei meinem Anwalt versiegelt hinterlegt mit der Anweisung, dass sie der Polizei übergeben werden, falls mir etwas zustoßen sollte. Eine reine Vorsichtsmaßnahme. Es könnte ja jemand auf dumme Gedanken kommen und der Meinung sein, mich beseitigen zu müssen, damit diese Geheimnisse nie ans Licht kommen."

Herrn Messerschmidt machte eine abwehrende Bewegung und verzog das Gesicht, als wolle er sagen, dass das eine völlig abwegige Idee sei. Ich fuhr fort.

„Ich will mit der Sache gar nichts weiter zu tun haben und ich werde auch mit niemandem darüber sprechen. Wenn allerdings Alex verhaftet werden sollte und unter Mordverdacht stünde, dann würde ich ihm schon zu Hilfe kommen, das ist klar."

„Der Mann, der mit Monika zusammen war, als sie von der Polizei erschossen wurde, ist vermutlich Ihr Freund Alex. Monika hat mir noch am Abend vorher gesagt, sie wolle mit ihm in die Berge fahren."

„Ich weiß es nicht, aber ich würde Ihnen empfehlen, diese Vermutung für sich zu behalten. Ich habe Ihnen gerade gesagt, dass die Polizei von mir keine Informationen darüber bekommen wird, was den Datendiebstahl betrifft. Als Gegenleistung erwarte ich von Ihnen, dass Sie jetzt nichts unternehmen, was meinen Freund Alex in Schwierigkeiten bringen könnte."

„Sie geben also zu, dass er jetzt Peter M. heißt?", fragte Messerschmidt in scharfem Ton.

„Möglich, dass er sich jetzt so nennt, ich weiß es nicht. Lassen Sie

194

ihn in Ruhe, er ist auf der Flucht. Solange Sie ihm nichts tun, wird auch er Ihnen nichts tun, dasselbe gilt für mich."

Messerschmidt machte ein unentschlossenes Gesicht.

„Übrigens", sagte ich etwas zögerlich, „dieses Alibi, das Monika ihm in Aussicht gestellt hatte, könnten denn nicht *Sie* ihm das verschaffen?"

„Na, das wird ja immer schöner", empörte sich Messerschmidt. „Wie stellen Sie sich das vor? Ich bin der einzige Konkurrent von Lochbergers Firma. Wie würde das denn aussehen, wenn ich sagte, dass der verdächtige Strasser in der fraglichen Nacht bei mir war, um mit mir ein Bier zu trinken? Da könnte ich mir ja gleich ein Schild um den Hals hängen mit dem Satz: *Der Mörder bin ich*".

„Also, das sehe ich nicht so. Wenn Sie beide gemeinsam darüber schweigen, dass es jemals einen Datendiebstahl gegeben hat, dann wäre doch das Problem gelöst, oder? Und wenn Sie beide nicht den Mord begangen haben, dann werden sich auch beim Mordopfer keine DNA Spuren von Ihnen beiden finden."

Messerschmidt machte eine längere Pause. „Ich werde darüber nachdenken."

„Was mich noch interessieren würde", sagte ich, „wieso hatte denn Monika eine Pistole dabei? Das sieht ja fast so aus, als hätte sie Alex mit eindeutigen Absichten in eine Falle locken wollen."

Messerschmidt wurde rot. „Ich weiß davon wirklich nichts. Das Ganze kann ich mir überhaupt nicht erklären. Dass sie eine Pistole besitzt, wusste ich nicht."

Sehr glaubhaft war seine Äußerung nicht. Ich machte eine Pause und dachte nach.

„Gut, also mein Vorschlag ist, dass wir beide stillhalten. Sie überlegen sich bitte die Sache mit dem Alibi, das wäre natürlich die optimale Lösung. Denken Sie darüber nach und sagen Sie mir bald Bescheid, damit ich Alex benachrichtigen kann."

Messerschmidt sah unentschlossen und nachdenklich vor sich hin. Wir tranken unseren Kaffee aus, bezahlten und verabschiedeten uns.

Zuhause angekommen telefonierte ich lange mit Susanne und berichtete ihr von den Ereignissen. Sie war entsetzt darüber, dass Alex offenbar nur mit knapper Not einer Ermordung durch Monika entkommen war. Morgen würden wir uns in Hamburg sehen und weiter über den Fall nachdenken. War vielleicht doch Monika die Drahtzieherin hinter dem Mord an ihrem Mann?

42 Eine unerwartete Wende

Am Freitagnachmittag war ich von Stuttgart nach Hamburg geflogen. Diesmal hatte ich mich gegen die Bahn und für den Flug entschieden. Flüge sind immer wieder faszinierend, blitzschnell ist man plötzlich in einer anderen Welt, sobald man aus dem Flugzeug aussteigt. Obwohl ich Hamburg und seine Umgebung inzwischen zur Genüge kenne, ist doch jedes Mal aufs Neue etwas von diesem Überraschungseffekt spürbar.

Es herrschte ein sonniges und warmes Sommerwetter und Susanne und ich genossen dies am Samstag ausgiebig. Entspannt radelten wir durch die Gegend und saßen in Terrassencafés an der Alster.

Der Sonntag begann regnerisch und beim Frühstück unterhielten wir uns über Alex und spekulierten darüber, was er wohl jetzt machen würde. Messerschmidt hatte sich bei mir nicht mehr gemeldet, also hatte ihn wohl mein Vorschlag mit dem Alibi nicht überzeugt.

Nach dem Frühstück fiel mir ein, mein Postfach zu prüfen. In der Tat gab es eine Nachricht von Alex vom Samstagabend. Sie war kurz und bündig und besagte, er werde seinen E-Mail-Account am selben Abend noch vollständig löschen. Er würde mich informieren, sobald er eine neue Adresse hätte. An die alte Adresse sollte ich nicht mehr schreiben, sie wäre ja ab sofort nicht mehr existent. Ich könne aber mit einer SMS rechnen, die am Montagvormittag gegen elf Uhr bei mir ankommen sollte. Er würde sie zeitversetzt senden.

Ich schüttelte den Kopf und sagte Susanne, was ich gerade gelesen hatte.

„Ich weiß nicht so recht, was das wieder soll. Er hat seinen E-Mail-Account gelöscht, jetzt kann man gar nicht mehr mit ihm in Verbindung kommen."

„Ich nehme an, das ist genau seine Absicht", meinte Susanne nachdenklich.

„Ja aber was will er denn überhaupt?", fragte ich etwas hilflos.

„Ich hoffe, er hat nicht irgendwelche Selbstmordfantasien. Ich will dich nicht beunruhigen, aber wenn Menschen ihre letzten Brücken abreißen, dann ist das manchmal ein Zeichen für eine drohende Katastrophe - und die E-Mail-Adresse ist ja so eine letzte Brücke."

„Jetzt machst du mir echt Angst. Es wird doch hoffentlich nichts Schlimmes passieren!"

„Mach dir nicht zu viele Gedanken, wir können ohnehin nichts ändern. Vielleicht schickt er dir ja bald seine neue Adresse, möglicherweise wollte er nur sichergehen, dass die Polizei nicht in seinen alten Unterlagen herumschnüffelt."

„Das könnte sein", antwortete ich und damit beendeten wir dieses Thema, das für uns beide inzwischen sehr belastend geworden war.

Später unterhielten wir uns darüber, inwieweit der Lebensweg eines Menschen eigentlich durch Kindheitseinflüsse bestimmt würde.

Es gibt dazu ja unterschiedliche Meinungen und viele offene Fragen. Ist die Entwicklung eines Menschen überwiegend genetisch vorprogrammiert? Oder prägen kindliche Erfahrungen die Persönlichkeit stärker als Erbanlagen? Oder ist gar der sogenannte freie Wille stärker als alle diese Einflüsse zusammen und jeder ist selbst verantwortlich für seinen Werdegang?

Beide stimmten wir darin überein, dass bisher niemand diese Fragen allgemeingültig beantworten konnte. Aber Kindheitserlebnisse hätten anerkanntermaßen einen großen Einfluss auf die Entwicklung eines Menschen. Susanne leitete dann über zum Thema Familie, das auch im Mittelpunkt ihrer eigenen beruflichen Praxis stand.

„Eine Familie kann Himmel oder Hölle sein" sagte sie, „das weiß ich aus meiner therapeutischen Praxis seit vielen Jahren. Und wenn man Eltern hat, die in einer zerrütteten Ehe leben, wie es heutzutage leider oft passiert, dann sind häufig schwere Konflikte und auch Störungen bei den Kindern vorprogrammiert. Bedauerlicherweise schaffen es die wenigsten Eltern, bei ihrer Trennung ausreichend auf die Kinder Rücksicht zu nehmen. Und dann ist da noch das Problem häuslicher Gewalt. Wenn ich an den Fall von Alex denke, der regelmäßig erleben musste, wie die ganze Familie verprügelt wurde, dann ist das schon eine sehr harte Erfahrung, die nicht ohne Folgen bleibt."

„Ja, das glaube ich auch. Man kann sich eigentlich nur wundern, dass er sich nicht später ebenfalls zum Gewalttäter entwickelt hat. Jedenfalls bisher nicht. Der Mordverdacht gegen ihn erschien mir anfangs völlig abwegig und unvorstellbar. Aber ich muss zugeben, dass ich nach der Lektüre seiner Tagebücher nicht mehr sicher bin, ob er nicht doch in die Gewaltfalle getappt ist. Vielleicht hat er diesem inneren Verlangen nach Vergeltung nachgegeben und seinen Chef stellvertretend für den Vater aus Rache niedergeschlagen."

„Ja, ich hatte bei der Lektüre dieser Einträge im Tagebuch auch ein mulmiges Gefühl," gestand Susanne, „vor allem, als er schrieb, dass er als Jugendlicher mit seiner Schwester über eine Ermordung des Vaters nachdachte. Das ist schon eine außergewöhnlich brisante Situation!"

Da fiel mir ein, dass ich damals diesen Tagebucheintrag nicht zu Ende gelesen hatte. Spontan schlug ich Susanne vor, an dieser Stelle weiterzulesen, ich hatte das Buch mitgebracht. Sie war einverstanden, ich holte das Tagebuch und wir setzten die Lektüre gemeinsam fort.

Du warst für mich ein äußerst widersprüchlicher Vater. Auf der einen Seite der gewalttätige, vor dem ich Angst hatte und der manchmal aus geringfügigem Anlass zuschlagen konnte. Andererseits aber auch der warmherzige Vater, der mit uns Kindern spielte, Hausmusik machte, mit uns Gespräche führte und auch mal ein lobendes Wort für uns hatte. Diese positiven Signale waren als Kind wichtig für mich.

Ich erinnere mich, dass du uns Kindern oft morgens beim Frühstück mit einer gewissen anerkennenden Zärtlichkeit über das Haar streicheltest. Ab einem gewissen Alter wollte ich das aber nicht mehr, etwas in mir rebellierte gegen den Mann, der sich einmal zärtlich, einmal gewalttätig zeigte. Es war schwierig für mich, deine beiden sehr gegensätzlichen Seiten unter einen Hut zu bringen, sie waren ja im Grunde unvereinbar.

Gerade weil es zwischen uns auch zahlreiche positive Elemente gab, habe ich später als Erwachsener den Kontakt zu dir immer aufrechterhalten. Im Grunde habe ich zeit meines Lebens die Bestätigung durch dich gesucht, deine Anerkennung, deinen positiven Zuspruch. In den letzten fünfzehn Jahren vor deinem Ableben sah ich dich fast jede Woche einmal bei deinen Kellermusik-Abenden, wo oft außer uns beiden auch noch zwei deiner Freunde mitspielten. Wir machten Unterhaltungsmusik und spielten Evergreens.

Du warst ein fleißiger und passionierter Posaunist und Saxophonist, in deiner Zeit als Rentner noch mehr als früher. Die Musik war ein starkes Band der Gemeinsamkeit zwischen uns. Ich war abwechselnd der Schlagzeuger und Gitarrist der Gruppe und wenn Du meinen musikalischen Einsatz lobtest, habe ich mich immer darüber gefreut. Manchmal waren wir beide allein bei diesen Musikabenden und in den Pausen zwischen den Stücken entspann sich manches Gespräch. Du erzähltest allerhand Anekdoten aus deinem Leben, aus der Jugend, aus dem Krieg und der Vertreibung deiner Familie danach, auch vom Überlebenskampf als Flüchtling in den ersten Nachkriegsjahren.

Wenn Du auf Mutter zu sprechen kamst, war allerdings deine Erinnerung sehr einseitig, alle Schuld für das Scheitern der Ehe lag bei ihr. Leider war ich zu ängstlich und nicht mutig genug, um dir da Paroli zu bieten, das bedauere ich heute sehr. Du hast mich als Kind jahrelang eingeschüchtert und noch als Erwachsener war ich dir gegenüber verkrampft und nicht wirklich freimütig. Noch als Erwachsener hatte ich insgeheim Angst vor dir und deinem aufbrausenden Jähzorn. Das war letztlich ein Grund dafür, dass immer eine gewisse Reserviertheit zwischen uns bestehen blieb. Es gab eine nervöse Angespanntheit, die ich auch bei dir oft beobachtet habe, sozusagen ein innerer Wachhund, der ständig bereit war, mögliche Angriffe *abzuwehren. Die Gewalterfahrungen meiner Kindheit und Jugend waren zu intensiv und nachhaltig, als dass ich später wieder ein ungestörtes Vertrauen zu dir hätte entwickeln können. Und dieses Misstrauen hast du wohl instinktiv gespürt und auch deinerseits eine gewisse Distanz zu mir empfunden.*

Vor über zehn Jahren bist du nach kurzer und schwerer Krankheit gestorben. Es ist schade, dass ich nie den Mut gefunden habe, mit dir über die schmerzhaften Erfahrungen meiner Kindheit zu reden. Ob du das überhaupt zugelassen hättest, weiß ich nicht. Es hätte mir jedenfalls große Erleichterung verschafft, wenn du mir zugehört hättest. Vielleicht wäre dir sogar ein Bedauern möglich gewesen über manche deiner Handlungsweisen. Das hätte eine Brücke werden können zwischen uns, ein Weg zu Verzeihung und Versöhnung.

Aber Verzeihung hat zur Voraussetzung, dass jemand den Wunsch hat, man möge ihm verzeihen. Es setzt das Eingeständnis voraus, dass man einem anderen Menschen Schmerzen oder etwas Unrechtes zugefügt hat. Das war bei dir nicht der Fall, im Gegenteil. Für deine Taten fandest du noch in der Bibel Rechtfertigungen, wie zum Beispiel den Satz: „Wer sein Kind liebt, der züchtigt es". In gleicher Weise hast du ja auch die Gewalt deines Vaters dir gegenüber banalisiert mit der Behauptung, seine drakonischen Prügelstrafen hätten dir nicht geschadet. Wirkliche Aussöhnung hat daher zwischen uns leider nicht stattfinden können.

In einem Gedankenexperiment möchte ich mir aber jetzt vorstellen, wie es wäre, wenn du diesen Brief erhalten würdest, dort in den ewigen Jagdgründen, wo nach den Vorstellungen der Indianer die Ahnen weiterleben. Ich will meiner Phantasie einmal freien Lauf lassen und mir vorstellen, dass du in deinem jetzigen Daseinszustand einen veränderten Blick auf dein vergangenes Leben hast. Ich will mir vorstellen, dass du nun Reue empfindest über manche deiner Handlungen und dass das Bedürfnis nach Vergebung und Versöhnung in dir gewachsen ist. Diese Vorstellung ist für mich tröstlich, Vater, und bestärkt mich in dem Wunsch, dir zu verzeihen.

Unsere gemeinsame Wegstrecke im Leben war so, wie sie war, es gab schöne Erfahrungen und es gab bittere Erfahrungen, daran können wir im Nachhinein nichts mehr ändern.

Ich bin inzwischen selbst in einem Alter, wo die Kürze des Lebens immer mehr ins Bewusstsein rückt, und ich empfinde es zunehmend als Belastung, die schwere Hypothek der Kindheit immerfort weiterzuschleppen. Verzeihung ist für mich ein notwendiger Schritt zu innerem Frieden. Diese Erkenntnis ist bei mir im Lauf der Jahre gewachsen und es ist höchste Zeit, dies auszusprechen.

Ich habe dir nun alles gesagt, was noch zu sagen war. Das bedeu-
tet nicht, dass ich alle deine Handlungsweisen im Nachhinein guthei-
ßen kann, aber ich will aufhören, dich anzuklagen, meine Kindheit zu
bedauern und mich als Opfer zu sehen.

Im Grunde warst du ein warmherziger Mensch, der als Kind selbst
väterlicher Brutalität ausgesetzt war und dabei nachhaltig verformt
worden ist. Du warst mit einem Übermaß an Energie ausgestattet, die
du oft nicht bändigen konntest.

Ich erinnere mich aber auch, dass deine männliche Energie immer
stark auf mich ausstrahlte und mich in meinem Tun beflügelt und ange-
spornt hat. Deine Freude am Musizieren und dein handwerkliches Ge-
schick habe ich von dir geerbt. Im Hinblick auf die vielen positiven
Dinge, die ich von dir mitbekommen habe, will ich dir hiermit danken
und dir sagen, dass ich dich geliebt habe und auch heute noch aner-
kennend und liebevoll an dich denken kann.

Dein Sohn Alexander

Susanne und ich empfanden wohl beide dasselbe. Lange Zeit saßen
wir schweigend nebeneinander.

„Dann hat es Alex also geschafft, seinem Vater zu verzeihen! Schade, dass ich das nicht früher schon gelesen habe," sagte ich erleichtert,
„dann hätte ich mir nach der Lektüre des ersten Teils damals nicht so
düstere Gedanken gemacht."

Susanne stimmte mir zu. „Ja, das ist wirklich erfreulich. Er hat es
also tatsächlich fertig gebracht, sich von dieser Last zu befreien und
ist damit auch auf dem Weg zu einem inneren Frieden. Das freut mich
ganz außerordentlich für ihn."

„Jetzt fehlt nur noch, dass man den Täter bald findet und Alex zurückkommen kann."

Wir waren beide mehr als froh über diese unerwartete Wendung.

Der Regen hatte inzwischen aufgehört und die Sonne war wieder
herausgekommen. Wir beschlossen, einen kleinen Ausflug zu machen,
und fuhren zum Hafen. Von Westen wehte eine würzige Seeluft herüber, während wir uns auf einer Hafenrundfahrt vergnügten. Alle Zeichen deuteten jetzt auf eine positive Lösung hin. Wir freuten uns
darüber und genossen die sommerliche Szenerie mit Segelbooten,
kreischenden Möwen und einer frischen Brise. Gegen achtzehn Uhr
saß ich schon wieder im Flugzeug und war kurz nach acht zuhause.
Von Messerschmidt war keine Nachricht eingetroffen, weder Anruf,
noch Brief, noch E-Mail. Also konnte ich wohl die Hoffnung auf seine
Mithilfe bei der Beschaffung eines Alibis begraben.

43 Zwischen Hoffen und Bangen

Am Montagvormittag arbeitete ich von zuhause an Datensicherungen und war ansonsten in Telefonbereitschaft. In meinen Routineaufgaben wurde ich kurz vor elf durch das Klingeln des Telefons unterbrochen. Ich erschrak, als ich den Namen des Anrufers hörte:

„Sauer, Kriminalpolizei. Hallo, Herr Alumno."

„Herr Sauer, das ist ja eine Überraschung", sagte ich, „was verschafft mir die Ehre Ihres Anrufs?"

„Haben Sie schon Nachrichten aus Spanien bekommen?"

„Was genau meinen Sie?"

„Ein VW Golf mit dem Kennzeichen LUN für Lundenburg, PE 753 ist auf Ihre Adresse zugelassen, auf einen Peter Alumno."

„Ja, das ist richtig, das ist mein Sohn", sagte ich beunruhigt. „Was ist denn los mit dem Fahrzeug?"

„Man hat uns aus Spanien, genauer gesagt aus Tarifa in Andalusien, gemeldet, dass dieses Fahrzeug seit zwei Tagen auf einem privaten Parkplatz steht. Der Fahrer hat sich als Peter Müller ausgegeben. Er hat am Samstag ein Surfbrett gemietet und sollte es bis achtzehn Uhr zurückbringen. Er kam aber nicht zurück. Nachdem das Fahrzeug dort auf dem Parkplatz der Firma stehen blieb, hat der Besitzer der Segelschule die Polizei eingeschaltet."

„Was? Das ist ja ...", sagte ich entsetzt. Der Rest des Satzes blieb mir im Hals stecken.

„Sie kennen wohl den Peter Müller?", fragte mich der Kommissar mit einem gewissen Unterton in der Stimme.

„Nun ja, das heißt, nein, den kenne ich nicht", stotterte ich etwas unbeholfen, „aber das Fahrzeug, der rote Golf, der gehört meinem Sohn Peter."

„Kann es sein, dass sich Ihr Sohn als Peter Müller ausgegeben hat?"

„Nein, mein Sohn ist zurzeit in den USA, er studiert dort, er ist sicher nicht in Spanien. Aber ..., ich habe das Fahrzeug meinem Freund Alex ausgeliehen", sagte ich jetzt, ohne länger irgendetwas verschweigen zu wollen. „Er hatte ein Fahrzeug gebraucht, weil er ein paar Tage Urlaub machen wollte."

„Na, Urlaub ist gut", sagte Herr Sauer, „Sie wissen doch sicher, dass der Mann auf der Flucht vor der Polizei ist."

„Das weiß ich inzwischen auch", sagte ich.

„Also, Sie sind sicher, dass dieses Fahrzeug, ein roter Golf mit dem vorhin genannten Kennzeichen, nicht von Ihrem Sohn gefahren wurde, sondern von Alexander Strasser?"

„Ich bin sicher. Mein Sohn hat damit nichts zu tun. Ich habe das Auto vor zwei Wochen Herrn Strasser ausgeliehen", sagte ich klein-laut. „Ob er jetzt tatsächlich in Südspanien ist, weiß ich nicht."

„Im Moment fehlt von dem Fahrer des Fahrzeugs jede Spur. Laut der Personenbeschreibung des Vermieters sind wohl Müller und Stras-ser ein und dieselbe Person. Das Surfbrett ist nicht zurückgegeben worden, es wurde aber auch nirgends gefunden. Das ist der Stand der Dinge, der Besitzer des Surfbretts macht sich Sorgen, dass es zu einem Unfall gekommen sein könnte. Im Moment wissen wir nichts Genaue-res. Falls Sie irgendetwas hören, informieren Sie uns bitte", sagte Herr Sauer.

„Ja, das mach ich auf jeden Fall", sagte ich „und Sie bitte auch. Immerhin ist Alex ein sehr guter Freund von mir und falls ihm etwas passiert wäre, will ich das natürlich sofort erfahren. Außerdem muss ich mir auch überlegen, wie ich mein Fahrzeug wieder von dort zu-rückbekomme, falls er es nicht abholt."

„Ja, das ist der nächste Punkt. Das Fahrzeug kann nicht ewig dort parken, der Besitzer der Segelschule hat nur wenig Platz. Ich hoffe, dass Ihr Freund wieder auftaucht und das Auto zurückbringen kann, ansonsten müssten Sie sich um den Rücktransport kümmern."

Nach dem Telefonat mit dem Kommissar fühlte ich mich wie ge-lähmt und sah schon die schlimmsten Ereignisse vor meinem inneren Auge. Alex hatte sich also ein Surfbrett gemietet und hatte es nicht zu-rückgebracht! Ausgerechnet in Tarifa, das bekannt ist für extrem hohe Wellen. Ich wusste zwar, dass er schon ein paarmal auf einem Surf-brett gestanden hatte, aber dass er ein großer Meister des Surfens war, das war mir neu. Hatte er sich womöglich überschätzt und sich zu viel zugetraut? Oder hatte er sich ganz bewusst in Lebensgefahr begeben? Oder aber war das Ganze nur ein Trick, um der Polizei zu entkommen und unterzutauchen? Ich wälzte die widersprüchlichen Gedanken hin und her. Momentan war ich nicht in der Lage, klar zu denken. Wäh-rend ich mir einen Kaffee machte, signalisierte plötzlich mein Mobil-telefon den Eingang einer SMS. Sie kam von Alex. Das also war die Textbotschaft, die er mir schon am Wochenende in der E-Mail ange-kündigt hatte.

Lieber Winfried! Hätte mir keinen besseren Freund wünschen kön-nen als dich. Danke für alles! Will nochmal ganz neu anzufangen. Wiedergeburt ist möglich. Werde eine Zeitlang nicht erreichbar sein. Mach dir keine Sorgen! Alles wird gut. Alex

Das klang sehr rätselhaft. Ich wurde nicht so recht schlau aus die-sem Text. „Wiedergeburt" war ein Begriff, den ich nur aus religiösen Zusammenhängen kannte. Waren das womöglich Abschiedsworte eines Lebensmüden? Es könnte natürlich auch anders gemeint sein, vielleicht hatte er Pläne auszuwandern und unterzutauchen? Aber Letzteres schien mir unwahrscheinlich. Wohin wollte ein älterer Herr nach Eintritt ins Rentenalter denn auswandern? Seine Rente konnte er sich kaum irgendwohin nach Asien oder Lateinamerika überweisen lassen, solange er von der Polizei gesucht wurde.

Ich war ziemlich durcheinander. Um zwei Uhr hatte ich einen Termin bei einem Kunden. Mein Besuch dort dauerte nicht lange, es war nur eine kleinere Reparatur an einem Netzwerk und ich war gegen vier Uhr schon wieder zuhause.

Am Abend telefonierte ich mit Susanne und berichtete ihr ausführlich von den neuen Entwicklungen. Sie war wie ich ziemlich bedrückt und hielt einen Freitod meines Freundes nicht für ausgeschlossen. Im Grunde waren wir beide gleich hilflos in unserer Unwissenheit und es war ein gewisser Trost, dass wir uns lange über dieses Thema unterhalten und uns gegenseitig beruhigen konnten.

Am nächsten Morgen wachte ich schlecht gelaunt auf. Ich hatte nicht gut geschlafen und wirres Zeug geträumt. Einmal stand Alex auf einem Surfbrett, als sich plötzlich ein gigantischer Fisch näherte. Man sah nur die gewaltige Rückenflosse und eine hohe Wasserfontäne. Es musste ein Walfisch sein, dachte ich und sah entsetzt, wie er seinen riesigen Kopf aus dem Wasser hob, das Maul aufsperrte und Alex mitsamt dem Surfbrett verschlang.

Durch meine eigenen Angstschreie wachte ich schweißgebadet auf. Es war vier Uhr morgens. Ich nahm einen Roman zur Hand, um wieder ruhiger zu werden. Erst nach längerer Lektüre schlief ich ein. Lange dauerte mein Schlaf allerdings nicht, denn schon gegen fünf Uhr morgens krachten heftige Donnerschläge über der Stadt und Blitze zuckten mit grellem Schein. Ich schloss schnell alle Fenster. Ein gewaltiger Gewitterregen brach los. Es blitzte und donnerte fast zwei Stunden lang. Die Abkühlung und den Regen haben wir bitter nötig, dachte ich. Bei den ständig wiederkehrenden Donnerschlägen war aber an Schlaf nicht mehr zu denken, so dass ich kurz nach sieben Uhr aufstand.

Ich ging hinunter zum Briefkasten und holte mir die Zeitung, die ich beim Frühstück las. Den politischen Teil hatte ich bereits überflogen, als mein Telefon klingelte. Es war erst acht Uhr. Ich hob ab.

„Hier Kommissar Sauer. Guten Morgen, Herr Alumno."

Als ich die bekannte Stimme des Kommissars hörte, ging ich in Abwehrhaltung.

„Guten Morgen, Herr Sauer. Sie sind ja heute sehr früh dran. Gibt es denn irgendwas Neues?"

„Ja, das kann man wohl sagen", sagte Sauer scheinbar gut gelaunt.

„Wir wissen jetzt, dass Peter Müller ein Tarnname Ihres Freundes Alexander Strasser war."

Ich zuckte zusammen. „Wie bitte? Woher wollen Sie das wissen?"

„Tja, die Polizei kommt meistens schneller hinter solche Machenschaften, als vielen Leuten bewusst ist. Wir haben nachgeforscht und die Daten von seinem Personalausweis sind offenbar Daten eines nicht mehr lebenden Mannes. Der Segelschulbesitzer in Spanien hatte bei der Vermietung eine Fotokopie gemacht. Ein gewisser Peter Müller aus Dortmund ist vor rund sechs Monaten verstorben und irgendjemand hat sich schlauerweise diesen Umstand zunutze gemacht und Ihrem Freund einen gefälschten Personalausweis verkauft."

„Das ist ja eine wilde Geschichte", sagte ich scheinbar ungläubig.

„Das kann man wohl sagen, Herr Alumno. Ehrlich gesagt habe ich einen gewissen Verdacht, wer hier bei der Beschaffung falscher Papiere Beihilfe geleistet haben könnte."

„Also, Herr Kommissar, ich weiß nicht, was Sie da andeuten wollen. Aber sagen Sie mal, rufen Sie mich etwa so früh am Morgen an, um mir von Ihren Verdächtigungen zu erzählen?"

„Nein, bitte beruhigen Sie sich, ich mache mir ernsthaft Sorgen. Im Moment wissen wir ja nicht einmal, ob Ihr Freund noch am Leben ist. Die Sache mit dem Surfbrett ist schon etwas beunruhigend…."

Sauer machte eine kleine Pause, es klang so, als sei er wirklich besorgt um das Schicksal des Gesuchten.

„Aber etwas anderes: Haben Sie heute die Zeitung schon gelesen?"

„Ich bin gerade dabei, Sie haben mich unterbrochen."

„Na, dann schauen Sie doch gleich mal in den Lokalteil, das wird Sie sicher interessieren."

Gespannt blätterte ich in der Zeitung. Der Lokalteil begann mit einer großen Schlagzeile:

Überfall im Goethe-Gymnasium!

Ich glaubte, meinen Augen nicht zu trauen und fragte aufgeregt:

„Was wissen Sie über diesen Überfall, Herr Sauer?"

Der Kommissar schilderte kurz den Sachverhalt. Gestern Abend gegen zwanzig Uhr dreißig hatte ein Unbekannter im Schulhaus des Goethe-Gymnasiums den stellvertretenden Rektor mit einem Holzprügel attackiert. Dieser wurde zwar leicht verletzt, es gelang ihm jedoch, den Angreifer durch einen Kinnhaken niederzustrecken und ihn anschließend zu fesseln. Der Täter wurde von der Polizei festgenommen und würde heute dem Haftrichter vorgeführt.

„Das ist ja sensationell", sagte ich, „womöglich ist das genau derselbe Mann wie im Mordfall Lochberger. Wenn man diesen Typ jetzt als den Mörder überführen könnte, dann wäre Alex endlich von diesem furchtbaren Verdacht befreit."

Der Kommissar antwortete: „Jetzt halten Sie sich fest. Die DNA-Analysen haben ergeben, dass der Angreifer von gestern identisch ist mit dem Mörder von Lochberger. Es gibt da keine Zweifel mehr!"

„Das ist ja Wahnsinn", rief ich begeistert aus, „dann ist also jetzt tatsächlich klar, dass Alex mit dem Mord nichts zu tun hat, oder?"

„Es sieht ganz danach aus. Wir haben zwar vom Täter von gestern noch kein Geständnis, aber gegen die vorliegenden Beweise wird er kaum ankommen."

„Halten Sie den DNA-Nachweis wirklich für zuverlässig?"

„Unsere Fachleute sind sich da sicher. Die Spuren von diesem Unbekannten wurden an Lochbergers Leiche gefunden. Aus unserer Sicht ist die Sache hundertprozentig klar. Der internationale Haftbefehl gegen Ihren Freund wird noch heute aufgehoben."

„Da fällt mit ein gewaltiger Stein vom Herzen, mein lieber Herr Kommissar", sagte ich euphorisch. „Ganz herzlichen Dank, dass Sie mich heute so früh angerufen haben! Diese Ungewissheit war furchtbar."

„Das kann ich mir vorstellen. Jetzt müssen Sie die frohe Botschaft möglichst schnell Ihrem Freund übermitteln. Ich hoffe, er taucht bald wieder auf."

„Ich werde versuchen, Alex zu erreichen und ihn über alles zu informieren. Nochmals vielen Dank, Herr Sauer. Sie wissen gar nicht, wie erleichtert ich jetzt bin!"

„Das glaube ich Ihnen. Jetzt wünsche ich Ihnen einen schönen Tag."

„Danke, Ihnen auch, und nochmals danke!"

Es war unglaublich! Alex war unschuldig verfolgt worden! Doch jetzt war er wieder rehabilitiert und konnte ohne Probleme zurückkommen nach Deutschland und seinen Ruhestand genießen. Er wusste aber noch nichts von seinem Glück und die Frage war, wie ich ihn erreichen sollte.

Ich telefonierte sofort mit Susanne und erzählte ihr alles. Sie war genauso glücklich über diese Wendung wie ich. Aber wo war Alex? Wir beschlossen, bei den spanischen Behörden nachzufragen, ob es irgendwelche Suchaktionen gegeben hatte, die Hinweise über seinen Verbleib ermöglichten. Wir wollten auch alle Leute aus seinem Bekanntenkreis kontaktieren, um sie um Rat zu fragen.

In den nächsten Tagen führte ich zahlreiche Telefongespräche. Die spanische Polizeidienststelle teilte mir mit, man habe das Surfbrett wiedergefunden, das Alex ausgeliehen hatte. Ein Segler hatte es am Sonntag nicht weit vom Strand entfernt im Wasser treiben sehen und es der Segelbootvermietung zurückgebracht. Suchaktionen seitens der Wasserschutzpolizei hätten zwar stattgefunden, aber weder diese noch die routinemäßigen Hubschrauberflüge über dem gesamten Küstenabschnitt hätten irgendwelche Erkenntnisse ergeben.

Meine sonstigen Nachforschungen bei allen möglichen Stellen blieben ergebnislos. Ich schrieb noch einmal an die E-Mail-Adresse Pedro Molinero, von der ich ja kürzlich noch Alexanders Nachrichten empfangen hatte. Aber diese Adresse existierte nicht mehr, wie zu erwarten war. Mehrere Tage vergingen, ohne dass ich irgendeinen Hinweis auf den Verbleib von Alex bekommen konnte.

An einem Dienstag kam ein ADAC Transporter mit dem VW Golf meines Sohnes und lud den Wagen ab. Einige Tage zuvor hatte ich den Auftrag erteilt, das Auto in Südspanien abzuholen. Ich durchsuchte den Innenraum des Fahrzeugs, fand aber nichts, keinerlei Hinweise, keine Nachrichten, keinen Brief. Allerdings war ein gepackter Rucksack im Kofferraum des Fahrzeugs, mit einem Fotoapparat, einem kleinen Kulturbeutel und einem Schlafanzug. Auch Unterwäsche, ein Hemd und eine Hose sowie ein Mobiltelefon waren eingepackt. Es sah ganz danach aus, als hätte er diese Dinge für eine Reise vorbereitet und im Auto bereitgelegt. Das Ganze beunruhigte mich zusätzlich. Hatte er vielleicht geplant, nach dem Surfen irgendwohin zu fahren oder wegzufliegen? Zu irgendeinem Zweck hatte er ja wohl diesen Rucksack vorbereitet. Irgendetwas hatte ihn dann daran gehindert, den Rucksack tatsächlich auf die Reise mitzunehmen. Eine naheliegende Schlussfolgerung war, dass er bei diesem Surfbrettausflug verunglückt war und deswegen nicht mehr dazu gekommen war, seine Reisepläne in die Tat umzusetzen.

Aber könnte es nicht auch ein raffinierter Trick von ihm gewesen sein? Vielleicht wollte er bei der Polizei genau diesen Eindruck erwecken, nämlich, dass er zwar eine Reise vorbereitet hatte, aber sie dann nicht mehr antreten konnte.

Die Lage war deprimierend. Jetzt war Alex zwar vom Verdacht des Mordes befreit, aber das hatte er vermutlich gar nicht erfahren. Er war entweder weiter auf der Flucht oder tödlich verunglückt. Die Ungewissheit war schwer zu ertragen und doch blieb mir nichts anderes übrig, als weiterhin abzuwarten.

Wochen vergingen. Bis heute sind inzwischen schon vier Monate verstrichen. Die Wahrscheinlichkeit, dass er noch am Leben ist, schwindet von Tag zu Tag. Immer wieder lese ich aber seine letzte SMS, in der er geschrieben hatte, er werde eine Zeitlang nicht erreichbar sein und ich solle mir keine Sorgen um ihn machen.

In gewisser Weise klammere ich mich an diese Aussage und in manchen Momenten bin ich fest davon überzeugt, dass er raffiniert vorgegangen ist und sich unter Vortäuschung eines Badeunfalls irgendwo versteckt hält, vielleicht sogar außerhalb von Europa.

Aber in anderen Momenten erscheint mir das wiederum völlig unwahrscheinlich, denn er hätte mir doch wohl irgendeine Botschaft gesandt. Auch von anderen Bekannten und Freunden von Alex habe ich keine positiven Signale erhalten. Niemand weiß etwas über ihn, niemand hat etwas von ihm gehört.

Mit Kommissar Sauer habe ich inzwischen noch mehrmals telefoniert. Er machte einen bedrückten Eindruck und sprach das letzte Mal von einem „tragischen Unglücksfall". Er scheint nicht mehr daran zu glauben, dass Alex noch einmal auftauchen wird. Die Schlussfolgerung auf einen tödlichen Unfall liegt seiner Meinung nach sehr nahe.

So sind Wochen und Monate vergangen und jetzt sind wir mittlerweile im November angekommen und ich weiß nicht mehr, was ich glauben soll. Diese Ungewissheit ist das Schlimmste. Die Tage vergehen, ich arbeite mehr als je zuvor, so dränge ich die immer wiederkehrenden Grübeleien zurück. Das Wetter ist kühl und regnerisch geworden. Meine Waldspaziergänge werden seltener und kürzer, die Wälder sind herbstlich bunt verfärbt und die Blätter fallen und treiben im Wind. Bald werden die Bäume kahl im Nebel stehen und die Felder unter einer frostigen Raureifdecke liegen.

Tröstlich der Gedanke an den nächsten Frühling. Wird Alex dann wieder zurück sein?

Ich habe mir vorgenommen, mich an die Maxime der alten Römer zu halten: Dum spiro, spero - solange ich atme, hoffe ich.

Die Hoffnung muss bleiben, ich gebe sie nicht auf.

Inhalt: